宁夏文联 文艺创作扶持

泥土书香

从你身上
我看到了文化的力量
多年来的坚守
在这一刻得到了肯定
得到了赞美
一回头
三十年光阴
似乎跨越万水千山
一一浮现在眼前

NITU
SHUXIANG

马慧娟 著

黄河出版传媒集团
宁夏人民出版社

图书在版编目（CIP）数据

泥土书香 / 马慧娟著. -- 银川：宁夏人民出版社，2021.12
ISBN 978-7-227-07606-3

Ⅰ. ①泥… Ⅱ. ①马… Ⅲ. ①散文集－中国－当代 Ⅳ. ①I267

中国版本图书馆 CIP 数据核字（2022）第 026913 号

泥土书香　　马慧娟　著

责任编辑　管世献
责任校对　白　雪
封面设计　姚欣迪
责任印制　马　丽

黄河出版传媒集团
宁夏人民出版社　出版发行

出 版 人　薛文斌
地　　址　宁夏银川市北京东路 139 号出版大厦（750001）
网　　址　http://www.yrpubm.com
网上书店　http://www.hh-book.com
电子信箱　nxrmcbs@126.com
邮购电话　0951-5052104　5052106
经　　销　全国新华书店
印刷装订　宁夏银报智能印刷科技有限公司
印刷委托书号　（宁）0023387

开本　720 mm×980 mm　1/16
印张　17
字数　230 千字
版次　2022 年 4 月第 1 版
印次　2022 年 4 月第 1 次印刷
书号　ISBN 978-7-227-07606-3
定价　36.00 元

目录

泥土书香，诗和远方

老金的追求

“我昨天晚上给地里淌了水，今天看了看你送给我的书，看着看着我哭了一场……”短短几十个字，老金的生活常态就浮现在我眼前。

昨夜的老金，一个人像一只好动的猴子穿梭在野外的玉米地里，看着水依次灌溉玉米地。二十亩地，得淌整整一个通宵。远处，城市的夜晚灯火通明，车水马龙。近处，老金的夜晚，忙碌而又孤独。

我特意给老金留了一本我的新书。我在书的扉页郑重地写上老金的大名存念，然后又写了八个字——泥土书香，诗和远方。

老金在我眼里，是风一样的女子。认识老金时，“再苦再难也要坚强”是她的口头禅。她唱着歌，干着活。从她脸上，你看不出和生活困顿有关的任何信息。有老金的地方，就有歌声和笑声。

我时常远远地看着老金，听她对生活的嬉笑怒骂，听她酷似原唱的美妙歌声，看她干活时的洒脱利落。在我驻足欣赏老金的生活态度的时候，村里关于老金的闲话一直存在。老金充耳不闻，该唱歌就唱，该跳舞就跳，该干活还去干活。

老金可以忽略不计这些闲话，但老金的老公还是听进去了一些。这个常年混迹于小型赌场的男人，过日子的本事没有，打老金的力气还是有的。于是在每一次闲话之后，老金家里总要鸡飞狗跳一场。前脚闹完，后脚老金又乐呵呵地出门干活去了。说起刚才的争斗，在老金的描述下，笑点十足，完全没有打斗的惨烈。

老金所有的信念就是让孩子好好读书，不要和她一样。老金没有闲过一天，在种完地的每一个空闲日子里，不放过任何能打零工的机会。但生活总是不尽如人意，老金拼死拼活，孩子的成绩却一般。邻居劝老金，不爱念书的娃娃，书念个差不多就算了，让回来早点挣钱去，也好养家糊口。老金不，就算学习不好，也得让娃在学校。

儿子最终上了个三本，老金还是乐呵呵的。女儿初中毕业没考上高中。大家又劝老金，女娃娃，迟早是别人家的人，供养她念书干啥?老金只是笑。等大家知道时，老金的女儿已经去了一所技校学了护理专业。老金依然忙碌在土地和打工上，乡村依然传扬着老金的闲话。

罗山脚下刮的风在老金的脸上留下了岁月的痕迹。老金在村里组织的编织培训班上学会了编拖鞋、串珠。老金贷了款，养起了牛，种起了枸杞。只要有点闲时间，她就捣鼓她的拖鞋和串珠，挣点小钱补贴家用。这两年，老金的男人不再出去打工，不再耍钱，一心一意跟着老金喂牛、种地。

老金越来越“稳重”了，不唱歌了，不跳舞了，不再张扬了。老金逐渐和村里其他女人一样。也没人再说老金的闲话了。

2018 年年初，“红寺堡镇首届农民阅读节”启动。我第一个想到的就是老金。我给她打电话，告诉她朗诵比赛马上就要举行了，她一定要参加。电话里老金大笑，说自己快五十的人了，连个普通话都说不标准，还朗诵?我说：“不是这样子的，这就是给大家搭建一个平台，让大家可以在台上展示一下自己的风采，并不是要有多专业的技能才可以。你那么优秀，肯定可以的。”

老金动心了，说：“那你赶紧给我选一个能朗诵的。我不管，你让我参加你就要给我选朗诵的篇目。”

“红寺堡镇首届农民阅读节”的朗诵比赛上，以老金为代表的二十九位地地道道的农民上演了一台并不专业的朗诵比赛。老金朗诵的是《致橡树》。尽管她早早地进行了背诵，准备得相当充分，但上了台，她仍然紧张了、结巴了。老金最后得了个三等奖。

拿到荣誉证书后的老金很兴奋，她说没想到自己还能得个三等奖，没想到她还有机会站在舞台上表演。

在随后举行的“红寺堡镇首届农民阅读”的“知识竞赛”“汉字大赛”上，都有老金的身影。她一次比一次表现好。老金跟我说：“你多组织一些这样的活动嘛，多上几次台，我就不害怕了。”

生命如一粒种子，合适的水分和土壤才能让它结出更绚烂的果实。我时常在想，老金如果多念些书，遇上适合她的平台，她的人生又将呈现怎样的一种状态?

有追求的人，无论身处哪种环境，都不会放弃自己。比如老金，就如同她朗诵的橡树一样——坚强、坚定、坚持。

苏发想读书了

“我不识字，你们读书社要不要我? ”苏发用一种期待的语气问我。

2018 年 4 月，红寺堡镇“泥土书香”读书社在玉池村挂牌成立。成立读书社最初的宗旨，是想招募村里有一定文化基础的村民参与进来，在读书之余，学习一些新技能，开阔眼界，了解各种惠民政策，谋求新发展，带动脱贫致富。但没想到读书社成立之初，苏发就跑来找我，迫切地想加入读书社。

苏发说，自己出生在西吉，父母那时候重男轻女，念书只让儿子念，她们姊妹六个都是“睁眼瞎子”。

早些年的西海固的农村，山大沟深，交通不便。由于人口分散，基础教育也跟着滞后，能念书是一件奢侈的事情。“60后”“70后”的农村妇女，赶上家里年景不好，姊妹众多，不识字便成了一种常态。没有谁觉得这有什么不对，老祖辈手里没念书的人一群一群的，不也活过来了。

移民搬迁搬离的不仅仅是西海固的穷乡僻壤，还有和旧日生活模式的永远诀别。每一个移民村最醒目的建筑就是学校，孩子上学出家门几分钟就到学校。

新的居住地带来的不仅是新的生活方式，更是思想上的巨大改变。重视教育成了一种新风气。自己半辈子已经过去了，可不能让自己的孩子再成为“睁眼瞎子”。

苏发就是这种新风气的践行者。苏发没念过一天书，但苏发的哥哥却一个个得益于读书都在外地过上了和老家完全不同的生活。从心里，苏发充满着对念书的渴求和敬畏。她知道，知识可以改变命运，为了不让自己的孩子过和她一样的生活，她用一种决然的态度供养三个孩子念书。还好，三个孩子没有辜负苏发的期望，一个个学业有成。大女儿是老师，小女儿是护士，儿子考上北京的一所大学，即将毕业。三个孩子命运的改变让苏发说起这些时，眼里满是笑意和欣慰。

她现在老和自己的父母开玩笑，说你们好偏心，当初只供养儿子念书，不让我念，按我的脾气，我都不想认你们，但谁让你们是我的爹妈呢？说这些的时候，两个老人就是个笑，也许他们心里也在为这件事情遗憾。

按苏发的话说，孩子们都成功了，她现在也没什么负担。但心里想识字、想念书的念头却越来越强烈。所以，听说我们要成立读书社，她就来问，要不要她。

为了证明她的决心，她羞涩地掏出一张纸，正反两面写满了密密麻麻的字。“你看，这是我让孩子写下来给我，我学着写的。这是我的名字，这是我老公的名字，这是我孩子的名字。社会发展得这么快，哪里都需要文化，可我双手写不来一个八。你说，我以后怎么办？我不管，你们读书社怎么着也得要我。”

五十二岁的苏发是坚定而执着的，我被她深深地感动了。她成了我们读书社第一个不识字的社员。

苏发的加入仅仅是个开始。听说我们读书社要不识字的社员，在第二次读书社的活动中，呼啦一下又来了六七个不识字的大姐不说，邻村两个妇女也撵来了。识字念书成了大家共同的意愿。

我不得不重新考虑读书社的走向。显然，最初的理念有点理想化，首先要解决的，应该是大多数不识字的姐妹们的识字问题。

第一次活动结束后，我给大家布置了一份作业，让她们在本子上一笔一画写下：中国宁夏吴忠红寺堡玉池村。这是我们的地理位置，也是我们的第二故乡。

我想寻求一个专业的老师来教大家习字，首先想到的是联系村里学校的老师。但就在这时，我的网友春国老师联系了我。他说在新闻报道里看到我们村的妇女想学习文化，他愿意志愿来教大家。

当我把这个消息通知给读书社的社员后，大家像早起的麻雀一样欢喜，她们期待着老师早一点到来。

关于老师来的食宿问题，苏发主动承担了下来。她说和丈夫商量好了，老师来了，可以住他们家。

读书社的活动没有我所想象的顺利，但又透出另一种希望，接受并学习知识意味着一个新的开始，“文化”这个词，也将重新在红寺堡的乡村落地生根。

杨芙蓉的梦想

我一到读书社的活动现场，就被杨芙蓉拉住。她说："我太高兴了，你给我们组织了这么一个活动，也让我们一群'睁眼瞎子'有个识字的地方。我给你编了一个帽子，你戴上试试。这是拿那种草绳绳编的，夏天戴上不热。"

说着话的同时，她从包里掏出来一顶浅黄色的帽子，不由分说就戴在我头上了，惹得读书社的其他人大笑。同时她又说："帽子真好看，把我们马慧娟都戴漂亮了。"

我有点不习惯这样突如其来的热情，但我知道，这是她最淳朴的心意，我不能拒绝。就这样，我戴着这顶帽子主持了读书社的第二次活动，也进一步地认识了杨芙蓉。

一个村子，低头不见抬头见。第一次见杨芙蓉，是在她小儿子的葬礼上。杨芙蓉哭得连声音都没有了，亲戚在一边扶着。她挥着手臂想再摸一下儿子的小手，但一堆黄土让她只能声嘶力竭地哭泣。她问身边的人："我为什么要搬迁到这儿？如果我不搬，我的儿子会不会就没事？"没有人回答她的这个问题，十岁的儿子，因为病痛说没就没了。而她，把一切过错都归咎于新搬迁的这片土地。

再见杨芙蓉，她脸上的悲戚少了一些。同乘一辆公交车，宽大的衣服掩不住她隆起的肚子，一个新生命在茁壮成长。她说："小儿子去世了，把我的心都挖走了。我不能让我的大儿子孤单，我得给他生个伴。"

近几年，没有再见过杨芙蓉。没想到读书社成立，她也来参加了。几年没见，杨芙蓉脸上已经没有了当时的那种悲戚，说什么都是笑着。她这几年和男人总是在红寺堡周边揽活——中宁的枸杞采摘，盐池的黄花菜采摘，给硒砂瓜掐秧，给大型农场锄草、施肥、收割。然后来村里介绍闲散的村民拉过去挣钱，他们从中收取一点劳务介绍费。几年下来，日子也过得红红火火。就在去年冬天，杨芙蓉给大儿子娶了媳妇，都当上婆婆啦！我吃惊于这几年杨芙蓉的整体变化，但同时，也深深地为她高兴。能看着你身边的人一天天地过好，过得有精气神，这本身就是让人欣慰的事情。何况，她在之前已经吃了很多苦。

她端详着我头上的帽子，寻找着编织中还存在的缺陷。在去年，她偶然接触到了帽子编织，一下子就喜欢上了。那些花样、针脚她看一眼就学会了，自己尝试着各种各样的花式。她拿出手机，一边滑动图片一边给我解说，这是给哪个邻居编织的，这是给谁家的小孙子的，这是谁预定的……色彩和针脚在杨芙蓉的手里变成了一顶顶帽子，她觉得，这就是她喜欢和擅长的。在一次次的编织中，她觉得自己的人生有了价值和方向。

杨芙蓉说："得认点字了，人现在干啥都在网上，我拿个手机只会发语音。跟着你们，看能不能学点互联网技术，看能不能和人家一样，把咱的帽子也放在网上卖。我还愿意无偿地教想学编织帽子的姐妹们学习，只要有人愿意学。这也就是我们在茶余饭后的一点快乐，人活着，总不能光为了吃穿。"说这些话的时候，杨芙蓉的眼神明亮而坚定。

杨芙蓉的新生活充满了新希望，"梦想"这个词，在她的心里开始生根发芽。

书和远方

在2018年3月份刚刚结束的“两会”上，李克强总理来宁夏团参与讨论时对我说：“从你身上，我看到了文化的力量。”多年来的坚守在这一刻得到了肯定，得到了赞美。一回头，三十年光阴似乎跨越万水千山，一一浮现在眼前。

一

娘和村里其他的女人不一样，娘的头发一直梳得整整齐齐，帽子总是洗得干干净净。娘不爱串门子，不说脏话。也不许我和二姐跟着村里的男孩子疯玩。在别的孩子还在黑眼湾的犄角旮旯调皮捣蛋时，娘给我和二姐买了好看的铅笔和本子，教我们写“a、o、e、i、u、ü”，“1、2、3、4、5、6、7、8、9、10”。我噘着嘴，一边竖着耳朵听着外面孩子打沙包的热闹声，一边心不在焉地写着这些字。

家里请了个木匠在打家具，中午时分，娘忙着给木匠做饭，我一溜烟跑了，寻找到了我的“组织”，加入了打沙包的队伍。

“叶叶（我的小名），你妈喊你呢！”同伴好心提醒着我。黑眼湾就那么大，这边喊一嗓子立马就被对面的山反弹到了村庄的各个角落。这让每一个黑眼湾人在锻炼了一个好嗓子之外，也随时随地能“听”到村庄里的整体情况。一嗓子，黑眼湾就兴奋起来。

忙着躲避来回飞奔的沙包，我没有理会同伴的善意。突然感觉我被人扯住了。我以为哪个同伴使坏，使劲挣着要躲打来的沙包。一眨眼，眼前的场景颠倒了起来。我看到了娘的方口黑布鞋，虽然鞋边边已经毛了，但鞋很干净。同时也看到了我的同伴们颜色各异的鞋和挽着裤脚的腿。我看不见娘的脸，但从她抓着我的脚腕子的力道来看，娘是愤怒的。

场子里瞬间静了下来，娘的不苟言笑一直让我的同伴们不敢在娘跟前放肆。何况这一刻，娘是二话不说就把我倒着提了起来。这阵势，任谁看着都知道娘很生气。

我就这样被娘倒着提了回去，没有人敢给我说情。黑眼湾的一切在我的眼前像荡秋千一样来回甩着，我感觉我的头发刷着地面。两分钟的路程，我被快速行走的娘晃得头昏脑胀。

进了家门，我还没从颠倒的世界里回过神，我的屁股就迎来了一顿鞋底子。我一边哭得鬼哭狼嚎，一边心里怨恨着院子里的木匠。他面无表情地睁一只眼闭一只眼地瞄着他推出来的木方子的垂直度。我怨恨他不来阻拦一下狠揍我的娘，亏我一直撵前撵后地喊他“姑舅爸”，因为他和我父亲是表兄弟。

二姐扒着门看着愤怒的娘揍我，大气也不敢出。娘直到打我打得累了，才扔了鞋底子。我揩着眼泪抽噎着，却被娘扯到桌子跟前。面前甩过来一碗鸡蛋长面，上面插着一双筷子。娘又甩过来一句，吃！就转身去忙自己的事情了。我脸上挂着眼泪，拿起筷子准备吃，面却因为时间久了早已经坨成一块一块，半天也没挑起来。但娘说了让吃，我不敢不吃。我用筷子把面插起来，和啃煮熟的洋芋一样，左边咬一口，右边咬一口，伴着眼泪把一坨面啃完了。

娘进门收碗时补充了一句，把今天的作业一个字多写十遍，写不完下午饭不许吃。

世界安静了下来，只剩下我过于哭泣之后的抽噎时不时让我长出一口气。我拿起铅笔重新开始写字。院子里，我的“姑舅爸”木匠用推刨认真地推着木头，来来回回重复着一个动作。一堆卷曲的木屑飘飘洒洒，把他的脚、他的半截腿逐渐淹没。他像驾着云朵一样，在自己的天空中驰骋。

写完最后一个字，我再一次长长地出了一口气，把残余的抽噎消化了一下。

此后的每天，我都要写我的作业。村里的女人们笑话娘是“死灰里面冒烟”——一个农村的女人，装得和知识分子一样干啥？自己都没有“脱产”，还一天到晚地教娃娃写字念书。她要是能教，早都当“先生”去了，还能一天到晚修理地球？

娘从不和人解释，每天把作业布置下就忙农活去了。鞋底子是个让人长记性的好东西，不写完作业，我是断然不敢跑去玩的。

学完了拼音，开始学字。五岁多的时候，我开始在糊墙的报纸上找我认识的字，开始连蒙带猜地去连接一句话，想着它是什么意思；“镢头”“笼子”“娘”“大”“馍馍”“长面”……我们常用的这些词语在报纸上咋说。我开始在墙上寻找我的困惑。

每找到一个对应的词语，我都会兴奋不已。原来娘可以叫“母亲”，也可以叫“妈妈”；“馍馍”可以是“馒头”，也可以是“花卷”……我突然觉得，书里的世界好神奇啊！

我兰州的大舅舅领着他的孩子们在一个暑假来到了我们家。我赤着脚在麦茬地里捉蚂蚱。我的表姐穿着锃亮的高跟鞋吃惊地看着我，问我：“叶叶，你扎不？”我摇摇头，继续逮我的蚂蚱。

表姐撵着和我聊天，说他们是坐班车回来的。我问她班车是什么？

表姐给我比画了半天我也没想出来。表姐用“孺子不可教也”的失望眼神看着我，她觉得没办法和我交流。而我也觉得不知道和她说啥。日子仿佛凝固了起来，时间都慢了许多。

表姐的讲述让我的心早已飞出了黑眼湾。兰州在哪呢？为什么舅舅和表姐穿的衣服那么新、那么好看？为什么表姐的鞋黑亮黑亮的？六岁的我，心里顿时忧伤起来。我什么时候能走出黑眼湾去兰州看看呢？

表姐穿着她的黑皮鞋、漂亮衣服离开了黑眼湾，我却在心里种下了一份不安分的念想。

我在墙上的报纸上找着兰州，找着关于表姐说的班车的讯息。但很遗憾，我仍然无法拼凑出班车和兰州的样子。我很沮丧，看着黑眼湾周围的山，第一次觉得它们那么碍眼。我一个人爬上黑眼湾最高的山头，我想看看山那边是什么。

眼睛看到的地方，除了山就是山。我看着远处的山，坐在山顶哭了。

娘一身劳累，回家忙完就睡了。我在夜晚睁着眼睛看着窗外的星星对我眨眼。它眨眼睛，我也跟着眨。就这样眨着眨着，一不小心我就睡了过去，似乎去了兰州，似乎坐了班车，可兰州和班车就是不让我看到是什么样子。我着急地醒了过来，星星还在眨眼睛，而我却再也睡不着了。

娘给我收拾了几件衣服，让我去山外的四姨家上小学。娘自己给我缝的秋裤。腰上没有松紧带可穿，娘就在秋裤上给我系了一根细布带子，然后套上裤子，又给我系了一条裤带。并叮嘱我，四姨家有哥哥呢，千万不能让秋裤掉了。

我系着两条裤带，带着娘的嘱托离开了家。邻居的女人们又笑话娘：“那又成精着呢，把个那么大点的女子使出去念书，也不知道咋想的。”娘从来没说她咋想的，她只是一点点地做着。

到四姨家的第一个晚上，我半夜做梦哭的声音吵到了四姨。四姨跑过来一看，我的腰上被秋裤上的裤带勒出了一个深槽。四姨帮我把裤带解开，并埋怨我，为什么不告诉她。

山外的孩子到底是见多识广的，我的表姐说起啥都知道。我一天像个跟屁虫一样撵着她，并时不时贪恋地瞄几眼她手里拿着的连环画。三年级的表姐有着绝对的优越感，觉得我一个刚上一年级的小屁孩，是看不懂这么高级的书的，所以她从来不屑和我分享。

我在表姐面前开始卑微起来。我抢着给她背书包，抢着放学了帮四姨烧火。我希望博得表姐的好感，让她在读完连环画的时候赏我一读。

我的表现让表姐满意，她终于丢给我一本连环画。等我打开连环画的那一刻，欢欣和愉悦让我不知所措。一幅幅精彩的图画和底下的解说让我如痴如醉，我恨不得面前有这样一座书山。但一本连环画只是薄薄的几十页，一会儿就翻完了。我巴巴地看着表姐，她慢条斯理地翻着手里的另一本连环画。

那年秋天，黑眼湾多雨，我在假期回到了黑眼湾。还没来得及跟我的伙伴们大闹黑眼湾，家里又来亲戚了。这一次，来的又是重要亲戚。

“叶叶，想跟我去吴忠吗？”我三姨的女儿问我。我说不想去，因为我不知道吴忠在哪。三姨的女儿继续和我说：“我们那里没有山，天天有大米饭吃，去的时候还能坐班车。”

现在想起来，我当时就是被班车诱惑了。当表姐扯着我的手钻进班车坐到座椅上的时候，隔着玻璃，我看见大哥站在路边使劲给我们挥手。班车哼哼着发动起来，我紧紧地攥着表姐的手，满头的汗。

看不见大哥了，山开始倒退，我突然后悔了，紧紧地咬着嘴唇，眼泪滴在表姐买给我的新鞋子上。

二

我们到达时，太阳跌落在地平线上，眼里看到的大半个平原笼罩着一片温暖的红。吴忠果然没有山，那太阳晚上躲哪去呢？我无法想象这个问题。

姨爹因病去世，表哥表姐上班的、上学的都走了，所以，我来是一边上学一边给三姨作伴的。

陌生的环境，陌生的语言，三姨也是陌生的。陌生让我手足无措，坐立不安。我用最快的速度背叛了我的黑眼湾方言，让舌头拐着弯适应吴忠地区语言的柔软和优越。

三姨忙于地里没完没了的农活，除了上学，大部分时间我都是孤独的，我开始想念游荡在黑眼湾的自由自在和同伴们的打打闹闹。

周末，上中学的表哥回家了，腋下夹着一本书，随手放下就找同学玩去了。从表哥进门我就盯上了这本书，从厚度判断这肯定不是课本。我从方桌上拿起了这本书，似乎有一股神奇的力量从手心直击心脏，我的心跳都快了起来。我把这本书按在胸口，好久才让自己平静下来。

这是一本《水浒传》。在四姨家看连环画时，《武松打虎》《杨志卖刀》《鲁智深倒拔杨柳》断断续续地看了，我就很想知道，这些人最后都咋样了？没想到现在看到的这本书这么厚！

我拿着书看了起来。表哥手里掐着半支烟进来了，看见我，他愣了一下，随即说："喜欢看这本书啊？那就好好看，不要给三姨说我抽烟的事情，回头我再给你借书看啊！"不等我点头，表哥已经一溜烟又走了。

囫囵吞枣、连蒙带猜地看完了《水浒传》，好多天都没有从那些故事里走出来，时不时为这些人最后的命运不由自主叹气。

远离黑眼湾，远离父母，我时常看着吴忠平原的平坦暗自想象，地平线的尽头，又是怎样的一番风景？

三姨斜对门的邻居家的小女孩和我成了好朋友，周末的大部分时间，我俩都在一起度过。她给我吃他们家做的好吃的“焖肚子”，带我去她家的西红柿地里玩。多年以后的今天，我仍然记得，我俩手里拿着西红柿，我不喜欢吃酸的，她就把西红柿汁子挤掉，只给我吃果肉。我俩坐在她家地里搭起来的窝棚高处，甩着腿看着远处，一边吃一边谈理想。她说她将来要当个老师，我说我想要很多很多书。她说，你要那么多书干吗？我说不知道，我就是想要书……

我在吴忠待了一年半，因为什么原因回去的现在想不起来了。三年级开始，我也跟着我二姐和其他小伙伴一起翻过黑眼湾的高山去山外大村庄的小学读书。

书一直是我心心念念的物件，我不放过任何和书接触的机会。在那个物资匮乏的年代，书也是匮乏的。连环画算是每个学校必备的图书，但老师是不会轻易把连环画给学生读的。

怎么才能读到阅览室里的那些连环画，让我颇费脑筋。好在我一直是那种老师眼里乖巧懂事的好学生。在平时给老师抱抱作业、扫个地的过程中，终于让老师记住我了。终于在酝酿了很久之后，小心翼翼地和老师说，能不能借我几本连环画看看。老师犹豫了一会儿，在嘱咐了一大堆注意事项之后，终于打开了尘封已久的阅览室的小门，郑重其事地给我捧了两本连环画出来。我既欣喜又失望地看着这两本连环画，吧嗒一声，阅览室的门又被老师锁上了。还没走到回黑眼湾的山脚下，两本连环画就被我看完了，塞到书包里课本的中间部分，撵着快要落山的太阳，一路回家。

第二天我把两本连环画还给老师，想再借，老师扶了扶厚重的眼镜片，语重心长地对我说：“娃娃，要好好念书呢，这些闲书少看点！”我噘着嘴离开了老师的办公室，心说，既然是闲书，为什么要放一屋子？还放在学校？当时没有人回答我这些困惑，它们只是童年时候我的烦恼和忧伤。

中午放学，离家近的同学一哄而散，校园顿时就大了起来。我们黑眼湾的几个娃的午饭就是两个馒头，到校门口的水泉边，捧一口泉水，嚼几口馒头，一个中午就过去了。年少不识愁滋味，当时并没有觉得生活有多苦，只是烦恼为什么没有书可读。

四舅舅回来了，娘领着我们去看舅舅。外公是河南人，因为某种原因落脚在了宁夏，他有着和其他农民不一样的思维。别人家有点钱就用来盖房子、买牛羊，他一心供养五个儿子读书。

外公是集开明与封建于一身的一个老人家。他不止有五个儿子，他还有六个女儿，可他老人家就供养儿子读书。而且，儿子都很争气。我的四舅舅刚从师范学校毕业回来，他回来的同时，带回来一箱子文学书籍。

娘和舅舅拉着家常，我却盯着舅舅的那些文学书籍发呆。它们像在我心里种了蛊一样，让我的眼睛欲罢不能地盯着它们看，我急于想知道，书里面描述的是怎样的一个世界。

那时的我过于胆怯和害羞，我不敢张嘴去和舅舅说我想看他的这些书。而在大人眼里，我去读这些书是不务正业的，我只是个小学生，这些书不是我这个年龄应该读的。那时候大人对课外书的恐惧，不亚于现在的大人对小孩玩手机的恐惧。直到离开外公家，我也没能张开嘴说想看这些书。晚上我做梦，梦见我终于拿到了舅舅的书，打开，却看不到上面的内容……

舅舅上班去了，书留在了外公家。每次去，我都趁着娘和外公说话的空隙，溜到舅舅放书的屋子里，拿一本书看。阅读的时间是短暂的，每次在我读得不亦乐乎的时候，娘就喊着回家。我的心就被这些书一分为二，一半带回家，一半留在书里。

有一次在看书的时候，被外公碰见了，外公说，不要把你舅舅的书拉乱了、弄皱了。说者无意，我却敏感多心了，再不敢明目张胆地在外公家读书。但爱书本是内心的痴迷，又岂会因为一句话断了念想？

既不让外公说我，又能看这些书，唯一的办法就是不让外公知道。

再去外公家，我就有点忐忑不安，因为我要从外公的眼皮底下拿走一本书，并且不能让娘发现。

毕竟这是一种“偷”的行为，一开始，我还是惶恐不安的。再后来，就给自己一次次地找借口，这不算“偷”，因为我会还回来的。忘了当时都看了些什么，只记得《隋唐演义》里，看到罗成被乱箭射死后，我的眼泪就停不下来。这么多年过去了，《隋唐演义》里的情节我仍然记得很多。

上学的时候上学，回家又要帮家里喂牛、割草，留给我的读书时间只能是上学、放学的路上。于是，黑眼湾的山梁上，多了一个捧着书走得高一脚低一脚的女孩。

“偷”完了舅舅家的那些书，我的小学时光也结束了。四年级之后，数学再也没及格过。成绩中等，数学和语文成绩呈二比一的状态，毕业考试时，我以高录取线一分的侥幸考进了县一中。

上了中学，年少轻狂，不懂努力为何物。自恃读了许多书，说话总是满口虚无缥缈的大道理。除了在语文课上容易被老师喊起来回答问题，三下五除二就可以写一篇命题作文外，我的英数理化作业基本上就是抄朋友的。就这居然混得当了一年半的班长，除了惹得同学们对我吹胡子瞪眼睛之外再无任何收获。

当然，吹胡子瞪眼睛的大部分同学除外，我还是有几个死党的，比如我表叔的女儿。表叔大有嗜书如命的劲头，家里的藏书整整一屋子。可他的书真的是藏着，我要借一本他总是找各种理由搪塞，一副我会把书嚼着吃了不给他还回来的痛苦表情。

碰壁几次之后我也不借了，我就和表姐拉好关系。反正表叔的书那么多，他也不可能每一本都关顾到。而孔乙己那句“窃书不算偷”成了我蹿腾表姐拿书的理由。

三年的光阴，一晃而过。临近中考，我还抱着三毛的《梦里花落知多少》伤感。朋友和我说，你醒醒吧，读这些书有什么用？眼看中考了，你考不上咋办？

之后的中考，我岂止是没考上，直接考得惨不忍睹，六科加起来不足三百分。看着这个成绩，我第一次陷入一种恐慌，开始为自己的前途忧虑。

就在这一年，一场多年不遇的天灾席卷了黑眼湾。这一年，黑眼湾的庄稼颗粒无收；这一年，我坐在黑眼湾的山梁上看着远处的群山哭得稀里哗啦；这一年，我的远方终于成了“远方”……

三

同学们上高中的、上中专的都走了，我去辞行。朋友说，你的成绩还是可以上高中的，人家比你成绩低的都来上学了。回家和家里好好说说，我们等你！

我怎么说呢，第一次知道无颜见江东父老用到我身上是如此地恰当。娘当年忍着邻里的嘲笑教我认字，送我读书，我却以这样一个结果回报她。在一家人连肚子都吃不饱的情况下，我怎么能说出让他们一星期拿十几块钱供我去上学这句话？

开学了，我也死心了。家里人一起保持了默契的沉默，他们也没有为我准备学费，我也没打算再提。这一年的秋天，我学会了犁地，学会了收割。一个老人说，农民是这世界上最好当的职业，只要你舍得出一把力气。从小在山里来来去去的，农活于我，顶多就是多了些许劳累。很快，别人能干的我也能干，甚至比别人干得更好。学校少了一个学生，黑眼湾多了一个农民。

我无惧于农活的辛苦，却总是在太阳落山时陷入另一种煎熬。我总在想，一天就这样过去了，我的梦想是不是有一天就是做梦也想不起来曾经想了些啥？

我看着在土地上一天天老去的亲戚、邻居，我很怕，怕我也就这样一天天老去，最终变成一堆黄土。我开始质疑自己，曾经不管不顾地读那些书，就是为了今天这个结果吗？我开始悔恨被我挥霍了的青春岁月，痛恨我对书的痴迷。连着好几个月，夜里做梦都是回到学校去读书的场景，欢喜得不知所措，醒来却是泪流满面的失落。

我越来越沉默，除了干活，再没有任何表情。有一天，大哥从山外带给我一封信。看字体，我知道是我以前的朋友，现在在宁夏师范学院上学。

打开信，朋友表达了对我不能再上学的惋惜之情，同时又鼓励我不要放弃。她说了一句让我特别感动的话：你等着，我师范毕业了供你上学！

瞬间眼泪又下来了，几个月的迷茫、痛苦、委屈在一瞬间就爆发了，眼泪滴花了手里的信纸。

平复了所有的情绪，我开始反思自己。读书没有错，错在我不该贪恋读书的快感而放弃学业。如今说什么都为时已晚，我不能回去上学已经是铁定的事实。

一些事情想明白了，就会慢慢放下。我一边干农活，一边仍然在找机会借书读。好在我身边一直都有人喜欢读书，这就给我制造了读书的机会。

我当校长的三叔也是喜欢读书的人。在我成为一个农民的时候，学校图书馆的书已经很丰富了。他时不时会拿回来两本书自己读，而且拿回来就忘了再拿到学校去。

又一次本着孔乙己的“窃书不算偷”的名言，我一次次从三叔那里拿走他的书。这次彻底是“偷书”。三叔是个大大咧咧的人，也不会追究书哪里去了，所以这些书我还回去的不多。生活已经灰暗起来，唯有这些书，能让我在劳作之余稍微觉得心安。

黑眼湾的春、夏、秋三个季节除了夜晚再无闲暇，整日忙碌在田间地头。即使下雨，勤劳的父亲也能搜腾出让我干的活，雨大了就让给牛羊挖圈，雨小了就让去山上挖黄芪。那时候最大的愿望，竟然是可以在不干活的时候，一整天都躺在炕上不起来。

夜深人静，还没看两页书，周公已然迫不及待地赴约。一觉醒来，书还停留在昨夜翻开的页码，而一天的光阴又开始重复。

卖黄芪攒了二十几块钱，在离开学校很久之后我一个人去了趟县城。不上学对于家里和娘我是无言以对，对于同学和老师我却是无颜以对。所以我揣着二十几块钱不知道去哪里。游荡了半天，不知不觉走进了新华书店。看着书架上整整齐齐的书，我竟然觉得有点心酸。读书误我，我误读书的念头一直在心里盘桓。

一本本地看过去，每一本都很喜欢，但不确定想买哪一本。新华书店的售货员忍不住过来尾随着我的脚步。一年多的时光，我的身上早已没了学生的标识，她尾随我只是怕我“拿”一本书。

售货员脸上已经有了不耐烦的表情，她不喜欢我既不买书又不离开的样子。我在她嫌弃的眼神里看到了《张贤亮中短篇小说集》这本书，随便抽出来，从中间翻开——“就是钢刀把我头砍断，我血身子还陪着你……”我的心里不知道被什么震到了，我决定买这本书。

十八块，这基本上是家里一个月的油盐钱。我毫不犹豫地买了这本书，然后走了几十里山路回到了黑眼湾。父亲看着我抱着厚厚一本书回来，禁不住问，你没买其他东西吗？我摇摇头，父亲张嘴想说什么，被娘一把扯进屋子里去了。我带着书钻进了自己的小屋。《绿化树》《灵与肉》《老人和狗》……第一次读张贤亮的小说，深深痴迷其中。

朋友的信总是如期而至，说她在校园里和老师斗智斗勇的各种表现，说她和同学在宿舍的生活常态。我被她诙谐幽默的话风逗得大笑。临了她又一次叮嘱我，一定要等她毕业。

乡村有早婚的习俗，我也不能幸免。在一波波媒人的轮番介绍下，不是人家看不上我，就是我看不上人家。我总觉得，这种婚姻就像赌博，赌你会不会遇上你的另一半，遇上了，一生幸福；遇不上，噩梦的开始。

在我带着怀疑的眼光看待相亲的时候，我从小玩到大的玩伴开始示好，他需要娶媳妇，我需要嫁出去。嫁给他总比嫁给一个陌生人强吧？抱着这样的念头，那年十二月我结婚了，没有通知任何一个同学。朋友再一次来信，说她来年六月份就毕业了，问我可否安好。我没有回她信，我又怎么能把我的负担强加给她？

婚后我和他数次说着我的梦想，我不能读书的遗憾。他也唏嘘我为什么没能继续读书。这似乎成了心里的梗，在黑眼湾的群山中执着、幽怨地徘徊。但最终，日子在柴米油盐中开始了。书和远方的梦想在黑眼湾的群山怀抱中愈发渺小，每每在劳作之余我仍然在想，山的尽头是什么？

村里的二爷一辈子没有离开过黑眼湾，经历了那个饥饿的年代，他后半生唯一的爱好就是攒馒头。每一天，他都会游荡在黑眼湾，问所有可能会给他一个馒头的邻里一家要一个攒起来。他从来不吃新鲜的，他把馒头放在各个地方。夏天的时候，等他吃完一批发霉的馒头再去找另一批时，另一批已经霉得和一堆灰似的。二爷后来就晒馒头，兜里有事没事装的都是馒头。只要一闲，二爷就像嚼豆子一样，一点点地嚼着晒干的馒头。

二爷和我聊天。我问他，你最远去过哪里？二爷说，大东沟。大东沟是黑眼湾山梁背后的一个地名。我说我去过吴忠。二爷说，吴忠在哪？我说很远的地方。二爷说，很远是多远？我说很远就是很远。

二爷一天天老了，我每每看着他的背影，总有点悲伤。他一生去的最远的地方是大东沟。随着结婚，我是不是后半辈子也走不出黑眼湾？

我仍然在闲暇时抱着书不停地读。有一次，娘问我：“看书有啥用？”我低着头不说话。我知道娘的心思。她当年送我去四姨、三姨家念书，就是希望我出人头地，离开黑眼湾。我非但未能如她所愿，还彻底地留在黑眼湾。娘恨铁不成钢，觉得是这些书误了我的前程。此刻，我已经不知道看这些书有什么用，我只是不想让自己淹没在家长里短的琐碎里，不想失去对远方的想象。

四

在之后的某一年，我从小一起长大的兄弟客死他乡。为了纪念他，我在 QQ 空间写了这样一句话：如果可以，我们一起留在黑眼湾！当时我一个网友反驳我，黑眼湾有移动 4G 网络吗？如果你留在黑眼湾，谁还知道会有个马慧娟？

还好，我没有留在黑眼湾。2000 年的时候，移民搬迁像一股春风吹遍黑眼湾的犄角旮旯。年轻人厌倦了这里山大沟深、出行艰难，以及与外界脱节的生活。我们纷纷响应国家号召，义无反顾地搬离了黑眼湾。

我们只想奔向新的美好生活，只想我们的孩子上学时可以少一些艰难。我们抛弃了黑眼湾来到了红寺堡，第一次看着没有山的广袤土地，眼前都觉得敞亮了，大家对这片土地充满了指望和期待。

但很快，一场大风就刮灭了我们对这个地方的期望，春天的沙尘暴有如万马奔腾般地洗了洗、掠了掠这片土地，刚砌了半截的墙像积木一样，经不住大风的肆虐倒塌了下来。我们突然有点怀念黑眼湾的春天，那里到处都是山，春天宁静得像湖面。

这时候，我发现自己怀孕了。身上似乎有了另一种责任。搬离时，书太重，一本都没有拿。等再回去，书早被一个喜欢读书的侄女拿走了，我想去要回来，老公说，你现在还要这些书有什么用？我回答不上来。

但我的《张贤亮中短篇小说集》就这样彻底没了。那是我人生中自己花钱买的第一本书。

黑眼湾也是彻底回不去了，我挺着大肚子帮助老公打理着这边的生活，一心只想尽快在这里安家落户。一想起我即将出生的孩子，我就特别焦虑。

从我和自己积攒的那些书失散之后，到红寺堡，我手里再也没有一本书可读。我强迫自己适应没有书的日子，却总是在漫天黄沙和火辣辣的太阳底下茫然失神。读书，仍然是我心里最大的执念。

随着儿子的出生，我的日子开始焦头烂额，我不是个会照顾孩子的人，他总是生病，我总是手足无措。时常是他哭一场，我跟着哭一场，书离我的生活越来越远。

有一次，我带着儿子去银川看我大姐，第一次走进城里，什么都让我觉得新鲜。在车站等外甥来接我的过程中，我听见了卖报纸的吆喝声。我一只手抱着孩子，一只手腾出来招呼着想买一份报纸。卖报纸的是一个年龄比我大的农村妇女，黑红的脸庞，粗糙的手，头上裹着一块宁夏农村妇女常见的头巾，怀里抱着一沓报纸。我问报纸多少钱，她说价钱不一样，五毛的，一块的，问我要哪个？我说来一份五毛钱的《新消息报》。她把报纸递给我，一边找钱一边问我，你一个农村媳妇子，买一张报纸是看呢还是坐呢？咋看你都不像买报纸的人啊？

我笑了笑，说我买来看。她仍然用不可思议的眼神看了我半天，说，你会看报纸吗？这句话让我心里深感悲凉，自从辍学，凡是看见我读书的人都问我，读书有什么用？可是，谁又规定了，辍学了就不能读书？

外甥女有一箱子《读者》，是她从1998年就开始订阅的，后来搬家，送到了大姐家。自从我看见这些《读者》，心里就惦记上了，不时地去拿上看。几次之后，大姐也不高兴了。“你一个农民，不好好看娃、干活，天天看书有什么用？”从小看书，屡屡在亲人这里听到这句话，让我犹如惊弓之鸟，眼睁睁地看着这些《读者》整整齐齐码在箱子里却没办法读。其间也“偷”了两三本，但始终，没能完全读完。近期，当我与《读者》的主编富康年老师邂逅时，我对他说，感谢《读者》。同时也感慨万千，人生，何等的峰回路转？

刚到红寺堡，什么都是匮乏的，吴忠工作的表哥来看娘，将单位半尺高的一摞报纸带来，让娘糊墙用。我看着这些报纸两眼放光，没等表哥走，装着替母亲整理，偷偷摸摸地揣了几张。

随后的一段日子，我动不动就跑去娘那里看这些报纸，终于让娘忍无可忍说了一句话：你要来我这儿看报纸，就不用再来了，你一个农村女人，看这些有什么用？所有和读书有关的幸福时光都止于这句话，所有人都觉得，我现在是个农村女人，就不该读这些书。当年中考惨败，让我没有一点点理由去反驳这句话，沉默和偷偷摸摸读书成了一种常态。

但是，哪里有书可读？杂志是“偷”，报纸现在想看也只能“偷”，甚至，连看这些书的光阴也要去“偷”。我只能在干完家务，哄好孩子，上厕所的间隙匆匆看几眼文字，这些间隙，一度成为我慰藉自己苦闷心灵的快乐时光。

2008 年，我已经是两个孩子的妈了，彻头彻尾的农村妇女，农闲之余骑着摩托车狂奔在打工路上，书离我的生活越来越远。长久地没有书，让人逐渐对书的渴望成了一种麻木的状态，我也觉得我开始认命了，一个农村女人，读书有什么用？但就在这一年，手机开始在农村普及，我脑子一热，花五百块“巨资”买了我人生中的第一部手机。

那时候我的手机，还仅仅限于打电话发短信，连蓝牙，下载个流行歌曲。有一天，打工回来的侄子抱着手机看，我凑过去一瞅，一片乌压压的文字。心里瞬间像触电了一样，我连忙问：“你看啥呢？”侄子闷头说：“电子书！”我问：“怎么弄的？”他说：“你想看啊？

我是在网吧连电脑下载的，我可以用蓝牙传给你的手机。”

至今仍然记得，我看的第一部电子书是《中国神秘事件录》。一和文字沾边的事情，都是让我废寝忘食的，百万字的小说，一周就看完了，只要有一点点工夫我就看。

侄子传过来的几部网络小说很快就看完了，我又一次没书可看。突然想起在镇上开店的外甥女有电脑，趁着赶集的机会，跑去她那里，央求她给我下载一些电子书。结果外甥女说，姨啊，一把年纪了，干活已经够辛苦的了，还看什么书吗？这样子，我给你下载一些今年流行的好听的歌曲，你一边干活还能一边听。说完不再征求我的意见，直接给我下载了一些流行歌曲就把我打发了。

我揣着一肚子窝火委屈回了家，忍不住在心里感叹，为什么在这里，借一本书比借钱还难？再说，我才二十八岁，什么叫我一把年纪了？没有人听我说这些牢骚，即使听了，也会完全赞同外甥女的观点，干活的时候，听听流行歌曲比看书实在。

2009 年年底，我们在红寺堡已经九年，日子逐渐安稳。种地、打工成了一种常态。有一天，小外甥女、侄子齐聚我们家（我比他们大不了几岁，平时经常一起玩），又说起我看书的事情，他俩一致建议，开个流量吧，想看啥书有啥书。我那时候只知道流量费钱，却从来不知道流量可以看书。小外甥女解释，五块钱可以包三十兆流量，三十兆这种按键手机一个月就够了。五块钱我还是有的，我让她赶紧给我开。侄子笑着说：“我有个 QQ 号不用，给你玩吧。”

我的流量开通了，但下个月才能用。经过和他俩一个小时的倒腾，我在侄子的手机上学会了登录 QQ。恰好，侄子这个 QQ 名是我喜欢的两个字——溪风。

现在回想读书的日子，不是挨这样的骂，就是挨那样的骂。自从有了网络，看书确实方便了，但我的时间是有限的。我开始“鬼鬼祟祟”起来，别人都在农闲时凑在一起串门子、聊天，我躲在家里看手机。

晚上家里人在一起看电视，我躲在被窝里看手机。在我娘那坐一会儿，我也在看手机。

这次没人再拿看书说我，纷纷转向手机。有一次我和外甥女一起坐炕上看手机，大姐进来二话不说就说我一顿，你一个三十岁的人了，一天到晚不知道想啥呢，动不动就头低在手机上，像什么样子？我无比委屈地看着外甥女，外甥女无比同情地看着我。同样是玩手机，区别咋这样大呢？难道因为外甥女是大姐亲生的就不说吗？

我一切用手机做与读书有关的事情再次被亲人们示以各种白眼和打击。我默默地揣着对文字的喜爱装模作样地回归大家的生活，直到夜深人静时，我才拿出手机开始看书。

看书的每一个夜晚都舍不得睡去，因为这是唯一属于我自己的生活。通过 QQ，我也结识了一批天南海北的朋友，通过他们的空间。他们的讲述，远方在我心里再一次清晰起来。我的心里又对远方充满了想象和渴望。

五

我从未想过有一天要当个作家，因为在我心里，当作家是一件神圣的事情，是我这个只念了九年书的人不敢想的事情。

日子在琐碎与重复中一天天过去，黑眼湾离我们的生活越来越远。我看着红寺堡从一片荒凉逐步开始繁华，看着这片土地上终日忙碌的人们，偶尔会在 QQ 空间写几句话。一百二十个字，只能用最简单的表达方式。

和网友聊天，我说自己是农民，一开始并没有人信，他们觉得我这个农民知道的有点多。但真诚总会在文字中传递，真诚也会吸引到真诚的人。

和何亮弟弟认识的时候，他大学刚毕业，在我说借书比借钱难的时候，他把自己珍爱的几本书义无反顾地寄过来。让我在十几年之后第一次看到了纸质书。秦大侠问我，旧书嫌弃不？我说不，只要是书。没几天，四十几本书打包统统寄来了，让我爱不释手。而秦大侠，到现在都是我的读者和老师。

虽然家里人嫌弃地说，你一天到晚就知道捣鼓这些“烂书”（他们始终认为读书无用，方言里，凡是没用的，都会加一个“烂”字），但也没有给我全部扔出去。我悄悄地把他们眼里的“烂书”低调地摆了起来，每次干活回家，一看到这些书，我的心里就会溢出满足和幸福，我终于重新拥有了书。

一天，邦鸿（我网上认识的大学生）和我说，姐，你的文字不错啊，坚持写下去。我对邦鸿的提议不置可否，我问他，我一个村妇，总不能一只手拿着锄头，一只手拿着纸和笔去写？邦鸿说，不用纸和笔啊，你就在空间写。

第一次有人夸我，未免有点沾沾自喜，既然有人说我写得好，那没事就写点吧。在一百二十个字的表述中说清楚一件事情，还要加上标点符号，这本身就是一件考验人的事情。但我也从中找到了乐趣，并且在每一个空闲的时间就去琢磨，一句话怎样写才能发挥它最大的想象空间。

这一写就是四年，我的网友多了起来，大都是喜欢文字、志同道合的人。他们说，从我的笔下，看到了西北不一样的风土人情，看到了安详和美！他们也好想来看看这片土地。我忍不住大笑，原来，不止我在向往江南，我的文字也开始让人向往西北了。

常怀感恩之心，常念相助之人！2014 年，网上的朋友更多了，其中有两个人对我此后的人生起到了决定性的作用：一位是给我提供流量的唐姐姐，一位是祁国平先生。

2014 年一年，在唐姐姐的鼓励推动下，我告别一百二十个字（后来QQ升级，可以写一百四十个字）的书写模式，开始写千字文。这一年，我在空间写下了十几万字，截至这一年，手机已经用坏了四部。

祁国平先生看到这些文字后鼓励我投稿，我说不会投，先生说他帮我。我用手机写出来的文字格式凌乱，的、地、得不分。先生从我空间将这些文字摘去，重新排版，并替我投稿于《黄河文学》。2014年年底，我的四篇小文章合成《我们苦中作乐的生活》近八千字发表在《黄河文学》草根作家专号上。我作为一个文学新人第一次出现在大众的视野里。当我把目录发在QQ空间的时候，我的网友们纷纷祝贺。我就像他们在荒地里种下的一粒种子，在某一天突然就破土而出，发芽了，这种情形怎能不让他们欣喜和感动？

2015年，《黄河文学》第四期又一次刊发了我八千多字的两篇散文，给了我九百三十块钱稿费。这一次，第四部手机也彻底退役，我一咬牙，用这笔稿费加上平时打工积攒的钱，买了一部智能手机。

连续两次发表，家里人逐渐地再不说啥了，他们也知道，文字变铅字的过程不易。他们虽然不支持我读书、捣鼓文字，但并不代表他们不尊重文化，不敬畏文学。

生活似乎在某个节点瞬间打开了一扇窗，我依然在种地、打工、饲喂牛羊，但一切因为读书，因为文字美好起来。

2016年3月，我的事情被新华社的记者报道。紧跟着在3月22日，我接到一个陌生的电话，说是北京卫视《我是演说家》栏目组的，邀请我参加他们第三季的节目。

我已经好几年不看电视了，但是凭感觉，我觉得这是个真人秀的栏目。演讲不就是要在很多人面前说话吗？这是我最不擅长的一件事情。我很紧张，生硬地一口回绝，说我不去。对方笑着说不着急，让我再考虑几天后回复她。

去还是不去？这对我是个两难的选择。去？我是个不善言辞的人，去了说啥？不去？我向往了多年的远方正在向我挥手，我如何拒绝？

我没出过门，基本和社会脱节，我对外面世界的了解完全来自于我的网友，我有不能解决的大问题一般也会求助于他们。我的网友们说，去吧，别多想，我们认识你这么久，都没见过你什么样子，你就当站在那个舞台上让我们看看你。

就因为这句话，我决定去了。当我把这个消息告诉家里人的时候，他们用不可思议的眼光看着我。我知道他们肯定没想明白，全国那么大，北京卫视这是看上我啥了，让我去上电视？反正不管家里人想啥，我要去北京还是让他们挺激动的，隆重地为我饯行。我娘说，想当年，你一个骑在毛驴背上的野丫头，现在要坐着飞机去北京了，这也太让人不敢想了。是的，岂止是娘不敢想，我也不敢想。

一切似乎是偶然，但一切也将是必然，一脚踏上北京的土地，在人潮涌动、车水马龙的繁华都市，我的远方就这样猝不及防地来到了我面前。

演说家的舞台上，我是笨拙而稚嫩的，但多年对读书的执着，又让我充满了力量。当我讲完最后一个字，现场响起了热烈的掌声，鲁豫老师说，慧娟，加油！希望你以后的日子越来越好！

在演说家第二场的比赛中，我光荣败北，心里并没有多少遗憾。我本不擅长说话，这个结果是我满意的。繁华过后，归于平静，回家继续锅碗瓢盆、早出晚归的生活未尝不好。

回来后，我读书、玩手机再也没人说我了。我的散文集结集出版了。我去了全国的一些地方，我有了一屋子的书……

我在某个时期总会无端想起我于 2013 年秋天去世的父亲。他没有看到我努力之后的精彩，没有分享到我的喜悦，没看过一篇我写的文章。如果他知道我因为读书、因为文字走了一条完全不同于他的人生路，他会不会很开心？至少在现在，娘一提起我，总是会露出欣慰和满足的笑脸，我的远方，应该也是她的远方。

一路走来，需要感谢的人太多。但最该感谢的，应该是文字，因为文字结缘了这么多一路相伴的师友、读者。所以我一直说，我有今天，不是我一个人努力的结果，是大家共同的不放弃成就了我。

之后，也遇到许多给我留言的读者，农村、辍学、梦想、迷茫这些词是大家共同的标签，希望我指一条明路。我说，不要着急，年轻就是资本，努力、坚持总没有错。但随后，这些人再无下文，可能他们以为，我站着说话不腰疼，不肯教给他们实现梦想的方法。

也有很多人以为我是一夜成名，网络里炒作出来的网红，其实这个世界上哪有什么一夜成名，就算网络要炒你，你也得有让人炒作的资本。今年有个网友给我留言说：好羡慕你，用六年时间就实现了自己的梦想！我回复了一句：不是六年，是初中毕业后到现在的整整二十二年。

（原载于《朔方》2018 年第九期）

风从村庄路过

一

风从红寺堡的村庄路过的时候，把春天捎带了过来。一个季节，是从女人头上的粉围巾开始的。绿色很远，桃花很远，土黄色是这片土地上的主题，春天，这种土黄更加显眼。

沙土愿意跟着风流浪，流浪的沙土也愿意成群搭伙。风本来是看不见的，但因为这些沙土助力，多了几分震慑的威力，所到之处，一片狼藉。

农人的一生不光是和土地打交道，更多的是在和房子打交道。人是群居动物，房子是人脸面和能力的体现。农人的一生，盖房子，是人生中的大事，谁一辈子不盖一次房子，谁的人生就不完美。用这个标准来衡量，红寺堡的农民可能是最合格的。谁家都三遍两遍地盖过房子。谁家要盖房子，一个村子的人都会去帮忙。天长日久，帮忙成了乡里乡亲最朴素的交情，你来我往，守望相助，世代沿袭。

刚到红寺堡，盖房子都是随便把地基整好，用泥把砖砌起来，架上去几根檩条，椽子一搭，席子一铺，拿泥把顶子一抹，两间房子就盖好了。老家带来的两床被褥随便朝炕上一铺，人就有了容身的地方。那会儿，一个简单的愿望，是人在一片陌生的土地上生活下去的动力。

风带着沙土一次次路过村庄。穿透新房子的砖缝，从屋里经过，留下一部分，又带走一部分，房顶的泥也被一层层风化，成为新的沙土，随风而去。住了一段时间，屋顶开始漏雨，屋里开始寒冷。人与风的较量中，最先妥协的是人，风逼迫着人去作出改变。

旧的房子被推倒。拉砂石的车活跃在春天，顶着风在村庄穿梭。大家都是趁着手里还积攒了一点钱，趁着还没有到春耕，趁着邻居们还没出去打工，要盖房子，要扩建牛棚，就得趁着春天完成。一车车砂石随着风倾倒在要用的地方，一个人一辈子的基业就从这些砂石开始。

在石头码起的地基上，钢筋混凝土浇筑起了钢架结构，砖头在这些结构中填补了空白。钢梁，松木檩条，松木椽子搭建起漂亮的顶子。泥唯一的用处就是继续抹房顶，完了再用彩色的琉璃瓦覆盖。

当一幢幢新房子拔地而起，当钢筋水泥越来越坚固地包裹房子时，风能裹挟的沙土越来越少。当柳树开始扎根，当杨树开始散叶，当布谷鸟飞过天空，当麻雀在一起聚会时，风也从树梢奔向九天之上，如果不是一只鹰在高空迎风而来，羽毛被风吹得凌乱，人会以为，风离开了这片土地，带着它曾经召集的千军万马找寻新的领地去了。

而人和房子留在村庄，等着风一次次地路过。

二

若论生存的能力，人是天地间最渺小的物种。严寒对野外的动植物没有丝毫的影响，无论哪个季节，它们都用自己的方式活得好好的，该凋零凋零，该发芽发芽。

四野空旷，田地荒凉。几根芦草用刺状的尖芽刺破了厚土，几只屎壳郎挥舞着爪子爬行，流浪狗成群结队地撒欢，野鸽子飞得肆无忌惮。偌大的旷野，粉围巾在天地之间涂抹出一点色彩，装饰了早春的单调。

男耕女织的家庭模式成了过往。男人们常年在外面打工，女人撑起了生活的大半边天，在春天刚开始的时候，裹着粉围巾的女人们最先出现在田野里。田埂要打起来，地里的牛粪要散开，和春耕有关的事项都要在大风中完成。风再大，人也是要出去的。粉围巾成了可以遮蔽风沙的一方天地，暂且护住女人们的颜面，让眼眉前有一丝安宁。

东一片西一片的苗木地把旷野分割开来，在苗木市场繁荣的时候，一亩地的苗木长三年就会有几万块钱的收入。但栽种和管护的过程也是费时、费力、费钱。当初栽种时本想着熬三年了能让地里赚得多一点，但栽种这些苗木的人赶上的恰好是繁荣的末期。五年过去了，速生杨在水肥的滋养之下快速地生长，大一点的能当椽子，最小的也长了四厘米粗。眼看着苗木地长成了树林，成了野鸡、野兔和各种小动物的栖息地，时不时蹿出来站在路边欣赏一下旷野的风景。喜鹊捡拾起掉落的枯枝，挑最好的树杈筑起一个凌乱的巢繁衍后代。唯独主人家等着苗木被收购等得遥遥无期，一年比一年心灰意冷。此刻这些苗木的存在，只是为萧瑟的旷野平添了几分繁华，为一望无际的田野遮挡了一下风的进程。

没有什么比土地更有力量，也没有什么能阻挡土地的力量，苜蓿、黄花菜蛰伏了一个冬天之后，用充足的后劲冲破厚重的泥土，蓬勃而出，苦苦菜、艾草、蒲公英用自己的方式占据了适合自己的领地，悄无声息地繁衍。绿色开始在土地上扎根，一切都是可以期待的样子。

远处是一片葡萄地，一垄垄凸起的土堆底下，埋着胳膊粗的葡萄树。葡萄树应该是所有果树里面最娇嫩的，它们要在深秋回到土地的怀抱里冬眠，而一到春天，它们又迫不及待地要出来。经营葡萄树要付出比其他作物更多的辛苦，除了春节前后的两个月，葡萄地里常年有人在忙碌。

罗山站在那个地方很多年了，它看惯了风的来来去去，见证了这片土地上的春夏秋冬，迎接了新旧生命的交替。所以，罗山是不悲不喜的，任何时候看过去，它都是那么安详宁静、云淡风轻。

而罗山脚下的这些人，这些事，这些生命，都用自己的方式在努力生长。风路过的地方，留下的不仅仅是沙尘，还有生生不息的希望。

三

网络填补了生活所有的闲暇空隙，每个人都很忙，忙着聊天，忙着看抖音、快手的直播，忙着自己也拍个段子上热门。

网络运营商各自推出了经济实惠的流量套餐，微信语音消除了不会打字的障碍。短短几年时间，手机如同路过的风一样，快速地占领了村庄，成了人必备的生活必需品，生活中可以暂时没有钱，但绝对不能没有手机。

一部手机的功能有多强大？只有你想不到的，没有手机上做不到的。但手机在乡村最大的作用就是娱乐，联系想联系的人，看层出不穷的短视频，然后惊呼或者大笑。如果你远远看见一个人蹲在树荫底下用手支着下巴一动不动，那他一定是在看抖音或者快手，自己乐在其中。

多年不见的乡党亲邻都有了关联，多年不见的场景出现在手机里了，以前不出门就不知道外面是什么样子，现在打开手机，全世界都在你的眼前。这么好的物件，谁会不爱，谁能不爱？新兴的事物都有它的两面性，手机和网络带给人便利的同时，也给村庄带来了困惑和迷茫。

有那么一阵子，网络直播，一夜暴富看红了一部分人的眼。条件一样，长的也差不多，凭啥你一直播就是网红，可以日进斗金，我就得继续在土地上扒拉生活？不就是一部手机，一个支架，不就是扮丑卖乖，逞口舌之利吗？你可以，我为什么不可以？于是一些人地也不好好种了，工也不好好打了，整天琢磨着怎么样才能涨粉，怎么做才能走红。

能在网络走红的人占尽了天时、地利、人和。同样的起跑线上，并不是每一个人都能同时拥有这些天时、地利、人和，走红只是少数人的幸运加努力。大部分人各种折腾，绞尽脑汁，穷尽思路也没有红起来，一回头才发现，耽误了时间和活计，耽误了正常的生活，网络还是那个网络，网红却已经换了一茬又一茬。

手机里有太多的幻象，成年人的世界，大都一地鸡毛。看外面的世界看多了，好多人萌生了换个活法的念头。在网络里，认识一个陌生人太容易，生活中的不如意，情感上的不顺意，话投机了，什么都能倾诉。说得多了，只恨相见太晚，只恨娶嫁太早。别人能按心意活着，自己为什么不能？前半辈子走错了，那就从现在开始重新来过。

有那么一两年，在村庄里，离婚的、出轨的骤然多了起来。等回归到生活的常态中，才发现，手机里的爱情就像网速，来得快，去得也快。

一来二去，手机带来的好处并不那么明显了。家庭闹矛盾，说都是手机闹得，孩子学习不好，说是玩手机玩得，睡觉太晚，说是看手机看得。似乎任何不好都能和手机扯上关系，任何不好都是手机诱发出来的祸端。

村庄里的人深深地爱着手机，又深深地恐惧着。手机给村庄带来了太多冲击和变数，让人的生活不再那么单纯和质朴。

四

三轮摩托车可是在村庄里风光了一阵子。朝地里拉个化肥，拉个粪，朝回拉个玉米秸秆，马力足，车厢大，轻便快捷。曾经一度替代了手扶拖拉机和三轮农用车，成了田间地头的主力。

第一辆电动车在村庄里跑起来的时候，大家都有点看不上。一个充电的东西，能有多大马力？遇上个坡咋办？骑到半路上没电了咋办？还是加油的东西保险，后劲儿大，有保障。

大家没搞清楚买电动车的人咋想的，但骑电动车的人觉得，这个车车多好，充一次电也就一块钱，充一次电短途也能骑个两三天，想走镇上随便骑上就走了，想给地里拉个化肥什么的也就拉了，多好，也没觉得比摩托车差到哪里。

不久，骑摩托车的人也发现了这些好处。围着买来的电动车研究，咨询、讨论、对比了一番，最后发现，电动车也没想象得那么坏。

接受总是需要时间的，但一旦接受，就会形成潮流，短短两年，电动车就把摩托车完全替代了。因为简单的操作和稳定的速度，不管是女人、小孩、老人，电动车都能驮着他们奔跑在大地上。它就像生活中的一个加速器，缩短了路的距离，缩短了时间的跨度。

村庄里有个六十五岁的老人有点残疾，耳朵背，口齿不清楚。在路上看见女人和小孩骑着电动车扬长而去的时候，老人有点不服气，女人和娃娃都能骑着跑，他也要买一辆。

家里人不同意，这么大年纪。买个电动车，万一出点什么事情，谁担这个责任？老人也不同意，凭什么看不起我，凭什么别人能骑我不能骑？不给我买我就绝食。

老人的拼命抗争，换来了一辆二手电动车，家里人的意思，买个旧的摔了碰了也无所谓，让老人了个心思算了。但没想到，老人骑上就走，一时成了村里的稀奇。

一切都在向前发展，如同电动车，带给人希望和憧憬，也带给人勇气和力量。

五

女人喂养着几百只鸡，从年前喂到年后，本来想着过年的时候卖出去好好赚点钱。但一场疫情，隔离的不仅仅是人，鸡也被留置了起来。一天要喂掉上百斤玉米。男人气得拿眼睛瞪着女人，从女人买鸡苗的时候，男人就是反对的。

家里二十几亩地，十五头牛，几百只鸽子，再加上这群鸡，活生生的一个三军阵地。男人有男人的事情要忙，这一摊子里里外外都要女人一个人操持。但男人的反对无效，帮不了女人多少忙，也就没有说话的权利。女人最终把鸡苗买了回来，女人忙得脚不沾地。

女人当年也是村里数一数二的村花，帽子戴得方方正正，脸上的粉扑得薄厚均匀，眉毛描得弯如月牙。穿得更是光鲜得体，时髦大方。

女人在村里曾经像标杆一样活了一场，很多人羡慕地说，能像女人那样活一天就知足了。

但现在的女人，三天不洗脸都是正常的。每天眼睛一睁，牛圈里出来，鸡圈里进去，鸽子就等着空闲了赶紧去瞅一眼。要添草料，要铲牛粪，要给鸡和鸽子添食添水，要在各个圈舍之间不停地奔走。女人的两只拖鞋看不出来本来的颜色，底子也被磨透了。女人没有时间去买一双新鞋。

女人最近愈发地忙乱，鸡养过时了，一个个七八斤重，清一色的大红公鸡，吃饱喝足就是相互掐架。动不动一群鸡围攻一只，稍不注意，死伤几只是家常便饭。前天，她做了个饭的工夫，上去一看，死了七只。女人又心疼又后悔，从那之后就再也顾不上做饭了，给鸡劝架成了女人的主业。

她一遍遍地发着朋友圈，一次次地请人转发，男人唠叨她也没心思回嘴，这群鸡今年是亏定了。怎么样把损失降到最低，是她一直在考虑的问题。

推着一手推车粉碎的玉米，上面插着一把铁锹，女人的脚步有些疲惫。鸡舍里尘土飞扬，一群鸡百无聊赖地打发着时间，用爪子把土刨蓬松，趴在土里洗着泥土浴，羽毛整个沾染上了土，看着没有一点神采。女人开鸡舍门的声音让鸡们兴奋了起来，伸长脖子看着门口的动静。一看见女人的手推车，鸡们跳起来抖落了一下身上的土，冲着女人狂奔而来，又带起一阵土雾。

女人的脚跟前全是鸡，围得她挪不动脚步，几只好事的鸡对着她露在拖鞋外面的脚趾琢了起来，女人躲闪了一下，踩到了后面一只鸡的鸡爪，鸡叫着跳起来逃离，其他的鸡受到了惊吓，好歹给女人脚底下腾出来一条路。

喂鸡的食槽和水槽像狗舔了一样干净，女人在鸡头攒动中寻了一丝缝隙，倒了一铁锹食进去，鸡一拥而上，伸着脖子迅速地啄食，身强力壮的把体弱多病的挤到了一边，抢食太多的伸着脖子半天咽不下去一口食。趁着这个时机，女人迅速地把食槽都填满，鸡一拨一拨地寻找自己的位置觅食。

填完食，女人又去提水。等她再次回到鸡舍的时候，食槽里的食已经没有了。鸡们意犹未尽地琢着空了的食槽，没一会儿，它们就寻到了新的乐趣。一只鸡的鸡尾上毛掉了，另一只鸡撵着去琢，啄出了血，一群鸡闻血而动，齐齐围攻这一只鸡。鸡的惨叫声四起，女人急忙扔下水桶跑过去解救。院子太大，鸡太多，等她赶到的时候，那只鸡已经被啄得鸡毛横飞，躺在一群鸡的爪子之下抽搐。女人赶开围攻的鸡，把这只鸡抢在了手里，鸡头耷拉在胸前，完全控制不住自己了。

女人急忙把鸡带离了鸡舍，放在屋里的地上，期待着鸡能缓口气活过来。过了一会儿，这只鸡最后抽搐了一下，全身的鸡毛慢慢地回落，慢慢地一动不动。

鸡们并没有因为失去一个伙伴而有什么变化，依旧在鸡舍里吵吵闹闹。女人出去坐在台阶上，看着满院子闹腾的鸡，一种无力感油然而生。女人一瞬间觉得，自己有点累了。

六

每年大风从这片土地上经过的时候，江南的朋友总会给我发一些图片。樱花开了，植物绿了，远景映照在湖水中，生命在春的脚步中呈现出一派欣欣向荣的景象。看完图片，风正从院子里经过，威胁似的扯出一段声响，带着尾音仓皇而去，下一波，已经在来的路上。

风刮过的土地、天空总是灰头土脸的，连最聒噪的喜鹊、麻雀都悄悄地躲了起来，斑鸠在哪家的屋檐上探个脑袋就又缩了回去；牛闭着眼睛慢悠悠地嚼着反刍的草；羊在哄抢完几粒玉米之后又开始咩叫；几只家养的雁呆头呆脑缩在树底下，和两只花鹅大眼瞪小眼。

春天和风一样，还在路上。大人们都习惯了春的慢怠和姗姗来迟，在固定的轨道上一边忙一边等着春天。但孩子是等不了的，身上穿着棉衣棉裤略显臃肿，屋子里已经不足以让他们玩闹，总在大人们忙活的时候冲出屋子，在院子里骑着小车车，挥着小旗子，和土与尘，与风和沙，来来回回，不厌其烦。大人追出来给头上捂一顶帽子，一会儿帽子就被扔在了风中。车轮在水泥地上碾不出印记，但一圈圈地转过去，他们的童年也跟着风跑了。

每一年的春天都是一样的，七十几岁的太奶奶搀着孩子们的吵闹声出来了，她看着她的重孙子们在风里奔跑，眼角满是疼爱和担忧。她一生的故事，被风带走了太多，留下的，她也不愿意讲。孩子的奔跑里有她的故事和回忆，她的眼睛追随着车轮，过往和未来就这样交替而去。

七十多岁的太奶奶用手机看到了远方的儿女和亲戚，知道了许许多多她一辈子都不知道的事情；她学会了看抖音，刷快手，知道那个叫武汉的城市正在承受灾难；她学着定闹钟，看新闻，调整字体大小。自从有了手机，她就惦记着每个月交话费。她说手机看多了不好，费眼睛。

疯够了，玩够了，小孩子风一样冲进了屋子里，室外的喧闹变成了室内的狂欢。光头强被熊大和熊二撵得在森林里乱窜；猪猪侠又开始伸张正义；大头儿子、小头爸爸还在继续上演新的故事；而猫和老鼠，米老鼠和唐老鸭，舒克和贝塔，黑猫警长，大力水手也被风带走了。新旧事物的交替中，生老病死也在延续。

风逐渐停了下来，灰头土脸的村庄开始清晰起来，调皮的小孙孙拉扯着太奶奶的手又要出去。太奶奶不去，一老一小僵持在屋子里。拉不过太奶奶，小孙孙又有了新的主意。拿起手机，拉起太奶奶的一根手指去点手机屏幕。三点两点，音乐响了起来，小孙孙撒开手机跟着节奏扭了起来。

太奶奶脸上的皱纹笑成了一朵花。

七

风从三月的土地上路过，大片大片的荒凉是主题。

但不经意间一回头，在路边，在某个拐角处，在田埂上，一树一树的杏花、桃花争着抢着绽放，用最明艳的方式提醒人们，春天来了。

三月三在这片土地上没有什么特别的印记，但外地的网友们说，这是个特殊的日子，他们在三月三会有不同的庆祝节目。或者，在我们几千年的农耕文化中，每个月不同的节日和寓意，是为了让人们充满希望和期待地去生产、生活。

我的母亲在很多年的三月三都提醒我：今天是你的生日。我的姐姐说，你很幸运，生在三月三，多么容易让人记住的日子。但很多年，我都不喜欢这个日子。

我从书里看到了关于生日礼物、生日祝福的描写。但对我而言，隆重地过个生日，从来都是一件奢侈的事情。

三月是万物生发、春回大地的时节。为了唤醒沉睡一冬天的土地，风一遍遍地在大地上奔走。在村庄里，三月去地里撒碳铵是必不可少的农活。在好几年的三月三，我都在大风里撒着碳铵。远处的罗山是灰的，村庄是灰的，土地更是灰的。大风之中，端着一盆子碳铵逆风而行，走一步就撒一把碳铵出去。天地一个颜色，碳铵落地时，雪白得刺眼，腥臊刺鼻的气味隔着围巾蹿进鼻息之间。风让人窒息，碳铵也让人窒息。

我们不懂什么化学反应之类的，还以为，这些白得和雪一样的东西是把农家肥用机器处理了一下装进袋子里的。

在这样的劳作中，能记住的只有尘土的味道和碳铵的味道，这么多年都挥之不去。在这样一个环境中，我不觉得三月三这天有什么特别，但母亲仍然会提醒我一句，今天是你的生日！

我有时候惊讶于母亲的记忆，每一年的三月三，我都会收到这样的提醒。提醒得多了，我有点颓废和气恼，再后来，这种情绪从气恼变成了逃避，我开始不喜欢春天，不喜欢三月三，甚至不喜欢这片土地。只有鲜艳的花而没有绿色的春天是有缺陷的。同样，没有生日仪式的生日能算生日吗？我固执地以为，这些缺陷和不完美都是因为这片土地造成的。我的母亲永远都不知道我的这些小心思，她还是会在第二年的三月三对我说一句：今天是你的生日！

只有经历了生活，然后去反思自己，才会让人成长。之后的几年，我慢慢地接受并喜欢这片土地，我开始在春天去看桃花，我也在三月三这天接受母亲的提醒，祝自己生日快乐，并且由衷地感激她在这一天给了我生命，并一直记得我的生日。

八

抱窝的鸡很烦躁，满院子找着可以趴窝的地方，唧唧咕咕地“说”着她的着急。说了几天没人搭理，急得全身的毛都炸起来了。

玉嫂子不是没听见，只是这两年，村庄里养母鸡的人不多，要凑齐几个能孵的鸡蛋不是一件容易的事情。抱窝的母鸡很执着，“说”得嗓子都有点哑了。

大公鹅被母鸡的聒噪吵得心烦，扭着长长的脖颈反身去啄母鸡，想让它闭嘴。母鸡受到了惊吓，拖着惊恐的尾音逃窜。墙角是玉嫂子给两只母鹅搭的下蛋的窝，里面躺着今天的两枚鹅蛋。慌不择路的母鸡误打误撞地跳了进去。冰凉、圆润的鹅蛋贴合在母鸡肚腹上的时候，它所有的烦躁都被安抚了下来。

玉嫂子“打”了好几次，母鸡就是占着鹅下蛋的窝，趴着再也不肯起来。玉嫂子一看没办法，索性又给母鸡的肚子底下塞进去三只新鲜的鹅蛋。母鸡也不介意，反正它现在就是孵蛋的，两只和五只的区别不大。

下蛋的窝被占了，两只母鹅非常不满，时不时要去窝跟前挑衅一番，玉嫂子怕母鸡吃亏，就拿个纸箱子把窝堵了一下，两只母鹅抗议了几天，也就放弃了。

抱窝的鸡很辛苦，三两天下来着急忙慌地吃喝上一口，就匆匆忙忙地返回去继续。鸡的孵化期是二十一天，鹅好像要更长一些。母鸡不知道时间长短，蛋不破壳她就孵着。二十多天过去了，母鸡瘦得只剩下一身毛。玉嫂子数了数日子，鹅娃儿再过几天就要孵出来了。

母鸡又一次离开窝下来觅食。两只母鹅急着要下蛋，一看原来的窝里母鸡不见了，正好腾出地方。玉嫂子被母鸡着急的叫声惊了过来，一看，母鹅趴在鹅蛋上。玉嫂子急忙拎着母鹅的翅膀将它拖出来，但很不幸，一只鹅蛋被踩破了。

母鸡重新回到了窝里。破了的鹅蛋被玉嫂子拿了出来，透过鹅蛋的缝隙，她看见里面已经长了绒毛的鹅娃儿还在蠕动。

玉嫂子托着鹅蛋去邻居家找胶带，她想着，蛋膜还没有破，拿胶带把蛋壳封起来，这只鹅娃儿兴许还能活。封好的鹅蛋重新被送回母鸡的肚子底下，玉嫂子祈祷这只鹅娃儿能坚持到孵化。

终于到了鹅蛋破壳的那一天，胶带封起来的那只还是没有坚持下来，其他四只鹅娃儿顺利出生。

在春天，一只母鸡理直气壮地领着四只鹅娃儿在院子里晃荡，一阵风刮过，鹅娃儿赶紧缩到母鸡的翅膀之下。

三只大鹅歪着脑袋看着这个场景，总觉得哪里不对劲。

九

过去说“多年的媳妇熬成婆”。说的是一种指望和期待，说的是熬成婆之后就有了对一个家庭的话语权和生活待遇的提高。只要熬成婆，人生仿佛就是另一种境界和抵达。

一季又一季的大风路过，一个又一个孩子在村庄出生，“60后”“70后”的人到这个年纪，大都活成了爷爷和奶奶。活成爷爷奶奶并不意味着熬成了婆，只是到达了人生的另一个阶段——带孙子。

“90后”的年轻人打破了乡村生活的传统，活得上接天气，下接地气。既能和高速发展的社会接轨，又懂得享受生活。生孩子对于他们来说并不算什么负担，乡村广阔，孩子也是见风就长。

从此，爷爷奶奶的屁股后面就多了个跟屁虫，饿了喊，渴了喊，高兴了喊，委屈了还是喊。吃饭睡觉，爷爷奶奶寸步不离。只要有爷爷奶奶在，孙子就能要风得风、要雨得雨。

爷爷奶奶把脚底板磨成一张纸，被孙子扯着走东走西，孙子想吃什么零食，抱着爷爷奶奶的脖子撒个娇就好，给孙子的玩具换了一茬又一茬，爷爷奶奶吃个雪糕还要想一想。

孙子完全掌握了家里的话语权，孙子提出的要求，一桩桩一件件都变成了事实，爷爷奶奶心心念念的东西，看几眼也就算了。

手里拖着一个，怀里抱着一个，恍惚间，时光倒退了回去，仿佛又回到了带儿子女儿的时候。

十

夜晚的风刮过的时候，三宝的妈一夜没有睡着。

第二天天刚亮，她就去了组长家里，一遍遍地问，咋样了，咋样了？组长也不知道说啥，只说让她等着村上的通知。问了半天没有问出来个所以然，三宝的妈只好又回去，风刮着一个塑料袋从她头上飞过，飘摇着越过柳树和电线，卖弄一般在空中翻着个，晃悠着去了远处。三宝的妈看着远去的塑料袋，心也跟着飘忽不定起来。

她今年六十五岁，和老伴两个人单过，老伴智力有点问题。自打搬迁到村庄之后，村上就给申请了低保，紧跟着两个人也都领上了养老金，再加上逢年过节的慰问和补助，两个人的生活完全过得去。而三宝的妈是个闲不住的人，夏天跟着摘枸杞，摘黄花菜，秋天给人掰玉米，冬天在蔬菜大棚里面摘辣椒。总之，她没让自己闲过一天。

三宝的妈过日子节俭，加上平时儿女三三两两地给钱，一来二去，居然攒了一笔钱。攒的钱不能放在家里，一来怕老鼠，二来也不安全。有一次，女儿来走亲戚，她就让女儿去办了一张卡，只要有点钱就赶紧存在上面。

人生就是从生到死的过程，活着的时候，谁都想过得体面一点，死了，也想体面一点。她想着，儿女自有儿女的日子，自己要把两个人的丧葬费给攒出来。

脱贫攻坚工作逐步到了尾声，又一批清查开始。这一查，才发现村里吃低保的很多人名下都有存款，多的竟然有二十多万。三宝的妈也有六万多块钱的存款，和其他几家查出来的人家一起榜上有名。

低保，顾名思义是给困难人群的最低保障，清查也是为了让更需要的人享受到这些福利。据说名下有存款的这些人，低保都会被取消，据说，取消了就再也不给了。

自打听到这个消息后，三宝的妈心里就再也没有安生过。她很后悔，为什么要把钱存起来，后悔自己天天出去干活，后悔不该吃也舍不得，穿也舍不得，后悔没有和女儿说好存在女儿那里。这些后悔让她像一只受了惊吓的兔子，一会蹦到这家去问问，一会跑到那家去打听。凡是有低保的人家，她挨个跑了一遍。但大家都不知道会是什么结果。

又一天过去了，还是没有任何消息，三宝的妈看着有点呆傻的老汉，长长地叹口气，老汉并不懂她的烦恼，咧着嘴对着她傻笑。

（原载于《朔方》2020 年第 7 期）

从黑眼湾到红寺堡

和风一起睡去

在我生活的前二十年里，我从来没见过这么大的风，没见过黄沙漫天，没见过天昏地暗，更没见过风把墙刮倒，把屋顶掀了。我见过的风都是温柔的，因为等风越过群山刮到黑眼湾时，已经耗尽了它所有的戾气。而红寺堡的风是自由的，它想怎么刮就怎么刮，毫无章法，毫无规律，它像脾气极坏的小孩子，由着自己的性子在这片广阔的土地上折腾，累了倦了无聊的时候再悄然退去，仿佛这片土地它不曾来过。

红寺堡的女人要比男人幸运得多，因为她们可以毫无顾忌地拿一块方围巾，随便一个对折，裹在头上，再稍微一拉扯，就只剩下两只眼睛露在风面前。男人就不同了，口鼻眼耳没有哪一处不被风骚扰，还时不时把沙粒、灰尘带进去，所以一刮风，男人就会在风中不停地呸，既是吐掉口里的沙土，也是表达对风的不满。

在咒骂、愤怒、抱怨之后，红寺堡人选择了漠视。风要来就来吧，反正天要刮风，娘要嫁人，都是没办法的事情，那就让它刮吧，刮得小了我该干啥还干啥，刮得大了我大不了不出门。于是在风最狂暴的几天里，反倒成了农人最悠闲的日子，一副扑克，一盘散方，缺了东西南北风的麻将，几双没纳完的鞋垫子成了大家在刮风的日子里的消遣。

人有趣了，风便无趣，刮着刮着没意思了，反倒自己不刮了。好吧，不刮风了，大家出门，继续自己的生活，扑克、麻将、鞋垫子又回到了角落，等再一场大风来的时候才能继续派上用场。

树栽了一茬又一茬，能在风中活下来的树都是英雄，于是就有了参差不齐的林带，大树牵小树，并排排在风中跳舞，活脱脱的筷子兄弟。

有一个时期，风像疯了一样不肯停歇，白天黑夜地刮，每当夜半有人被风吵醒时，总会嘀咕一句：“唉，这风啊！”然后翻个身继续睡去，或许在梦里，仍然是和风有关的事物，那就和风一起睡去吧！

蒿草为柴

黑眼湾是不缺柴火的，在山里住，缺啥也不缺柴烧。而且烧的全是一劈几半的大木柴。每天天不亮，村里的半大小子就出门向后山进发，黑眼湾的土语，我们管这种活动叫掮柴。在茂密的森林里找到自己可以扛动的树砍倒，修去树枝，只留枝干。等大家都找好自己的大柴后，相互吆喝一声，一个接一个地把柴掮上肩，一溜开走，在弯弯曲曲的山路上排开几十米。走累了的时候，再一起放下休息一下。这样走走停停，等把这棵大柴掮回家，家里的早饭也刚刚熟。

哐啷一声，木柴落地，肩上瞬间轻快起来，颇为得意地和家人说：“看，今天我掮回来多大个柴。”一碗饭下肚，掮柴的劳累已经散去。

掮回来的木柴锯成一截一截的，趁湿着立起来用斧头使劲一劈成两半，再劈上几下，分成更小的，一根大柴就被分解成了可以做饭的柴火。胡乱扔在院子里不挡路的角落里，等着慢慢晾干，整个院子就有一股木香的味道，等做饭时，这股香味顺着锅底变成了饭香。

黑眼湾的几十里大山养育了我们二十年，但最终我们还是离开了。

初到红寺堡，一片荒滩，除了一堆一堆的沙蒿，再没有任何可以点火做饭的东西。在黑眼湾，我们何曾为做饭的柴火担忧过？可人总要吃饭的，黑眼湾人继续发扬就地取材的精神，既然这里只有蒿子，那就用它点火做饭吧。于是在每一个黎明或者黄昏，村庄就被从烟囱里蹿出的黑烟黄烟包围了，而每家的灶火里，烧的都是后沙滩里挖来的蒿子，为了耐烧一点，蒿子根都被挖来了。

村里最勤快的那个女人最气人，每天凌晨别人还在睡觉的时候，她就左手提着一根绳，右手掮着一把圆头铁锨走向村子后面的荒滩，等别人起来挖蒿子的时候，她已经开始返回。她像一只缓慢行走的蜗牛，只不过她的壳是一捆超越她身体几倍的沙蒿。我们和她打招呼，她因为背的蒿草太多而无法抬头，只听见蒿草底下嗯嗯地答应着。我们再回头看她，却只见一大捆行走的蒿子团。

果然，这个勤快女人把大点的蒿子全部挖走了，我们看着被挑拣过的荒滩，相互翻着白眼。你说，她那么勤快有什么用？其实还是有用的，我们挖一回烧两顿饭，人家院子里的柴堆都码起来了。尽管只是一堆蒿子，也仍然让村里的男人羡慕不已，咂着嘴感叹，你看看人家那女人！一句话没说完，惹得自己的婆娘怒目相对，你当初眼让鸡屎糊了，这会儿在这说有什么用？

一把火之后，蒿子就化成一股黑烟或者蓝烟没了，至于为这个伤和气吗？而烧蒿子做饭的手忙脚乱是男人们永远体会不到的，偶尔汤里面有黑糊状，那肯定是蒿子正燃烧的时候腾空而起跳进了锅里。吃烙饼的时候，有一面焦黑焦黑的，那是蒿子塞进炉灶时，火势太猛煳的。聪明的主妇们为了不浪费粮食，总会宽慰家里人说，别嫌弃，吃了焦馍馍回头拾钱呢。为了这个充满诱惑的美好愿望，那些焦黑的饼子就变得好吃起来。

跟着罗山找方向

到红寺堡后我就失去了方向感。

在黑眼湾，北山、南湾、东梁、西沟，你想分不清楚都不行。可到这，只有在离村子很远的地方屹立着的一座罗山，方向这个问题就时常让我头疼。好在，种地的人是不需要太多方向感的，你只需要知道家在哪、地在哪就可以了。至于出门去镇上，只要知道市场在哪就行，至于其他地方，一般都会打车，所以方向感这个事情暂时就被我忽略了。

后来在出去打工的时候，有人问菜棚在哪个方向，我突然意识到自己居然不知道菜棚在东南西北哪个方位，于是就问一起打工的嫂子，嫂子说，你看罗山嘛，太阳升起的地方就是东边。可我追着太阳看了一年才发现，看罗山也是不准确的，比如春天的时候太阳从罗山的那一头爬上来，可到了秋天，它又从罗山的中间爬上来，罗山那么长，东边到底是哪边？我又问嫂子，嫂子骂我白腾了几年面袋子，书白念了，连天长天短都辨不来。春天天长了，太阳升起来得早，自然是从罗山东边爬上来，秋天天短了，太阳自然就从山中间爬上来。嫂子如此费心地解释了一通，我还是一知半解，但不敢再问了，也没好意思给嫂子说自小学四年级起我的数学就没及格过。不过，还是深深地记住了，罗山的那一头就是东边。

再一次跟着罗山找方向的时候，是公路局规划高速公路上打点的活，这是个极需要方向感的活计，我跟着的那个娃刚从宁夏大学土木工程系毕业，一脚踏上这片土地就迷失了方向，虽然仪器一个劲地提醒他，向东，向西，他还是不知道东南西北在哪里。我也跟着他转圈圈，一天下来，腿都不是自己的了。为了不跟着他继续跑冤枉路，我就拿出嫂子教给我的方法，让他也看远处的罗山，那里是东，剩下的就靠自己体会吧。果然，方法总比困难多，他找到了方向，我省了力气，两个没有方向感的人搭档得不错，一好俩好。娃在活结束时加了我微信，后来还买了我几本书。

上大渠

种惯了黑眼湾的沟沟洼洼、条条绺绺的梯田，你能想象每家分了一整块我们认为很平整的土地时的激动心情吗？那么大一块，这边可以望见那边，齐齐整整的，属于我们自己的土地，我们在红寺堡生活的根。

对于这么大一块地，我们既喜悦又陌生，怎么种，种什么好，我们完全是没有思路的。看着地头上能躺下去人的横向水泥水渠，我们都想象着水进地时是什么样子的情景。但前提是，你得先挖一条通向自己家地里的土渠出来。为了早点看到水灌溉进地里的壮观景象，大家也是拼了，体力活有时候简单到只需要一把力气，没几天，大家的水渠都挖好了。有眼色的人挖出来的水渠像一条线，直直地从田头到田尾，有的人挖得就不那么好看了，有人打趣说，你看你挖得像不像獾猪拱出来的，说的人在开玩笑，听的人也知道自己挖得太丑了，所以相互一笑就各忙各的。不管直的水渠还是弯的水渠，大家都竣工了，就等水来的那一天。

期盼一件事情久了就成了心病，我们都觉得万事俱备，就差水进地了，可水却迟迟不来。于是大家就猜测咋回事。结果是这里风太大，上面的支渠被风沙填平了，要想灌溉，就得先把支渠里的沙子清出来。于是队长手一挥，我们在红寺堡创造了一个新词语——“上大渠”。为了公平，一个人六米，谁清完谁回。我们都想着，渠里的一点沙子有什么难清理的，于是吊儿郎当不以为意地就去了。去一看傻眼了。

两米深、三米宽的水渠差不多满着，谁也不愿意下去挖，坐在渠边大眼瞪小眼。后来队长看不下去了，问，你们就说今年这个地种不？灌不上水今年的一茬庄稼就种不成了，要想灌水就得挖眼前的这条渠。听队长这样说，想想一家人的生计，大家一个接一个地跳下去清渠里的沙子去了。几千米长的大渠啊，第一年清了整整半个月。

清完了大渠也并没有我们想象中的万事大吉。那时候大家根本不知道水平是什么，凭着自己种梯田的经验，觉得分到的土地已经平得超乎想象，灌溉起来绝对没问题。但等水一进地才知道，我们看到的平在水的对比下是多么地不平，这边田埂都淹没了那边还没见一点水。更可恶的是我们挖的水渠被水一冲四分五裂，水顺着田埂四处逃窜，堵了这边漏那边，不得已只能把水引到邻居家地里去，结果是一样的。大家眼睁睁地看着花钱买来的水在田野里乱窜而毫无办法。第二年，灌溉成了村里的头等大事，到灌溉的时候，七八个大男人带着女人、孩子像巡逻一样在水渠边坚守，直到浇完最后一块地。

再后来，我们用了近十年时间和水、水渠斗智斗勇，平地、在水渠上栽草、做挡水的铁板，总之能想到的办法都用了。直到2014年，政府搞农田水利基本设施项目，把各家的毛渠也拿水泥板铺了，我们才彻底清闲下来，可以坐在地边一边玩手机一边灌溉。

一茬庄稼

习惯了老家靠天吃饭的耕作方式，懒庄稼种惯了。有一两年，大家对红寺堡分到的耕地显得束手无策。水灌溉不及时，土地不平整不会打理，庄稼就没产量，村里人就又跑回老家把地再种上，两边都种，总比一边收成好。所以当年从泾源走红寺堡的班车一度特别繁忙，村里人说，挣两个钱净缠了车轱辘了。奔波，有时候也是一种生活。

在来回奔波而不见多少收益的现实下，一些人选择了放弃，退回黑眼湾观望着。那一年，我也放弃了红寺堡的耕地，挺着大肚子在黑眼湾的山梁上忙碌，至少，这里的土地可以让我们暂且衣食无忧。

我一度认为父亲引领着黑眼湾的思想潮流，那一年，他没有和其他人一样来回跑或者干脆退缩，而是带着母亲留在红寺堡踏踏实实种地。回来的年轻人说，那个老汉心劲大得很，一天到晚在地里忙，把高处的土拿铁锨端到低处，把地塄上的草挖了，还栽了树，也不知道有什么用？那就是个沙滩么。

我听见这些话的时候捧着大肚子忧心忡忡，父亲已经六十岁了，下这样的苦身体受得了吗？那会儿，没有固话，没有手机，一切只能靠猜测。我猜想着父亲在红寺堡的生活，心疼他的辛苦，同时也对他充满抱怨，年轻人都回来了，一把年纪了，这么拼命干吗？

儿子出生了，父亲还没有回来。来回跑的人捎来新的消息：那个老汉今年没白苦，铲上了。玉米长得和电壶胆一样，掰了半院子，光掰就掰了半个月。这人还是要苦呢，没想到沙滩上还能长这么好的庄稼。你是没见那个场面，我长这么大没见过那么多的玉米，八亩多地比我们几十亩地打的玉米都多，明年我说啥都要到红寺堡种地去。这个消息让大家都有点懵，为啥自己种的时候没种好呢？凡是今年没去种地的人心里都像揣了个狼儿子，陷入各种猜测和想象中。

说到父亲为什么没回来，就是因为他种的玉米丰收了，他要守着卖玉米，卖了就回来了。

儿子出生四十天的时候，父亲回来了，一脸胡子茬和清瘦，但眼神闪闪发光。玉米卖了七千多块钱啊，这在当时的黑眼湾是个巨额数字。晚上，儿女们凑了一炕，听父亲讲一茬庄稼的成长历程，灯光下，几个月浓缩成了几小时。父亲又一次告诉我们，不苦就不甜。

我们心里开始憧憬，明年，要在红寺堡也种一茬庄稼。

羊和“洋芋皮皮”

一个院子，两间房子，没有大门和围墙。初来红寺堡，大家的居住情况都是透明的。每天早晨，总有一个男人挨家挨户来收集做饭削下来的洋芋皮。态度客气而又谦卑，让人不好意思拒绝他的请求，总是把头天的洋芋皮放好等着他来拿。

黑眼湾人一直都是本分和克制的，谁也不会主动去问这个男人姓甚名谁，所以谁也不知道这个男人叫什么，但总得对他有个称呼吧。久而久之，这个男人就被大家喊成了“洋芋皮皮”。

“洋芋皮皮”每天雷打不动地来收集洋芋皮，听说是为了喂羊。刚开发出来的一片土地，庄稼都不好好长，所以草也是匮乏的。牛羊自古就是人的伙伴，帮人创造价值。所以养几只羊就是一种生活的希望。“洋芋皮皮”是村里第一个养羊的，为了让羊膘肥体壮他也是拼了，一个大男人每天早晨拎个袋子挨家挨户低声下气，大婶子小嫂子亲热地叫着，就为了收集一把洋芋皮。

再后来，“洋芋皮皮”不见了，不是不收洋芋皮了，而是因为一场变故再没这个人了，但村里的羊却多了起来。那几年羊养活了我们，一只母羊一年两茬羔，一次就生两只，小羊羔长够三个月就能卖四五百块钱，补贴家用完全够了。羊在某种程度上撑起生活的半边天。

几张薄纸票子，一番讨价还价，几个月的羊羔和它的群体生生分离，嘶嚎着被抱上车扬长而去。母羊顾不得和自己的孩子道别，因为她的身后，还有两只嗷嗷待哺的小羊羔撵着要吃奶。

年复一年，月复一月，母羊在一次次的生产、哺乳中逐渐老去，贩卖和屠宰是它最终的归宿，人忘了从自己手里卖出去多少羊。羊也无法明白自己从出生到死亡的短短岁月到底有什么意义。

繁荣和衰败是孪生的，羊的价值经历了一个高调的时期之后就开始跌落，三只羊卖不出一只羊的价格，村庄也就鲜有羊的故事，一车一车地贩卖，最后只剩下寥寥几只。再也不会有人为了一只羊的膘肥体壮大费周折地去收集洋芋皮。羊的盛世如同“洋芋皮皮”一样就这样消失了。

坟院和家园

父亲在几十年的日子里当了一辈子大家长，每天早饭时节就把一天的活计分配给儿子、孙子。然后他跟着做些力所能及的事情，顺便督察这一天的工作量。在他勤勤恳恳、兢兢业业精打细算的安排下，他过着比村里其他邻居稍微优渥的生活，也在一群老人中活成了人“前头”的人。

每个人都应该有一本书来讲述他一生的故事，何况父亲本身就是个有故事的人。小时候，黑眼湾大雨滂沱的日子里，炒上一盘豌豆，一家人围坐在只铺一张席子的土炕上，嘎嘣嘎嘣嚼着豌豆，父亲就开始给我们讲他跌宕起伏的前半生。

故事里，有他作为长孙获得的爷爷奶奶的疼爱，他作为长子十岁就开始养家糊口的辛酸，他成家立业经历的艰难，他为了养育我们所付出的辛劳，他外出谋生遭遇的奇闻轶事……每一个空闲的日子里，一把豌豆和父亲的故事打发着黑眼湾那些寂寥而无趣的时光。

有故事的父亲可能没想到，他会在六十岁的时候离开黑眼湾赶上一场移民搬迁。为他后续的故事又增添进去新的内容，甚至为他的一生画上了一个句号。

安顿了一辈子活计的父亲没有安顿他的后事就仓促地离世了，在红寺堡冬日的一个中午，父亲葬在新选定的坟院里。

坟院是远离村庄的，寂静而冷清，我之前一直对坟院有一种深深的畏惧，觉得它是吞噬人生命的地方。但父亲埋葬在了那里，让我开始重新审视坟院。生死是这世间最公平的事情，坟院在某种意义上来说是我们最后的归宿和另一个家园。有了这样的认识，此后再看坟院，便也觉得是安详的了。

这几年，村庄在树木的掩映中一天比一天红火，树越来越茁壮，房子越盖越洋气。二十年，足够一个人完成生命的成长，更别说一个村子的建设。孩子是生命的延续，最早搬迁来的小孩已经上了大学、参加工作、结婚生子。他们的孩子也将继续参与村庄的兴盛，生生不息。每次看着村庄在黄昏中被炊烟环绕，母亲喊贪玩的孩子回家吃饭的情景，我心里都是安宁和感动的。

坟院也在几年间陆陆续续葬进去十几个人，隆起的土堆暗示着有一个生命安息在这里，它的旁边，还有很多个土堆簇拥。即使在坟院，大家也是群体生活着的。这里的每一个亡者完成了作为一个人所有的责任和义务，此后再无牵挂。亲友们用古老的传统将他们安葬，又立起一块墓碑区分了百家之姓，同时也为后世儿孙留下一个凭证。

我知道在坟院里，父亲的肉体已经归于尘土，但是他的精气神活在了我们的骨子里，让希望的种子一直留存。而红寺堡的这片土地，也将以新的风貌继续繁盛。

（原载于《黄河文学》2019 年第 5 期，
转载于《散文选刊》2019 年第 11 期）

罗山脚下的玉池村

一

罗山在黎明中沉默寡言，在红寺堡这片土地上，无论你在哪里，只要你愿意找，罗山就在那里，一成不变。山顶上的云怒发冲冠地扶摇直上，很快占据了大半个天空，又随手绘出各种图案，肆意展现着风的任性。

对农家来说，冬天是一个美好的季节。忙完一季的庄稼，打完一个时期的工，早早买够一冬天的煤炭，给牛羊储备够足够的草料，手里有了点余钱，冬天的幸福时光就这样开始了。

晒干的牛粪塞在炕洞里点着，火炕就以恒温的方式温暖着整个冬天。无论外面多冷，只要坐在火炕上，一床被子一裹，从头到脚都是暖暖的。这时候，瞌睡见缝插针地凑上来，一夏天的辛劳就在一场又一场的瞌睡中淡去。“窝冬”这个词就这样诞生了。

我在冬天的某一个清晨心血来潮突然决定去跑步。蹑手蹑脚爬起来，扯了件棉袄，裹上围巾，穿好运动鞋就出门了。那几天，西伯利亚的冷空气穿越新疆万里迢迢撵到宁夏，给我们制造了比往年冬天更冷的天气。

我不知道热身是什么，一出门就跑起来，心里计划着路线，下了很大的决心，就算走，也要绕村子一周。

我住的玉池村是红寺堡区众多移民村的一个。说它是村子，它隶属红寺堡镇，说它是城里，离城又十几公里路。它就在罗山脚下，可是真正要上罗山山顶，没两个小时到不了山脚。真正的靠城城远，靠山山远。

玉池村一千九百多口人，村里人的经济来源大部分靠养牛和打工。女人在家种几亩地，喂几头牛，管着娃娃上学；男人在春天开始辗转于各个工地或者工厂。十几年过去，日子在双手不停地扒拉中慢慢地安稳，家家都盖起了大瓦房。在玉池村，大瓦房是一家人日子过好的一个证明。牛的数量也达到了人均一头。

二

跑到村子后面的路上，天刚麻麻亮，整个玉池村还在半醒半睡之间。冬日的热炕在清晨的诱惑大于一切，这么早，没人会起来的。这么想着，跑了一会，看见了我的邻居，一个六十多岁的老太太，扶着自己的腰一步一扭走在前面。前几年，老太太得了腰椎间盘突出症，一度腰疼得在炕上下不来，经历了各种打针吃药后总算可以重新走路了。大夫告诉她，要锻炼，要倒着走路。

我有点犹豫要不要超越她跑过去。

农家人的潜意识里，农民一直在干活，还锻炼个啥？除非像我邻居这样需要锻炼的人，才是被大家理解的。我这样突兀地跑步，人家会觉得就是吃饱撑的。

我用蜗速到了跟前，假装若无其事地打了招呼，她热情地回应了我，接下来我就不知道要说什么。她确实在倒着走，很认真。我们在一句话的开头处交集，在这句话的尾音处分离，背对着背。我用云速甩开她相差两分钟的距离后，跑得气喘吁吁。第一天跑，身体果然各种跟不上。我庆幸更多的邻居在享受热炕，不然我可能迈不开腿，或许也只是蜗速走，根本不敢云速跑起来。

三

罗山这片区域最开始规划的时候，耕地包围着村庄，所以村庄之外视野开始辽阔。远处田埂上的杨树像倒插的野鸡翎子，一个个支棱着精气神立着。喜鹊找个合适的位置，衔来几根树枝匆忙地架起来，拼凑出了一个住所繁衍生息，它们也像人一样，过着群居的生活，一出去觅食就成群搭伙的。

群居生活的优势就是热闹，但也让空间显得狭小，比如我们的村落，大部分人都养牛，玉米秸秆是主要的草料，每家在秋天除了把自己家地里的玉米秸秆砍掉捆好，还要再买一些才能支撑几头牛整个冬日和初春的饲喂所需。但这些玉米秸秆怎么堆放是每家每户的大问题，院子就那么大点，不好好规划，会影响整个院子的布局，甚至会造成院子拥堵，牛和人都极度不舒适的问题。所以大部分人选择把玉米秸秆在田地里立成一堆一堆的，远远看去，就像在旷野中驻扎着一个个蒙古包。

这几年，随着养殖规模的扩大，玉米秸秆成了紧俏东西，一些没有养牛的人种的玉米，秸秆早早就被熟悉的朋友或者邻居预订走了。最紧张的时候，一亩玉米秸秆居然能卖到一百三。就这个价格在本村都买不到，很多人又跑到邻村预订。一时之间，秸秆成了炙手可热的东西。每次听到新闻上通知说，为了治理环境问题禁止焚烧秸秆，我的邻居总在感叹："牛都没得吃，还哪有烧掉的秸秆？！"

大部分人开始不放心秸秆堆放在田地里，因为开始有堆放在田地的秸秆云速飞走、消失的事件发生。可是拉回去放在院子里的，也有出事的，冬日天干物燥，一不小心，一个火星子就让牛一冬天的伙食灰飞烟灭。但这都是个例，玉池村大部分人都是憨厚老实的庄稼汉。这两年，随着外地拉来的稻草越来越多，大大缓解了秸秆紧缺的压力，再也不会有人去偷玉米秸秆了。

牛多了，牛粪也就多了起来，攒够差不多的，就用电动车拉到地里去，回去的时候再捎上几捆玉米秸秆。一个冬天过去，牛粪分成小堆规则地散落在地里，玉米秸秆也拉回家铡碎喂牛。生生不息的循环中，季节和生命都在重复，但又不尽相同。

四

我在村部看过玉池村的布局图，是一个规则的梯形，我跑步的路线就是绕梯形的外围一圈。路过我最好的搭档家的时候，远远看见她在填炕。到跟前的时候，她正好起身看见了我。很开心也很吃惊地问我："哎哟，你这一大清早跑得满头大汗，咋了？"我抹了一把脸上的汗笑着和她说："我跑个步。"她恍然大悟地噢了几声，然后嗔怪地白了我一眼："这么冷的天，也不知道在炕上暖着。"我笑笑，不解释。我知道她是从心里对我好的人，她也懂我在干啥，之所以嗔怪，因为这几天天气真的很冷。

搭档老家是彭阳的，自发移民来到红寺堡，又看上了玉池村。刚到这里大家相互不熟悉，又不愿意去打听。来玉池村没多久，她就生了一对双胞胎儿子，所以玉池村人就地取名，喊她"双胞胎的妈"。一转眼，双胞胎都快娶媳妇了，玉池村人还是没搞清楚她叫什么名字，可能等她抱了孙子，她也仍然是“双胞胎的妈”。

和她聊了几句，她催我赶紧去跑，站着别感冒了。我走了又追着跟我喊：“你不忙了来家里，我给你做好吃的啊！”我一边答应着一边跑远，一回头，她还在原地看着我呢。

我以前熬夜写字，白天和搭档一起干活，人总是乏得和病狗一样，她老替我多干活，或者趁老板不在让我躺田埂上眯几分钟。只要家里有口好吃的就带给我，拿我当自己亲人一样地疼。她大字不识几个，却通透豁达，有时候和她聊聊天，生活的烦恼也就淡了。

我心里念着她的好，脚下没有停留，但明显跑不动了。

手机悦动圈迟迟不报里程数，我心里嘀咕是不是没有计数，掏出来一看，感情我跑了这么久，连一公里都不到。实在跑不动了，走一走吧，住在玉池村十八年，还没有像今天一样悠闲地走在村道上看看整个玉池村。

五

在之前的很多年里，我在玉池村找不到故乡的影子，我的根在泾源，我把乡愁的影子也遗失在那里，所以之前的好多年，我都不愿意承认自己是红寺堡的人。隔壁的朝阳村是从彭阳县搬迁来的，以前和泾源接壤。我为了记住某些渊源，硬生生把朝阳喊彭阳喊了好多年。但时间真的会改变很多东西，十几年过去，我的偏执和念想被红寺堡的风一遍遍地洗礼，无论是生活习惯还是生产方式，都离泾源越来越远。我被迫承认，这里，玉池村，才是我以后安身立命的地方。红寺堡，终将成为我的儿孙们的故乡。

我走了一会儿，又开始跑，接近村部的时候，传来阵阵狗叫，拐到去村部的路上，前面一条大白狗横在路上，叫喊得耀武扬威。敢这么张狂的狗肯定是附近谁家养的，换作是流浪狗，远远地看见人早就跑得没影了，更别提耀武扬威地胡乱叫喊了。所谓狗仗人势和丧家之犬就是对这种情况最直观的形容。但现在我面临的问题是怎么从这个仗人势的狗面前通过，之前被狗偷袭过，真的是一朝被狗追，年年有阴影。

我犹豫了半天，看向路边的柳树，跳起来劈了一根树枝提在手里。那条狗看见我手里有了东西，刚才还耀武扬威的狂吠变成了有一搭没一搭的哼哼，夹着尾巴缩进院子，探头探脑地看着我。我有点哑然失笑，这不知道的人，还以为我把人家狗打了。不管咋样，我总算拎着树枝安全地过去了，待我走远，那条狗又开始疯狂地叫喊。

六

玉池村的村部在村子的最南边，这两年随着国家对农村基础设施建设的大力投入，村部已经修建得相当有规模了。远远就能听见锅炉烟囱发出的声音像火车一样嘶吼。我突然想起，我大哥给村上烧锅炉呢。

我进了锅炉房。大哥在里面忙活着，对着锅炉口拿着铁锹一次又一次地填炭进去，村部捎带着扶贫车间加起来几百平方米，用炭的数量相当巨大，大哥每次都拿一个灰车车拉够两车，然后一次性填进去，好维持足够的热量。

我在门口站了半天他都没发现。我和他打招呼，他回头笑了，问我这么早在这干吗？我说来走走路。大哥填了一会炭，停下看着火势慢慢烧起来，等一会还要再填。我们两个人就这样待着，有一句没一句地聊天。很多时候，我都喜欢和大哥说说话，没有主题，就是随便地说。我至今记得他娶大嫂那会，头天下了一场大雪，为了让亲戚们来吃他的宴席，他一大早带着村里所有的小伙子去扫雪。一转眼，他的孙女都上幼儿园了。他也从一个壮小伙子变成了中年大叔。以前晚饭怎么都要吃两大海碗，而且必须是干饭，现在只能吃一碗了。

去年的时候，村上找个人烧锅炉，一个月村上给八百块钱，每天早中晚三次，每次一个小时。大哥把这个活揽了下来，所以一天中的三个小时他都耗在村部。天不亮就要去，晚上一家人正吃饭的时候大哥总不回来，大嫂对此颇有怨言："给的这两个钱不够破烦人的，不要再去了。"每次这个时候，大哥就拿眼睛瞪着大嫂表示抗议："已经答应人家要烧到底的，现在是反悔的时候吗？"大嫂也就是唠叨几句，她骨子里是个贤惠的人，说完也就完了，大哥也绝对不会不去。

大哥问我最近怎么样？我说很忙，班上得我累的。大哥说，累就回来，早些年没上这个班，我们也过着呢，回来种地喂牛也挺好的。我点点头，心里突然有了底气，无论我走多远，身后都有这样温暖的嘱托。

随着年龄的增长，他活得越来越像父亲了。虽然一辈子大字不识几个，但他宽厚，勤劳，善良，有责任心……我现在愿意在心里拿所有的好词来夸奖他，因为他是个值得夸的人。

又等了一会，大哥把最后的一些炭填进去，早晨的活计就算结束了。他招呼我说，回家吧。我说你先回，我再走一会。

七

天色已经大亮，村部西边的扶贫车间陆陆续续开始有人来上班。为了彻底解决西部地区的贫困问题，扶贫车间作为一个新兴产业走进了村庄，政府提供地皮和厂房，引进外地客商将设备、技术投资进来，就地招收农村富余劳动力，主要的对象是需要照顾家不能出门打工的农村妇女。

玉池村的扶贫车间已经有三年的历史，主要生产学生的校服，也培养出了一批娴熟的缝纫女工。忙完正常的生产生活，大家就来这里上班。一个月多了能挣个两千七八，少了挣个一千来块，也对家庭是个贴补。

事情是个好事情，但来上班的人却不是太多，有的人嫌赚的钱少，有的人家里不让来上班。

在这片土地上，思想的解放还需要一个漫长的过程，等大家都意识到这个问题的时候，可能日子会过得比现在更好一些。

此心安处是吾乡

一转眼，我三十九岁了。

我的人生在二十岁的时候被分割成了两半，前二十年属于黑眼湾，后十九年属于红寺堡。

对于黑眼湾，我曾经不止一次地想逃离；对于红寺堡，我在好多年都不想承认我是这个地方的人。这让我在很多时候都有一种错觉，我的故乡到底在哪里？或者，我的心能安放在哪里？

人生是由无数个绝望和希望组成的，我天生是个悲观主义者。小时候的黑眼湾，群山环抱，我时常看着这些山陷入一种幻想，山那边有什么？我为我看不到山那边的风景而忧伤。也常常一个人构建着自己精神世界的理想国度，在那个国度里，我是无所不能的主宰，我能去到任何我想去的地方。但回过神来，黑眼湾还是黑眼湾。我还是黑眼湾里那个疯疯癫癫的小丫头。

上了小学，识了几个字，读了几本书，就再也看不上黑眼湾了，觉得只要是黑眼湾以外的地方，就必是人间盛景，世外桃源。很多次不切实际地幻想着一个人，一只背包，衣袂飘飘，书和远方。

狂妄无知终究是要付出代价的，中考的惨败让我的书和远方成了幻想。我有点羞愧，我那么想逃离的黑眼湾，在我无处可去的时候又一次收留了我，并且把我变成了一个标准的农民能在黑眼湾得以生存。

我以为，我要在黑眼湾终老一生，此后再也没有书和远方。

移民搬迁像一股旋风，把黑眼湾每一个人的心都撩得七上八下。

红寺堡，是一个陌生又充满诱惑的地方。我沉寂的心蠢蠢欲动。只要有一点点机会，我仍然想逃离黑眼湾，我仍然以为黑眼湾以外的地方都比黑眼湾好。

干旱、荒凉，肆虐的风沙都没有让我觉得红寺堡有什么不好。我想着，国家开发一个地方，总有它的道理。不陪一个地方吃苦，又怎么享这个地方的福？

光阴像从树叶间刮过的风，转眼间几年就过去了。红寺堡既没有书，也没有远方，有的只是年复一年地重复。日子仿佛成了一潭死水，没有任何波澜和希望。我每天走在同一片颜色的天地间，看着同样的风景，我开始想念起了黑眼湾。想它春日的桃花、夏日的清凉、秋日的果实、冬日的安逸。我开始怀疑自己对黑眼湾曾经的嫌弃到底对不对？

我从来都不敢承认自己是个作家。我写字，是因为我不能实现书和远方的梦想，但我又想把这个梦想留在心里，给自己的心找一个出口。

我在书写中一遍遍地怀念黑眼湾，我觉得那是我的故乡，是我可以安放灵魂的地方。我也开始用心地去看红寺堡，春天风沙的肆虐，一粒玉米种子的发芽，成群搭伙的野鸽子……劳作在这片土地上淳朴憨直的乡亲们，他们用勤劳的双手在这片土地上耕耘。我看着栽下去的树苗茁壮成长，看着土地上一季庄稼的生长，看着红寺堡一天天发生着变化。我开始用笔记录他们的一点一滴，我希望更多的人了解这片土地上发生的故事。

可能骨子里，我一直是个凉薄和不安分的人。我居住在红寺堡，却把心留在了黑眼湾。我时常被红寺堡的人和事感动着，但仍然不肯承认自己是红寺堡人。甚至曾经的一个时期，也像嫌弃黑眼湾一样嫌弃着红寺堡，我觉得，只要有和当年逃离黑眼湾一样的机会，我也会毫不犹豫地逃离红寺堡，因为我仍然觉得，只要不是红寺堡，哪哪都是好地方。

这种固执坚持了好多年，直到这几年，书和远方成为我生活的常态。我坐着飞机、火车奔波在各地时，才知道并不是黑眼湾和红寺堡以外的地方都是好地方。而黑眼湾，也并非留在我记忆中的那般美好，只是我在心里刻意选择了它美好的一面去固执地回忆。此刻，若是再让我回到黑眼湾去生活，我断然是不肯回去的，因为我的根已经扎在了红寺堡。

今年暑假带着女儿回黑眼湾。整个黑眼湾杂草丛生，丛林茂密，进山的路上到处是野猪踩过的蹄印，我记忆里的东西在黑眼湾都没有了痕迹。我和女儿说，这是我们的故乡。女儿说，不对，这只是你的故乡，我的故乡是红寺堡。

这句话让我瞬间伤感。黑眼湾，已经逐渐在我的生命中远去，无论是现在的黑眼湾还是我笔下的黑眼湾，我们再也回不去了。十九年时间，足够一个婴儿长大成人，也足够我在一个地方找到认同感。无论我愿意还是不愿意，我在不知不觉中已经和红寺堡骨肉相连。

在北京、在上海、在广州、在长沙、在厦门、在青岛、在贵阳……在庄严的会场、在繁华的闹市、在滚滚人流中，我都会想起红寺堡。我是从红寺堡来的，我能回去的地方也只有红寺堡。在很多场合，我的开场白都是："我来自宁夏吴忠市红寺堡区，那里是全国最大的生态移民安置区，集中安置了二十三万移民；那里盛产葡萄酒、黄花菜、枸杞、硒砂瓜；那里的牛羊肉也特别好吃……欢迎大家有时间来我们红寺堡品红酒，吃黄花菜……"

每一次，我都会被自己介绍的这些内容感动，只有和红寺堡一起成长起来的人才理解我的感动来自于哪里。二十一年，有太多的艰辛和努力，太多的汗水和收获。红寺堡能有今天，是所有红寺堡人在发展建设中没有退缩、没有畏惧、共同努力的结果。因为大家心里有底气，任何时候我们身后都有整个国家在支撑。

每次回到红寺堡，我都会睡得特别安稳。每天早晨醒来，窗外是绿树清风，耳边是麻雀、喜鹊、布谷鸟的叫声，村道上是来来往往忙着生产生活的乡亲，学校里孩子跑操的口令传出很远，远处的田野里庄稼长得正好……

一切都是这么地安详美好，我深深地眷恋这片土地。突然想起苏轼的一句词：此心安处是吾乡。

生命中无法抹去的印记

——《走出黑眼湾》创作谈

2019年的夏天，我带着十四岁的女儿重返黑眼湾的时候，一场山雨即将来临，一只鹰在馒头嘴的上空盘桓，那是黑眼湾地界里最高的地方。

我在早几年的散文中，数次写到黑眼湾。很多人问我，黑眼湾这个地名好有意境，是真实存在的吗？在西海固，拿湾命名的地方太多，比如马金莲笔下的扇子湾，刘汉斌笔下的南湾。我觉得，每个写作者都有他的生命印记，而黑眼湾，就是我的生命印记。

我四十年的人生因为移民搬迁被分割成了两半，前二十年在黑眼湾，后二十年在红寺堡。这种分割让我对黑眼湾的感情很复杂。

黑眼湾是个四面环山的小山村。小时候每天上学时，看着横在眼前，进山出山都要翻越的大嘴山我就瞎想，为啥没个愚公来把这座碍眼的山移走？我们咋就没个直升飞机直接飞到学校？再要么让我是地主家的小姐也好，出门坐轿子被人抬着。

至于吃的东西，早晨馒头，下午面条，洋芋是永远不过时的菜。油盐酱醋都要早早储备好，断顿了就得等第二天专门派个人去买。一遇上下雨天，三天都出不去黑眼湾。

一出门就要翻山，一翻山就想抱怨。老年人已经习惯了这种千篇一律的生活，但年轻人已经知道外面有一个花花世界，只想着哪一天，一旦有机会就要远走高飞，再也不和黑眼湾有什么瓜葛。

其实除了这些不好，黑眼湾的四季也是非常漂亮的，春天的桃花、杏花、梨花烂漫；夏天是漫山遍野的绿；秋天有随处可见的野果子；冬天的雪景让人赞叹。但在当时，这些都是被人忽略的。

记得有一次我在讲移民搬迁的时候，一个老师和我说，不要光讲好的一面，也讲一讲移民搬迁时，大家故土难离的疼痛感。这个观点我是不认同的，别人怎么样我不敢下结论，至少，黑眼湾的年轻人没有那么多的疼痛感，我们只想离开黑眼湾去看外面的世界。

少年时不懂乡愁，有机会离开时是义无反顾的，觉得只要不是黑眼湾，哪哪都是好地方。

终于等来了走的那一天。季节已经是深秋，细雨像烟雾一样笼罩着黑眼湾，脚下是磕磕绊绊的泥泞，身后是送别的乡亲。从 1983 年移民搬迁政策开始，这样的送别隔几年就会发生一次。每一次，剩下的人都会把要搬迁的人送到公路旁边等车。辈分最长的三爷每一次都会给搬迁的人说：“要是外面过不下去，就回黑眼湾来，好歹能吃饱肚子。”

三爷送走了一拨又一拨年轻人，他在春夏秋冬季节的交替里耕耘着黑眼湾的沟沟峁峁，把自己累成了一张弓，把日子过成了一成不变的重复。

而走了的我们来到了新的土地上，在一轮又一轮的风沙里无怨无悔地建设着新家园。离开，不就是为了过得好一点，为了让孩子上学不再翻越大嘴山吗？新土地上的苦不比黑眼湾少，但人有了目标的时候，就会忽略生活中的苦，因为新土地上看到的是希望。

十年一梦，在新土地上逐步安稳起来的时候，我一次次地梦见黑眼湾，梦见大嘴山，梦见骑过的白驴，梦见嫂子做的浆水面……黑眼湾的过往一点点地在梦里重复，这让我有点恼恨，难道我走的时候把这些也带来了？

无论是梦还是现实，黑眼湾曾经的一切越来越清晰地印在脑海里。每每想起，心都会飞跃几百公里，在黑眼湾的每一寸土地上徜徉，黑眼湾的人和事就这样扑面而来，让我总是茫然，总是不知所措。

煤油灯下，父亲一遍遍讲着黑眼湾的传说，这里曾经有过龙王，有过地主，也出过土匪。这里曾经辉煌过，富庶过，但是因为人为的恶，龙王被迫迁徙，地主被土匪劫杀，这里也就衰落了下去，成了今天这个样子……如豆的灯光下，父亲脸上的皱纹泛着细碎的光，我们的眼神追随着父亲讲述时的每一个动作，对过往的年代充满了憧憬和想象。

打麦场边有一块空地是用来取土的地方，有人在那里挖出来过陶罐和老碗，曾经的传说似乎被印证着它的真实性。瓦窑坡上有一座废弃的瓦窑；虎林和野猪湾只剩下名字；鼻梁洼是地形的代名词；韭菜梁的李子比韭菜多；阳山洼长着桃树。黑眼湾的名字都是意识流的，非常地随意和奔放。

在红寺堡十年之后，我误打误撞地开始写文字。那会心里就萌生了要写黑眼湾的想法。我怕我离开黑眼湾太久，渐渐会忘记那里的故事，我想把每一个人，每一个地方都长久地留存下来。那时候给书定的题目是《黑眼湾的变迁》，我甚至做梦梦见了书封面上的字，黑色的封面上，苍劲的行草，黑眼湾三个字气势非凡。

想和做是两码事，越是想留存，越是觉得无法下笔。我总觉得，缺少一些东西，但又不知道我到底缺什么，所以这件事情就这样放在了心里。但每每梦见黑眼湾，我都会在心里提醒一遍自己，我要写黑眼湾。

2019 年的春天，我写文字已经整整九年时间。从 1983 开始搬迁，到 2011 年最后一批人搬离黑眼湾，总人口没超过二百人的黑眼湾在一场搬迁路上经历了差不多三十年的跨度。年轻人在新搬迁的地方，发挥自身的优势都过上了好日子。曾经说死也要死在黑眼湾的咸金宝老爷子也搬迁了。搬出来的这些人里出了好几个大学生。三爷和我的父亲去世了。这些年里，黑眼湾搬迁的这些人身上发生了很多故事，每一个人的故事都是整个时代的缩影。我想，我可以写写这些人的故事了。

芦草洼（现在的银川市西夏区兴泾镇和金凤区良田镇，曾经是宁夏移民工程最早的搬迁地），红寺堡（现在的吴忠市红寺堡区），狼皮子梁（现在的灵武市泾灵新村），黑眼湾曾经的住户分散在宁夏的这三个移民点上，要写就要挨个去了解他们现在的生活。时间又恰好在农忙时节，把这些人一一找到并不是一件容易的事情。

历时一个多月，我奔波于这几个不同的地方，寻找着我的这些乡邻。电话和网络给人提供了最大的便利，曾经在黑眼湾一起生活过，大家即使分离再久也念着乡邻的情谊。打电话联系，上门去采访，一张张熟悉的面孔，一个个小人物的故事就这样采集起来。

马万成十九岁离开黑眼湾时只背了一床被子，在芦草洼的三十几年，他凭借自己不服输的劲头成了当地小有名气的小老板。接待我的时候他问我：“为什么要写黑眼湾的这些人，你写这些故事的意义在哪里？”

我说：“文字是这世间留存最久的东西，如果我不去写，就没有人知道黑眼湾这个地方，没有人知道你们身上发生了什么故事。但如果我写了，若干年以后，你的子孙后代会从这本书里看见你，了解在你身上发生的一切。也会有更多的人记住黑眼湾，记住我们这些人。这就是我写这本书的意义。”

走访的过程中也有人说，他的故事不出彩，就不要写他了。我说，我们就是小人物，确实没有惊心动魄的故事，如果每个人都有惊心动魄的故事，那就是传奇。我们过得就是平平淡淡的生活，生活里，就是柴米油盐，就是鸡零狗碎。采访就这样一一进行着。

当年在黑眼湾为了把日子过好，两家人能为一个田埂多一点还是少一点反目成仇。现在在新地方凭借自己的双手，一个个都盖起了新房子，买了新家具，还有人开上了小轿车。没有移民搬迁，就没有大家生活上的彻底改变。在这些物质生活改变的背后，更多的是精神面貌的改变。大家知道，在这些移民点上，只要你勤快，只要依托政府的政策，就能把日子过好。

我采访的最后一站是黑眼湾。漫山的绿遮掩了我们曾经生活过的痕迹，野猪的大蹄印赫然出现在路上，山雨欲来，野鸡野兔忙着找避雨的地方。为了拍一些影像资料，我和摄像老师停留在大嘴山脚下。我对女儿说，看，这里就是我们的老家。没想到女儿说，这只是你的老家，我的老家在红寺堡。

本来还想和她争论几句，但回头一想，她说的也是对的。拍完最后一个镜头，雨的忍耐也到了极限，我们一行人就这样被雨追赶着逃离了黑眼湾。突然想起多年前搬迁时的“逃离”，情景何其相似。只是已经物是人非，我们终究由主人变成了客人。

到达山顶时，雨点狂暴了起来，砸到脸上生疼。拐过眼前这个湾，黑眼湾就再也看不见了。我能做的，就是在心里和我的黑眼湾道个别，然后把它，和在它这里生活过的人们的故事讲给更多的人听，让更多的人了解我们这些小人物在移民搬迁中的故事。

拼在路上

一上车，才发现只有我一个乘客。后排的座位上堆满了货物，用纸箱子装着，看不清楚是什么。骤然和一个陌生人相处，让我心里觉得紧张。

在这条线上走了两年多，差不多的司机我都见过，但眼前这位，明显眼生。我是在约了车之后半路上被倒客倒掉的。接我单的是个女司机，精明干练的那种。之前有一次去机场约车她送的我。

路上闲谈，才知道她已经有十五年跑拼车的资历了，我经常坐的这个车队就是她拉起来的，清一色的广本轿车，司机清一色的吴忠汉子，只有她一个女司机。她说，你肯定在微信群里听过我骂人，一帮男人，不骂管不住，哪个行业都得有个规矩。她一说，我隐约想起，以前坐拼车，他们工作群里确实有个女的骂人骂得鸡飞狗跳，没想到今天碰上本人了。

女司机接上我就开始打电话，一边开车一边打。联系着要把我倒给别的拼车，一车四个乘客，三个是东边，只有我一个去西边，她要换成四个都是东边的才好进银川城送人。这样省时省气，效率也高，大家相互不耽搁。

一旦接够人，车就撒了欢地狂奔，十几年在一条路上跑，哪里有监控，哪里有限速，哪里的路况不好，什么时候该加油，什么时候该刹车，在她心里一目了然。方向盘在她手里像玩具一样，侃侃而谈中开出了速度和激情。

一边开车一边打了好几个电话，她都没有把我倒出去，我心里有点着急。她继续打着电话，终于有一个要和她倒的了，两个人约着过了黄河大桥后换人。我也松了一口气。

女司机队长一路狂飙，终于撵上了前面一辆棕色越野，摁着喇叭通知前面的车她到了，两辆车停在路边。我收拾了一下准备换车。

虽然紧张，但我装着若无其事，司机看着五十开外，面相倒不凶。车开始走，司机开得比以前的拼车司机平稳，我也逐渐放松了下来，在路上的大部分时间，我都想睡觉，这次也是。

但这位司机师傅却开始和我聊天，他问我要去哪里？我说自治区人大会议中心。他又确认了一下具体的地址，我拿手机搜了一下，说没事，您要不知道进城了我给您导航。他说好嘞，那咱就是个往前开。

司机很健谈，而且很会说话，聊了一会，他试探着问我在哪里工作？这个问题有点不好回答，我说我没工作，种地的农民，就是去开会。他说："你就是农民估计也不是一般的农民，你家是哪的呀？"我说："红寺堡。"他突然惊喜地说："你是不是那个上过央视（其实是北京卫视，但我们这大部分人认为北京是首都，北京卫视就是央视）的'拇指作家'，叫什么来着？哎呀，你看我一下子想不起来。"

面对人家的热情，我老老实实说了我的名字。他拍拍脑袋："对对对，就是你，哎呀，太激动了，你那个视频我看了十几遍，说得太好了。我这个人虽然是个跑车的，但我喜欢听演讲，你可了不得啊，一个种地的农民，咋就能说得那么好，咋就一点都不紧张？"

我笑了笑，说我运气好，他仍然意犹未尽地在那感叹，我只跟着笑。很多时候碰上这种感叹我都无言以对，不知道回应什么话好。

为了岔开话题，我问他跑拼车多久了，他略一思索，说十三年了。说起他的职业，他的话多了起来。他和那个女司机队长一样，都有自己拉起来的车队。我有点吃惊，问他这条线上到底有多少车在跑，过百辆？他说差不多，但一个车队最少都有十来辆车。唉，现在啥都不好干，他本来想在红寺堡和吴忠这条线上再拉一个车队，但想了几年也没有做。我问为什么？他说山里人不好打交道，蛮横得很。（红寺堡全是西海固八县移民，也是吴忠平原上统称“山汉”的一个大群体。）我心里乐了一下，我们都搬出山里二十年了，户口本上早已隶属吴忠地区，但在吴忠本土的大部分人眼里，我们还是山里人。好吧，我默默地忍了，没有解释，我就是他说的山里人。

他肯定不知道我的这些想法，谈话还在继续。他试探着问：“我问个比较隐私的话题，演说家之后对你的生活改变大吗？”我说：“这不是什么隐私的话题，我还是种地，打工你信吗？”他笑了笑，说：“难以置信，你都上了那么大的舞台，你的生活居然没有发生翻天覆地的变化。”

我听着他的感叹不再回应。这两年，这种问题层出不穷，大部分人认为，出名了就能得利。我也学会了不解释，人生不易，冷暖自知，没必要和每个人都解释一遍。

他感叹了一会，看我不接话，又拿出自己五十来年的人生经验给我建议：“你不能再这样子了，你得想办法赚钱，你得借助自己的知名度，不然等你没名气了，你更没机会了。”

我的淡然终于被打破了，我问他，您在这条路上跑了十三年，容易吗？一说起自己的不容易，他的话题更多了，被运管追罚，和队友翻脸，被乘客辱骂，砍价，哪一个话题都够他说出一把血泪史。我静静地听着，又问了一句，现在让你改行去做别的，比如贩鱼，比如开店，你去不？

“那我肯定不去。”他大手一挥，激动地说。我说：“那就是了，每个行业别人看着都很简单，比如你们，就是开车拉人，但你要不说，谁知道你们会这么艰难？我也一样的，我只会写字，我最大的平台就是我的写作，这是我熟悉的，喜欢的，擅长的。赚钱这个事情，也得自己有能力，没能力只能赔钱。”

这个话题到这也就结束了，他又拉了一个新的话题出来，开始说自己的服务。说自己这么些年在路上遇到的印象深的顾客。他说人出门就图个顺心，很多顾客愿意坐他的车，说他开车稳当，幽默风趣，能给乘客带来开心。看得出来，他对自己的职业很满意。

好多次，碰上健谈的司机，我都会和他们聊聊他们的职业。拼车也叫私家车，也有叫黑车的，社会不断地进步，快捷方便的出行成了需求，所以催生了拼车这个行业，可能是滴滴打车的前身。在我们这种小地方，没办法发展成系统规范的模式，也没人给他们一个“名分”。但因为有市场需求，也就这么不明不白地存在了好多年。

近几年，随着个人购买汽车数量的增多，越来越多的人加入了拼车队伍，无论你在银川的哪个角落，只要你一个电话，就有车来接你，半个小时就可以走，价钱合理，一站到家。省去了奔去车站的辛苦和候车的等待，逐步地被大部分人接受，成了短途出行的首选。甚至我碰见很多有车一族出门都不愿意开自己的车而选择坐拼车，都说钱不多，还省时省心。

我一直关心他们的收入问题，有时候也问问一天可以跑几趟，大部分人说两趟，偶尔跑个三趟。计算下来，一天也就是二百多块钱的收入，每次看着他们一边嚼着饼子一边打着电话又一边开车的样子，我都觉得很不容易。

而在人生这条路上，没有哪个人是活得容易的，我们都是拼在路上的人，我们都是一样的。

最后的伴儿

一群喜鹊齐聚枝头的场景，只有春灌的时候才能看到。土地全被水淹过，喜鹊无处觅食。

几十只喜鹊在一起是一件壮观的事情，早春的杨树，枝桠交叉向上，喜鹊总是喜欢站在最高的那一根枝子上，颤颤巍巍地平衡着身体，枝子承受不了喜鹊的身体弯了下去，就在快要掉下去的时候，喜鹊迅速飞起，落在另一根枝子上，继续努力保持平衡，直到站稳身子。喜鹊是挑剔的鸟儿，宁肯不停地变换地方，也不愿落在低处粗壮的枝干上。水让它们饿着肚子，也让它们无所事事，凑在枝头的喜鹊，汇出一幅鸟儿世界的闲话场景。

水在固有的渠道里欢快地奔流，浸润着饥渴了一个冬天的田地。春天的绿还没有覆盖旷野，但春天的气息已经有了。春种，是又一年希望的开始。

谷子老汉看着在枝头嬉闹的喜鹊，咧嘴笑了，露出仅有的一颗犬牙和暗红的牙床。没有了其他牙齿的支撑，这颗犬牙就显得特别长，有一截漏出来耷拉在下嘴皮上。因为笑，口水也跟着流出来了。谷子老汉用袖子揩了一把，使劲抿了抿嘴唇，把那颗犬牙收进去。心里感叹，想当年我这一口牙，嚼两天炒豆子都不会酸一下，现在没牙了，就连口水都收不住，这人呐，可真不敢老。

和谷子老汉做伴的是几只绵羊，羊很瘦，毛色晦暗。村里人没想明白，谷子老汉一大把年纪了，一天到晚撵着几只瘦羊干吗？吃肉吧太瘦，卖钱吧也太瘦。旷野太大，这些羊闲散地游荡着，碰到吃的了啃两口，碰不到就乱跑。谷子老汉很生气，从田埂上起来去撵羊。站起来的谷子老汉弯着腰，使劲用手捶了捶自己的右腿膝盖，看着远去的羊群，忍不住骂了一句：这些瘦棒子，吃不肥净跑瘦了。捶打了一会儿，谷子老汉觉得膝盖可以适应身体时，拄着棍子向羊群远去的方向撵去，风把他的裤子刮得像充了气的羊皮筒子，上衣像要挣脱谷子老汉的躯体去天际寻找自由似的，在他的身上左右晃荡，他一只手拄着棍，一只手背在腰上，跟着羊群的脚步，在无人的旷野拖着自己的影子行走着。几只羊，一个人，在早春的大风里，觅着自己的饥饱。

游荡了一个早晨，羊不知道是吃饱了还是走累了，在一片林带中停了下来，卧成一堆，眯着眼睛反刍着食物。谷子老汉看着远处的村庄，觉得自己的腿都拉不动了。他拄着棍歇了一会儿，吆喝着羊群走上回家的路。

羊在前面走，谷子老汉背着手跟着，他一辈子是个慢人，一辈子和土地、庄稼、牛羊打交道，干什么事情都不急不躁。早些年家在山里，一群牛羊，几十亩山地，六个儿子就是谷子老汉一辈子的家产。随着儿子一天天长大，谷子老汉的腰更弯了。山里的空间太小，容不下儿子们的梦想，娶一个媳妇离开一个，谷子老汉的牛羊越来越少。最后家里就剩谷子老汉老两口和小儿子，以及犁地的两头耕牛。

尽管谷子老汉一生有六个儿子，但依然对小儿子另眼相看，疼爱有加，平时啥活也不让干，还花钱供小儿子去山外读书。从小娇惯的小儿子看不到谷子老汉的辛苦，也不喜欢读书。一出山就像脱缰的马儿，游荡在各个他喜欢去的地方。逐渐离山里的家越来越远，最后有消息传来，小儿子去了新疆。那时候的新疆，是年轻人体现志向的地方，似乎只有遥远而广阔的新疆才能承载他们的梦想，但新疆也是体现勇气和魄力的地方，不是哪个人都会选择去新疆。听到这个消息时，谷子老汉正在山上犁地，他看着远方一眼望不到边的群山，心里暗骂：这个狗食，心还野得很。

不管儿子回不回来，谷子老汉的日子还得过，他是个尽职且本分的农民。每一年，谷子老汉都套着两头耕牛，对几十亩山地深翻细犁，精心耕作。这几年风调雨顺，打下的粮食吃不完，谷子老汉又节俭，所以谷子老汉就一次次用毛驴驮着这些多余的粮食出山去卖掉。几年下来，谷子老汉也积攒了一点钱，他还想着给小儿子娶媳妇呢，可小儿子一直都没回来。

小儿子没回来，老五儿子回来了。和谷子老汉商量，现在国家有了移民开发政策，可以搬迁到平原上的红寺堡去，凭户口分宅基地、分耕地。老五儿子试探着商量谷子老汉把户口给他，让他多分几亩土地，以后他给谷子老汉老两口养老。

谷子老汉沉默了许久，思前想后没答应。他在想如果他搬迁了，小儿子咋办？户口给老五，剩小儿子一个人的户口咋办？小儿子岂不是分不上耕地？没有耕地，小儿子以后拿什么生活？几个儿子都离开了山里，可不能让小儿子回来继续待在这里。老五儿子憋着一口气走了，他没想明白，自己的老父亲咋这样偏心？老六走了都好几年了，音讯全无，以后还不是得他给养老，可老父亲就是死攥着户口不给他，既然这样，以后老两口老了他也不管。

谷子老汉看着老五儿子的身影在山梁上变成一个黑点都没回头看他一眼，心里知道儿子在生他的气。一回头，老婆子在悄悄抹眼泪。谷子老汉心烦，对老婆子说："走走走，哭啥哭，都走了不回来才好。"老婆子说："你个老不死的，娃回来连口饭都没吃。"谷子老汉没接话，转身进了屋子，一碗鸡蛋长面摆在桌子上，已经没了热气。谷子老汉端过饭碗，用筷子挑着调面，面坨成一块，他扒拉着吃了两口，冰凉的面条顺着食道溜进胃里，让谷子老汉的胃也冰凉起来。吃了几口，谷子老汉推开面前的碗，起身去了牛圈。两头牛看见谷子老汉，伸出头准备舔谷子老汉的手。谷子老汉伸手摸着牛犄角，摩挲着犄角上蜕出来的一圈圈棱棱。很多时候，谷子老汉喜欢这样静静地和牛待在一起，看它们吃草，反刍。只有牛自始至终陪伴着他，在他的生命中，只要他不卖牛，牛就一直跟着他，哪像儿子，养大一个跑一个，跑到最后，身边连个干活的都没，还都各存心思，稍微不对就甩脸子。这有时候，养儿子还真不如养牛。谷子老汉有时候挺羡慕老婆子，不开心了、受委屈了可以哭，可以骂人，他不开心只能不开心，有委屈了也只能来看看牛。

想了一夜，第二天谷子老汉去了县城，取了几千块钱，回家给老婆子安顿了一下，揣着钱和户口本，坐了一天车，也在移民区为小儿子划分了宅基地和几亩耕地。别人盖房子他跟着盖房子，别人平地他也平地。当一间砖木结构的房子在红寺堡的宅基地上盖好的时候，谷子老汉松了一口气，这下小儿子回来就有落脚的地方了。一算日子，不知不觉，他来到这里已经一个月了，看着这片陌生的土地和横在远处的山，谷子老汉心说：这个狗食，不知道啥时候回来呢？

小儿子有一天真的回来了，还不是一个人，领着挺着大肚子的“媳妇”回来的。回来第一件事情不是问谷子老汉这几年咋过的，而是抠着头扭扭捏捏问谷子老汉有钱吗？媳妇的彩礼钱还没给人家呢，老丈人说了，不给彩礼钱就把腿打断呢！

谷子老汉拿出一个皱巴巴的存折递给小儿子，小儿子拿去取了钱给了丈人家。然后领着媳妇又远走新疆，谷子老汉看着小儿子远去的背影气得骂了一句：“这个喂不熟的狗食！”

小儿子不回来，红寺堡的房子也就锁了，谷子老汉仍然在老家的几十亩山地上操劳着，人老了，故土难离，老家再不方便，也养活了他一辈子。

小儿子再一次回来，是抱着自己的儿子回来的，八个月，同时带来两罐奶粉。把儿子递给谷子老汉又走了。老婆子接过白嘟嘟的孙子，喜爱得不行。谷子老汉说："欢喜个啥，把这些狗食一个个喂大也就那样，更别说孙子。"

"你个老不死的，娃一个个都容易吗？你让咋呢？回来守着你？你就活你一个人去。"老婆子骂完谷子老汉，抱着孙子旋风一样进屋去了。

两罐奶粉很快就吃完了，谷子老汉从山外买回来一只奶羊。一进村子，奶羊甩着粉嫩鼓胀的乳房冲进谷子老汉的院子，拖得谷子老汉一路小跑，冲进去的奶羊惊到了坐在车车上酣睡的小孙子。小孙子哇哇大哭，蹬得车车乱晃。车车是谷子老汉自己做的，自己和老婆子都老了，抱不动小孙子时就放车车上。谷子老汉笑骂："你个狗食，哭啥哭？这以后就是你的娘了。"小孙子瞪着乌溜溜的眼睛看着眼前毛茸茸的奶羊，哭得更厉害了。

奶羊奶了小孙子半年后，小孙子开始在院子里走动。谷子老汉更忙了，又要种地，又要放牛羊，还要管小孙子。割麦子时，小孙子是领到地里去的。谷子老汉用麦捆给小孙子围了一个临时乘凉的地方把他放到里面。快两岁的娃，已经知道调皮了，刚看着还扒拉着麦秆在那玩，一会就没耐心了。哭着喊着爬出乘凉的地方，在割过的麦茬地里摇摇晃晃地走着。麦茬像谷子老汉的胡子茬一样，又密又硬，小孙子一步没走稳，摔倒在地，两只白嫩的小手顿时就被扎破了。看着哇哇大哭的小孙子，谷子老汉叹了口气，起身回来抱着小孙子哄起来。孙子哭累了睡着了，谷子老汉抬头看着火辣辣的太阳，抹一把脸上的汗。远处的麦子像一块金黄的绸缎，随风起伏蔓延过了山头。谷子老汉突然想，自己这辈子都干了个啥？

老父亲过世得早，从记事起，谷子老汉就跟在牛屁股后面一天都没停过。他是家里唯一的儿子，也是家里的顶梁柱。为了能让自己妈和三个妹妹吃饱肚子，唯一的办法就是多种地。山里哪有那么多的地啊，谷子老汉盯上了后山的山林，只要有一点时间，他就跑去开荒地。几年下来，谷子老汉家的地从包产到户的十八亩递增到了四十亩，一家人终于能吃饱穿暖了。

自己的老妈就生了自己一个儿子，可到谷子老汉生孩子时，一生一个男孩，一生一个男孩，十二年间，六个儿子像梯田一样排列出生了。看着这些孙子，谷子老汉的老娘高兴，直说谷子老汉命大。

可那是六个儿子啊，要吃，要穿，要娶媳妇，要分房子。谷子老汉再没闲过一天，继续种地、开荒、养儿子、过日子。他忙得都顾不上抱一下儿子，儿子就长大了。一个一个娶了媳妇，分了家，又都搬离了山里，苦了大半辈子，最终还不是得自己过活自己。看着自己怀里熟睡的小孙子脸上挂着的泪珠，谷子老汉点了一下小孙子的鼻头："你个狗食，爷把你老子喂养大一天计都没得上，还得帮他养你这个狗食，唉，你个狗食啥时候能长大啊！"

山里最终搬得就剩谷子老汉老两口和小孙子了，小儿子又是两三年没回来，谷子老汉一天天地撵不上牛了。搬走的几个儿子一看这样下去不行，就商量着让谷子老汉搬到红寺堡的房子里去。

准备给小儿子住的房子终究先让谷子老汉住了，走的时候，牛羊都卖了。几个儿子揣测着，谷子老汉这些年舍不得吃舍不得穿的，年年又是卖粮食又是卖牛羊，手里不知道有多少存款？儿子们也不问，但儿子们把谷子老汉老两口安顿好住下就走了，谁也没伸手给老汉添置个啥家具。谷子老汉知道儿子们的心思，啥也没说。就这样，和小孙子三个人在红寺堡住下了。

这一年，小儿子回来了，衣锦还乡，开着一辆时兴的前四后八的大货车。一时间，村里人都当稀罕一样地看。小儿子抱着自己四岁的儿子吧唧吧唧地亲了几口，儿子吓得哇哇大哭，只朝奶奶怀里钻。

小儿子回来是给谷子老汉盖房子来了，他说：“我父亲一辈子没享上一天福，一直为我们操劳，我这下得让他过两天舒心日子。”人有钱了好办事，房子说盖就盖，八九天主体就起来了。谷子老汉觉得，这几年没有白等小儿子。

主体起来了，小儿子又要走了，给谷子老汉说，让房子先干着，他去跑几趟车后再来装修收拾，然后再入住。

又一次目送着小儿子开着车扬长而去，谷子老汉心说：“这个狗食，还有这本事？那么大的车，说开就开走了。”

小儿子开车跑的是新疆到陕西的货运路线，来来去去偶尔路过家里，给谷子老汉老两口买吃的、穿的，给儿子买玩具。每次小孙子拿着新式的玩具玩的时候，屁股后面跟一堆小孩羡慕地看着，小孙子总会骄傲地说：“这是我爸爸给我买的。”

日子一天天地就这样过去了，谷子老汉固执地打理着几亩土地，在红寺堡种地和在老家种地还是有区别的，而且谷子老汉真的是年纪大了，种了一年就力不从心，还时不时拖老五儿子的后腿。本来老五就对老父亲有怨言，现在一气就更加地抱怨：“你种那干啥？别老六又不缺你这俩钱！”

第二年，谷子老汉就不种地了，只在家一心一意带孙子，但又闲得发慌，就和老婆子商量，要不喂几只羊吧？老婆子很赞同，家里剩个面汤什么的倒掉可惜了。老两口一拍即合，随即就去买了几只羊，谷子老汉又开始忙活起来，每天拉个架架车出去给几只羊割草，不仅要割当天吃的，还要攒冬天的草。这样一天天重复，谷子老汉觉得，自己又回到了以前的生活，他时不时看着横在远处的山，总在想，那山上有没有住人，有没有种地的人？每次割草，小孙子都要跟着，谷子老汉来去拉着，老婆子嫌小孙子跟着碍事不让去，谷子老汉总说没事，让跟着，和他是个伴。年轻时太忙了，哪个儿子都顾不上哄，现在领着小孙子，反倒觉得有各种乐趣。其实谷子老汉完全不用养羊，现在政策好了，他老两口又是低保又是养老金的，一个月有几百块钱就够用了。小儿子时不时还给钱，可这些钱谷子老汉一分都没花，他大概算了一下，存在银行里怎么也有七八千了。他想着小儿子要是回来装修新房子了，就拿给儿子用。那么大的车，那么远的路，儿子挣钱也不容易，能不花就不花了。他只想着，小儿子可以安定下来，外面的花花世界再好，终究只是别人的故乡，人总要落叶归根的。

人们总是在村道上碰见谷子老汉和他的小孙子。谷子老汉佝偻着腰伸着脖子使劲向前拉着车子，姿势像极了一头奋力前进的牛。小孙子趴在车子上，被各种各样的野草包围，只露出一个调皮的小黑脑袋。爷孙俩是村道上一道固定风景，每天在同一时间上演相同的场景。每次，爷孙俩出门时，老婆子都会出来目送，在快回家时，又一直站在村道上等着。

新的一天，谷子老汉照旧领着小孙子出门，小孙子咯咯地跟谷子老汉说着话，谷子老汉一遍遍地回应着，两个人重复着以往的节奏继续去割草。老婆子送完爷孙俩，返回家给羊添草，收拾着家务。院子北边是儿子盖起来的四间大瓦房，在整个村子都是醒目的，只是儿子一直忙，没顾上收拾，到现在门窗都没有安。谷子老汉和小孙子一直住在谷子老汉盖的那间小房子里。

老婆子耳朵有点背，平时和谷子老汉对话就是相互趴在耳朵跟前大声喊着聊天。所以老五媳妇喊了好几遍她都没有听到，还在忙活着给鸡添食。直到儿媳妇扯住她的袖子，她才一脸茫然地看着儿媳妇。

“妈，出事了。”老五媳妇忍住自己颤抖的牙床说。

“谁出事了？咋了？”老婆子着急地问。

“妈，老六出事了，出车祸了，交警队打电话了，让我们家属赶紧去。”老五媳妇说着，眼泪已经下来了。老婆子半天没反应过来，手里的鸡食盆子摔落在地上，拌好的鸡食散落一地，在阳光下黄灿灿一片。

谷子老汉割草回来走在村道上，他总觉得今天村道上的气氛不对，大家看他的眼神怪怪的，但没有人和他说话，他也不知道怎么问。远远地他看见自家的院子里人拥挤着，心里的疑惑更深了，急忙加快脚步，车车的加速让小孙子很兴奋，在车车上笑个不停。

走近，就听见哭声，谷子老汉听出来是老五媳妇在哭，心说这咋了？再近，却看到一群女人围着自己的老婆子。谷子老汉以为，自己老婆子和儿媳妇吵架了，但又一想，老五媳妇和自己老婆子都是老实人，不可能吵架。到院子里，谷子老汉顾不上从车车上把孙子抱下来就急忙问怎么了。再一看，老婆子晕倒在院子里，几个邻居又是掐人中，又是呼喊救治，老五媳妇插不上手就是个哭。

尽管别人很难说出口，但谷子老汉仍然知道了，他苦苦等着回家的小儿子再也回不来了。谷子老汉听不见面前的人说的啥，整个院子仿佛塌陷了一般，他随着这塌陷坠落，坠落，却怎么也到不了底。

“爷，爷……”小孙子抱着谷子老汉的腿摇晃着，他是自己从车车上爬下来的。看着小孙子惊慌迷惑的眼神，谷子老汉一屁股坐在地上，紧紧地把小孙子揽进怀里：“我命苦的娃啊！”

眼泪和悲伤解决不了谷子老汉的问题，一村子的人聚集在小院子里，商量着怎么处理后事。“人死为大”，所以不论是平时关系近的还是远的邻居，都主动来看能为谷子老汉做点什么。小院拥挤起来，谷子老汉想了很多，又似乎什么都没想，一辈子和土地打交道，让他根本没办法想象车祸现场是什么样子，更无法想象小儿子现在是什么样子。以前他也送过丧事，可那些人都是正常去世的，安安静静地被白布裹起来，几锹黄土下去，便断了和这世间所有的联系。亲人哭上一阵子，也就渐渐淡了，再提起来时，不过是一声叹息和自我安慰：“迟早要走呢，走了也好，活在世上就要遭罪。”可谷子老汉知道，没有谁想死，包括他自己。可是这回，小儿子走在了他前面，谷子老汉就想，走的为什么不是他呢？他都七十几了，活着还有什么意思？他的小儿子才三十啊，正活人的年纪，再说，小儿子走了，孙子还这么小，他一天天老了，以后谁管孙子？

没有人来回答谷子老汉这些问题，他抱着小孙子，一把一把地抹眼泪。小孙子没见过谷子老汉哭，也跟着掉眼泪，鼻涕都快流过嘴唇了才使劲吸一下，给自已擦一把眼泪，又给谷子老汉擦一把。院子里的人看着这一老一小，都忍不住唏嘘。

稍晚一点，外地的几个儿子都赶回来了，无论他们平时心里对谷子老汉有什么样的不满，这会都要以大局为重。老六出事的地点在秦岭一带，最快的方法就是这边租个车，直奔出事地点，和交警对接之后把人接回来安排后事。这个事情肯定不能让谷子老汉去，几个儿子一商量，尽快拿出了方案，去现场的租车去了现场，留下的在家准备后事。

几个儿子走了一周之后，才拉着小弟弟的遗体回到了谷子老汉的小院子。尽管谷子老汉在这几天进行了无数次的猜想，但看着拉回来的遗体，他还是没办法接受。这还是个人的样子吗？谷子老汉再一次眼泪淌得止不住。在小儿子生命的最后时刻，他到底经历了些什么？谷子老汉不敢想象，也不忍心想，眼泪成了唯一可以宣泄情绪的出口，鼻涕越过嘴唇，粘在了胡须上，此刻谷子老汉的哭泣和小孙子一样，没有年龄之分。

黄土是个好东西，既能长庄稼，也能掩盖世间的污浊，更能隔离人的念想。入土为安不光是说亡者的安宁，更是对生者的安慰。“黄土隔人心”，哭完了，下葬了，在一次又一次的仪式中，生者对亡者的念想逐渐随着黄土上长出的蓬蒿安定了下去，似乎念想也随着亡者深埋在了黄土里。活着的人还得活着，不管活得好与坏。

每次赶着几只瘦羊路过坟地，谷子老汉都要看看小儿子的坟头，心里忍不住念叨一句：“这个狗食！”然后紧撵着羊的蹄印跟着羊晃荡。小孙子已经不跟着他了，羊成了谷子老汉最后的伴。

（原载于《朔方》2019年第6期）

行走在春天的风里

江南的朋友在QQ空间发了一句：一墨烟雨，一纸江南。我猜江南的春天必是满眼的柳绿花红、草长莺飞；远山近树掩映在细雨迷蒙里，似一幅苦心临摹的山水画。若撑一把雨伞漫步其中，人的心该是怎样的清新和陶醉?

我一直觉得红寺堡是一个看不到春天的地方。风是这里的常客，尤其是春天的风，会带来持续不断的沙尘暴。风用最暴虐的姿势拥着尘土跳着疯狂的舞蹈，此时天地间灰蒙蒙的，什么也看不清楚。这样的天气，人们大都窝在家里，听风刮过房屋时发出凄厉的声音，悠长而骇人，大有把房子掀翻的架势。

只有孩子是无所畏惧的，这样的天气他们也在村道的水泥路上嬉戏，聚精会神地赢卡片。他们的脸上落着厚厚的一层土，只能看清两只眼睛在眨，鼻涕被土黏成一片也顾不得擤，不一会儿就被风干成痂堆在鼻孔前。可这并不影响他们的心情，依旧大呼小叫，玩得不亦乐乎。一只啄木鸟孤单地站在房屋的烟囱上四处张望，不知是在思考何去何从，还是抱怨风太大？门前的柳树已经有了鹅黄色的嫩芽，柳枝随风胡乱扭着身体，似乎想让绿叶快点长出来，好挡住这恼人的风。几棵杨树还是那么挺拔，努力不让树枝随风起舞，大有波澜不惊的高傲。只有经历了无数遍风的肆虐才能锻炼出杨树这样的气节。狗蜷缩在窝里用两只前爪托着脑袋，眯着眼睛看这飞沙走石的景象，任风沙肆意挤进它的窝，再散落在它的皮毛上，它都不肯改变姿势。频繁的风足以让任何东西都麻木和漠视它……

旷野里能被风吹动的东西都在滚动，被风带离原来的地方，随风流浪，风停时它们便漫无目的地停下，下一次又随风而起，反反复复，一年四季都在游离，居无定所。一大群羊像雪球一样在旷野里慢慢前进。不明白羊群在一片荒芜的沙土地上吃着什么，它们一个个那样肥壮，难道是在吃土吗？

牧羊人是羊群的王者，戴着暖帽，穿着棉大衣，两只手蜷缩在袖筒里不肯放出来，腋下紧紧夹着牧羊的长鞭。他不出声也不吆喝，只是随着滚动的羊群默默行走，在这风沙中如雕塑般深沉寂寞。他一年四季都是随着羊群行走的，直到老去，直到不能行走……突然想起一句话：这世界上最孤独的是牧羊人！

很少在春天出门的我，那天因为有事顶着风去街上，不巧的是，事情办得不顺利，需要等几个小时。风沙让我无处可去，沮丧的我只能信步游走在风中，转过一条街到另一条街时，眼前突然一团粉红，居然是一株盛开的桃花。不到一米的枝干上挤满了花骨朵，粉红中透着洁白，争相在这恶风中娇艳盛开，似乎狠狠地嘲笑着风的肆虐。我的心一下子在风中艳丽起来，眼睛有点湿，思绪一下子回到了老家的阳山洼。

老家是个山清水秀的地方。阳山洼是老家一座不高的山，从东向西绵延了四五里地。想起那漫山生长着的野桃树，我们叫它毛桃树。山野的桃树生长是自由和散漫的，种子落在沃土就生根于沃土，落在石间便长在石间，想在哪儿盛开就在哪儿盛开，不用施肥，不用刻意管理。一到三月就是桃花的盛会，那漫山盛开的桃花可以持续半个月，把阳山洼装扮得像个穿着粉色衣服待嫁的新娘，让看见的人心里一直有一种明艳和喜悦。

那时年幼不知惜花爱花，赶一群山羊游荡在阳山洼的桃树下。

任羊吃着桃树的嫩枝，自己折来最娇艳的花枝编一个花环戴在头上，左顾右盼恨不得有面镜子可以看看戴着花环的自己有多俏丽。

偶尔在花枝间发现一个鸟窝，看见里面躺着几枚不知名的鸟蛋，总是淘气地拿起来放在耳边摇晃着听一下，然后又有爱心地重新放回去。殊不知动过的鸟蛋鸟儿是不会再孵的，白白残害了许多生命，自己却浑然不知。下午回家时会折一把最艳丽的桃花，带回去插在水瓶中。一两天后它们枯萎了，就随手一扔又折回一把插上。

就这样一年又一年，那半月里尽情地折着桃花，想把那一片粉红留在身边，可最后只留下一把又一把的枯枝。阳山洼的桃花依旧年年在盛开，年年明艳于三月的春风里。

儿时的荒唐胡闹还历历在目，风旋起一只塑料袋从我眼前飘过，肆意戏弄着，打断了我的思绪。我不再盯着那树桃花发呆，继续向前。一排整齐的垂柳扭着腰肢随风摇曳，翩翩起舞，嫩芽呼之欲出，似在谱一曲欢快的乐章，表达着春天的问候。这些垂柳是红寺堡刚开发时栽种的，它们见证了这个城市的成长和发展。街上的行人很少，偶尔三两个人经过，身上还穿着厚重的棉衣，行色匆匆忙忙，来不及细看这桃花和垂柳，也来不及感受春天借花和柳枝表达出来的讯息，只想用快快的步伐早点回家，好甩开这恼人的风。

下午坐公交车回家，听到的还是关于风的谈论，有咒骂的，有抱怨的，有无奈的，有揶揄的。我静静地听着，风再狂恶，再肆虐，它能挡住桃花盛开、绿树散叶，能阻止季节的变化吗？我相信再过十年、二十年，它终究会磨平棱角，理顺性情，还红寺堡一个明媚的春天。那时的人们，定会停下脚步，看桃花，赏绿柳，尽情地享受春天……

（原载于《朔方》2015年第10期）

被风吹过的夏天

我和一群搭档午休时，斜靠在避风的田埂上。看着风从脚边刮过，吹着轻佻的口哨，卷起浮躁的尘土，横冲直撞地在这片广袤无垠的土地上撒欢。那些破败的枯草，废弃的塑料袋，也跟着摇旗呐喊，更让这风肆无忌惮，坚定着它做旷野之王的雄心。

我用带来的一件棉衣把头裹起来靠着田埂半躺，避免让沙尘落在嘴里。旁边的搭档们一边咀嚼干冷的馒头，一边大声诅咒着风。我没附和，却突然想起一句歌词："风起的日子，笑看落花/雪舞的时节，举杯向月……"同样是和风有关的日子，这差距咋就那么大呢?

已经步入五月份，应该算夏天了吧，可是属于夏天的风景在这里却看不到。远处的那片柳树苗极力在风中挣扎，挣出了几片鹅黄色的幼叶。挺拔的河北杨幼苗用尽全身的力气，也不过是在身上顶起一个个生命的嫩芽，离舒展叶子还有一段时间。至于洋槐，还披着一身尖牙利爪的刺，准备着与风做最后的对抗后，再换上绿色的新衣裳。这片占地三百亩的苗木基地，就是我和搭档们打工的地方。

一个小时后，一群女人起身，把干粮袋子集中放好，用多余的衣服捂起来，还要捂严实，不然说不好就会从哪里冒出一串组队的流浪狗，等人发现，馒头早就进了狗肚子不说，连干粮袋子都会被撕扯得没法再用了。收拾好干粮袋子，大家说着笑着拍打着身上的尘土，戴好口罩，重新紧了紧头上包着的围巾，裹得只剩两只眼睛在眨巴。睫毛上落着细密的沙尘，随着眼睛的眨巴落在鼻梁上，淡淡地覆盖着裸露的皮肤，被风刮走一层，又继续落一层。现在才知道，人的睫毛是用来挡沙尘的，不然眼窝早被沙尘填平了。

活动了一下手脚，我们这群女人开始了紧张的劳动。今天的工作是剪树，剪掉第一年插秧长起来的幼苗，好让树苗重新扎根换秧。三四十个女人排成一排，一起向前推进，只听见“咔嚓咔嚓”的剪树声。拇指粗的树苗挨地留足五厘米后被斜叉剪断，带着不甘和委屈散落在地里。它们一季的生命就这样结束了，世间万物的生长轮回都一样，“旧的不去，新的不来”。

带工的那个大个子男人蹲在田埂上，一边絮絮叨叨地喊着还没干活的女人赶紧干活，一边拽起衣领遮挡着自己的半边脸。想起初见他时，西装革履，发型纹丝不乱，鼻梁上还架着一副墨镜。最让人印象深刻的是他的脸，皮肤白净得让我们这些女人都没法比。惹得女人们对他的“小白脸”羡慕嫉妒恨的同时，又难以置信了好久：一个男人的脸，怎么就保养得那么白？

再看看现在的他，西服上落了一层土，头发像鸡窝一样蓬乱，脸被风刮得粗糙泛红，嘴皮上裂着血口子，墨镜不知道扔哪里去了。他的这副尊容总算让女人们找回点自信，也足以证明这里的风沙是何等暴虐，愣让一个“小白脸”几天时间变成了粗麻大汉。他的絮叨一直不被搭档们欢迎，轻者白眼瞪他，重者直接恶语相向。他倒也不计较被人骂“干板儿嘴”（形容话多，只说不干的人），没一会儿，他又在那儿絮絮叨叨地重复他的催促。

风中的三四十个女人，像散落在旷野的羊群，来回走动。大个子的絮叨经过风的过滤，传到每个人的耳朵里已经没有了分量，可他仍旧在絮叨着，以此证明他的尽职。老板开着福田小卡来了，大个子咧着嘴起身相迎，一笑刚结痂的嘴皮又开始渗血，疼得他直皱眉，一脸苦相地吸溜着。看见的几个女人幸灾乐祸地偷笑：谁让你一天到晚不停地絮叨，这下看你还说不说？

老板站在地头看女人们干活的情况，顺手递给大个子一根烟，大个子接过去并没有点起来，而是别在耳朵后面。两个人不知道说着什么，只看见老板一边说一边打着手势，可能是给大个子安排明天的活怎么干吧。又看了一会儿，他简单数过人数，把今天的工钱交给大个子，就开车离开了。熬到下午六点，一天的打工生活就算结束了。大个子依旧站在田埂上居高临下，手里攥着一沓钞票，趾高气扬地挥舞着胳膊训了一通话，大致意思是让女人们明天好好干活，不许偷懒。

他的这些废话惹来几个女人的不满和愤懑，催促他赶紧给钱，若不是看在钱的分儿上，这些女人肯定又是一通恶骂，估计大个子的嘴皮又该多裂开几道血口子了。训完话他让女人们排起长长的队伍，挨个派发一天的工钱。

手里攥着拿到的七十块钱，一群女人四散开来。有骑摩托车的，有骑电动车的，有骑自行车的，还有走路的。路上忙作一团，发车声、喇叭声、女人的大呼小叫声，这个在找干粮袋子，那个在寻相熟的搭档……几分钟后路上才归于平静。

我是最后一个离开的，骑着我的 150 大摩托车，捎带着我娘家大嫂，在大个子惊讶的眼神中呼啸而去。所谓“呼啸”，是这个摩托买来好几年了，骑起来那声音离得老远就让人知道是我来了。

骑车走在回家的路上，风已经慢了下来，一群野鸽子出来觅食，飞过头顶居然遮住半边天空，数量有多少才能形成这样的规模？也许这种壮观只有西北辽阔的天空才能容纳。路两边田里的玉米长出了四片叶子，被风吹得灰头土脸，一副营养不良的样子，好像在婆家受了委屈的小媳妇般楚楚可怜。林带里的苜蓿一墩一墩地开枝散叶，这是这个地方夏天到来的见证。

几分钟的路程转眼就到了，送大嫂到家门口，照例进去看望母亲。进去不由自主地看向面南的那个单人沙发，父亲生前一直坐在那里。只要一进门他就招呼我坐，问吃问喝。可现在这个沙发还在，父亲却永远没了。母亲看见我进来，满脸含笑，问我今天干活累不累。陪母亲说了会儿话我才回自己家里。摘掉头巾口罩，抖落上面的灰尘，换掉干活的衣服，洗漱了一下，总算把外面那个沙尘的世界隔离开来。看见几只麻雀欢腾地在杨树上跳跃，连它们也庆祝着风停了下来吗？那么明天呢，会不会如今天一样？

风总算停了，早晨六点半，我装好馒头和开水，依旧骑着我那拉风的摩托车去喊大嫂。村道上三个一群、两个一组地走着去上学的孩子，他们一边走一边嬉戏玩闹着。我使劲摁着喇叭，他们像受惊的小羊一样躲向路边，转过头看着我。有熟识的邻家孩子，露出洁白的牙齿对我笑着扮鬼脸，女儿也在他们其中，跳着和我挥手：妈妈再见！长不大的孩子是快乐的，多么希望他们的快乐永远持续下去……

到母亲家门口，大嫂已经等着。母亲出来嘱咐：人多，慢点。我笑着点头，捏离合，挂挡加油，起步开始走。路上一起干活的搭档各讨方便，都在朝地里集中。我骑得不快，拐出村子看见了让人惊诧的一幕：十几只流浪狗在一起，场面非常壮观。领头的是一只壮硕的土狗，然后是大小不等的一群狗跟在它身后。看来无论是人还是动物，都会寻找一个可以信赖的后盾让自己获得安全感。大嫂惊呼，这幸亏骑着车，若是一个人行走在路上，还不让这帮狗把人吃了。我说，是啊。近年来，附近屡屡发生流浪狗偷袭羊群的事件，更疯传一个乞丐老太太也被狗吃了。这些传闻给大家造成很大的恐慌，所以看见这样一群狗，难免让人心惊。不过听见摩托车刺耳的吼声，狗也远远地躲开了。

新的一天，一群女人又聚在这里，开始漫长的打工生活。没有风的日子，这里的天空纯净高远，不时有野鸽子、花喜鹊飞过头顶；更高更远的天空盘旋着孤鹰，看着它迎风翱翔、俯瞰万物的英姿，人的心情也会变得开朗和豪气。大个子的嘴皮今天裂得更厉害了，他也难得停止了絮叨，只剩下一群女人一边干活，一边如麻雀般“叽叽喳喳”说着家长里短，开着暧昧的玩笑。这样的一天，虽然辛苦依旧，可快乐和愉悦的气氛让人舒心。时间也就过得飞快。

日子若一直这样风轻云淡地过下去，虽然辛苦，但未尝不是一种美丽。然而就在那一天之后，我开始被搭档们孤立起来了。那天大个子不在，老板看着我们干活，到中午活差不多干完了，老板说谁回家去拿几把锄头过来，不然下午就没活干了。连问几遍，一群女人没有人应声。老板有些尴尬地站在田埂上，气氛一时显得凝重起来。我给老板说要不我去吧？老板高兴地同意了，我骑车回去借了几把锄头拿来。老板安排几个女人去锄地，这时候的地里长着一种极其难挖的野草，锄起来相当费劲，几个女人极不情愿地走了，看我的眼神中闪烁着恼怒。我一瞬间明白过来，为什么没有人应声，为什么没人肯去了。

之后，因为我那天的帮忙，老板刻意嘱咐大个子轻点的活让我带一个搭档去干，这下彻底犯了众怒。一群女人见了我，就像旧社会劳苦大众见了剥削她们的万恶的地主老财一样，“仇恨”而怨愤的神情溢于言表。我一时间更加沉默，常常在休息时看着远处的罗山发呆。山上的沟壑还是一片土黄，寂寞孤独，如一个饱经沧桑的老人的脸上被岁月折磨积淀下来的皱纹。我感叹着人情冷暖的艰辛，心里默默期盼属于夏天的绿快点到来。

每天都是这样骑着车来来回回，每天重复着几乎相同的工作，每天都听着大个子的絮叨，每天的搭档都在不停地更换……日子就这样一天天过去。一些不快的情绪也在一天天消散，女人们最终忘记了我的“十恶不赦”，重新和我打成一片。人一忙碌，就会忽略身边的风景。突然有一天，一个搭档感叹：哎呀，这里总算看见绿了！我一抬头，可不是吗？柳树苗已经绿得密不透风，杨树苗的叶子欢快地随风起舞，就连刺槐都披上了绿衣裳。更让人欣喜的是，那片和刺槐差不多的树苗居然挂上了几串紫红色的花，花朵娇嫩明艳，香气甜美。记得有一次大个子说这树苗叫香花槐，相当贵。当时有搭档还揶揄："不就是个槐树嘛，我倒要看看开出的花能香到哪儿去。"今天一见，才真的知道这树苗和刺槐不是一个档次。

我们今天要干的活就是修剪掉这些花枝，不然会影响树苗向上生长。这实在是件残忍的事情，不过老板这样要求，我们也不好说什么，毕竟人家是专家。可是爱花是女人的天性，这些女人把花枝剪下来并没有扔掉，而是戏耍着别在头巾上，为了不让花枝掉落，不惜在头巾上弄个小洞穿过去。一时其他的女人也纷纷效仿，只见人人头上都别着花枝。这些可爱的女人啊，平时没有多余的饰品打扮自己，现在就拿这些艳美的花儿尽情地装扮。你别三串，她别五串，鬓角、头顶、脑后，恨不得编一个花环戴上。别好还不忘摆个造型问搭档好不好看，一时开心得甚至忘了手里的活计。风中别着花的村妇比花更美，那笑容、那笑声，足以打动任何刻薄的心。大个子难得没有出声责备，也笑着看这群女人胡闹。我从心里感谢大个子这一刻的宽容，原来爱美的心是共通的。

这里的夏天伴着风真正到来了，罗山绿了起来，远远看着郁郁葱葱。路边的苜蓿开始疯长，紫色的小花惹得蜜蜂、蝴蝶在苜蓿丛中穿梭忙碌。玉米一改小媳妇的委屈模样，俨然开始当家做主，挺直了腰杆稳重地站在风中。流浪狗到处都是，依旧是拉帮结派、三五成群地游荡在荒野。女人们还是重复每天的打工生活。天气开始酷热起来，大家都穿起了单薄的夏衣，但这仍旧不能让自己变得凉爽。每天早晚带一大杯水还是觉得口渴，因为水刚喝下去立马就变成了汗。大家都在念叨，西瓜什么时候能便宜点啊？等西瓜便宜了，每家都去买几百斤放着慢慢吃。揣着这样美好的想法，大家都忍耐着高温带来的烦忧。

杨树苗已经可以遮起一片阴凉，但根部需要培些土，这里风大，不培土树苗会被风刮倒。这种天气待在树荫下给树培土是一种享受，可要是下雨刮风就是一种折磨。这里常年干旱，偶尔下点雨还是毛毛雨。早晨来的时候好好的，中午便下起了雨，回家吧，雨好像不下了，不回吧，雨好像又大了。细雨中一群女人在回与不回之间纠结。这雨真是个顽皮的孩子，等大家下定决心要回的时候它又突然不下了，那就只能干活。雨不下了，风又刮起来了，树叶上的雨水无情地滴落在女人们的头巾上、衣服上、手上，瞬间全身就冰冷了起来，惹来女人们一通抱怨和咒骂。为了今天能挣够七十，大家都没有回的意思，在冷风中坚持着等下午六点到来。我在心里哀叹：这钱啊，真是把杀人不见血的刀！

那几天的天气阴冷逼人，好多搭档都穿起了棉衣。实在难以想象，前几天还是单裤、衬衫，突然就变回棉衣、秋裤，这个地方的天气就是如此反复无常，说热就是三十几摄氏度，说冷也就骤然降温。所以好多人的车上都带着一件多余的棉衣，天热了捂车胎，天冷了穿。

但晴天总是居多，女人们的面庞隔着薄口罩被晒成棕红色，始终没有保养得和大个子的脸一样白，这是女人们的一件憾事。长年风里来雨里去地奔波，早餐和午餐就是干馒头、凉开水，只有下午回家才能吃一顿饭，还得自己动手做，还要伺候牛羊、男人和孩子。长期的辛苦劳累让女人们一个个看起来憔悴失神，有着与实际年龄不符的沧桑。这样的女人，脸能白得起来吗？可是没有人抱怨生活，每天都在这样简单地重复昨天的生活，每天揣着一个低微的梦想去劳作，每天聚在一起都快快乐乐地大笑，每天都盼着明天会更好。

在日复一日的重复中，这个夏天就这样过去了。伴着风，伴着雨，伴着辛苦，伴着大笑，伴着蓝天白云，伴着喜怒哀乐，走向属于它的季节轮回，一去不回头。

（原载于《黄河文学》2015 年第 5 期）

乡 愁

冬天的一个午后，我慵懒地用被子把自己裹得只剩下脑袋，坐在温暖的土炕上，靠着窗沿，看窗外的阴天。暗淡的天空，轻盈缥缈的白云，厚重质朴的白杨树，心里突然有些伤感并蔓延开来……

对面屋脊上悠然落下一只花喜鹊，左右张望着屋脊上做装饰的两只瓷鸽子，不时翩翩起舞，希望引起这两只鸽子的注意，可任它怎样挑逗，这两只鸽子都保持静默的姿势，骄傲地不理睬它。花喜鹊“喳喳”叫着，失望地扭着腰身飞走了，它或许疑惑这俩呆瓜为什么不展翅飞翔？院子里的玉米芯被风刮得有些凌乱，露出一些残留的玉米粒，麻雀早就不来觅食，里面能下咽的碎颗粒都被它们拣食完了。此刻的它们不知道正聚在哪家的牛棚里享福呢，既保暖，又衣食无忧。随遇而安应该是麻雀的优点，所以走到哪里，它们的种群都那么庞大。一只肥硕的猫蹲在墙头观望，看哪家厨房的门没关好，好去偷食。不知道从什么时候开始，猫不再捕捉老鼠，而是在这片土地上成了窃贼般的存在，大有“过路大猫，人人喊打”的局面。

我听见邻居家的大门“咣当”一声响，紧接着老太太就念叨：“唉，咋就没人领我回老家看看啊？”那一声长长的叹息让我的心一下子悲凉起来。泾源！你让多少人梦魂萦绕、牵肠挂肚啊，可此生注定我们是回不去了。那里是泾河的发源地，泾河水却弃他们而去奔向甘肃、陕西；那里有厚重的历史文化、人文景观，却没有让泾源成为边塞要地。那里只是个山清水秀的小地方；那里的人既不富足也不过于贫穷，只是在土地上自给自足地生活着，民风淳朴，与世无争；那里的山梁嵝崄上处处盛开着红艳艳的山丹丹花，沟壑悬崖上随处都长着柴胡、黄芪、党参；那里的牛羊出门就能自由地在山上奔跑、吃草，毛驴是最重要的交通工具；那里一到三月，漫山的桃花、杏花竞相开放；那里的天空纯净明朗；那里的山泉水凛冽甘甜；那里没有风沙，没有炎热和寒冷……回想现在的那里，我居然说不出一点不好，除了怀念还是怀念……

但无论那里多好，我们最终还是舍弃了那里。如果它会说话，我想它肯定会质问我，毅然决然地离开，又有什么资格说怀念？是的，背离了生我养我的地方，我们没有资格说怀念。可是这些老人呢？他们和我们离开的初衷是不一样的。如果我们是背离故土，那么他们是被我们胁迫离开的。

邻居老太太耳聋了，脚步蹒跚，抄着手，夹着膀子在院子里进进出出。只要看见村道上有人，她就到跟前念叨，她想回老家去，她的柜子里还有几床新被子，她的炕上还铺着新毡，她还有十几双鞋没拿，她家的看门狗没人喂咋办？邻居借东西会找不到她，她待在这谁给她老汉上坟？……她怎么能待在这里呢？你看看这，没有山，连个风都挡不住，连条河都没有，上哪里洗衣服去？老家多好啊，有山有水的，冬天不冷，夏天不热。这是个什么地方啊……可是她能回哪儿去，泾源的家早夷为平地了。老太太的念叨起初让人很同情，听到的人都耐心地劝解她，已经搬来了，就安心住下吧。老太太在别人的劝解下刚平静那么一会儿，可转眼她又开始新一轮的诉说。有些话重复得久了，就成了隔天的剩饭，任谁都会厌倦。渐渐地，老太太出来看见别人再想诉说的时候，她还没张嘴，别人已经找借口逃之夭夭了。剩下老太太一个人站在村道上愕然，这些人都咋了？

找不到诉苦的人，老太太更孤独了。只好给儿子念叨：“唉，我想回去了，老家的东西还多呢，我待在这咋办？”儿子耐心地解释着、哄着、劝慰着，可老太太还是安静一会儿后又开始念叨，并不时收拾她的包袱站在村道上等车。她以为站在村道上就会有车来拉她回去，一如当初搬迁时，车在家门口把她拉到这里来一样。可她等了那么久都没有车来拉她，只有儿子不停地劝慰。老太太真的太想回去了，有时候半夜她都要收拾一回包袱站在村道上等车，惊搅得儿子连踏实觉都不敢睡，生怕老太太出去找不到方向丢了。如此地反复念叨和不停地收拾包袱，任谁都会失去耐心。经过无数次的劝慰后，儿子终于受不了母亲的折腾，时不时传来对老太太的怒吼：“天天嚷嚷着，回！回！回！回去上哪儿去？你本事大自己回去。”每每此刻，老太太都会委屈地扁着嘴，不再说话，浑浊的眼睛里噙着泪，如孩子丢了心爱的玩具一般伤心。儿子又心软了，拉着哄回去坐在热炕上暖着。老太太可能不会明白：住了一辈子的老家，咋就回不去了呢？为啥不让她回去？……可是谁又能给她解释得清楚，为什么就回不去了？

老太太每天早晨都早早起来，第一件事情就是打开大门，她多么希望打开大门的一瞬间，看见的是老家的山水、老家的大路、老家的邻居、老家的看门狗……

蛋娃的父母是坚持着最后一个搬离老家的。如果不是野猪骚扰得不行，老两口说什么都不肯离开。当站在这片风沙肆虐的平原上时，老两口的眼里满是失望和无奈：唉，老了，老了，却走了离乡路！一声叹息，对故土的不舍和眷恋尽在其中。搬离，对于这两个老人是致命的疼痛。刚到这里一年多，他们最钟爱的儿子蛋娃在一场车祸中丧生，拉回来的只是一具残缺的尸身。我一直忘不了蛋娃父亲母亲撕心裂肺的痛哭。他们反复念叨，如果不来这个地方，是不是就不会有这惊天的惨剧。但无论怎样念叨，都已经改变不了他们丧子的事实了。

时隔一年多，两个老人已经可以把伤痛收敛于心中，他们坐在屋檐下，聊着老家的种种，关于这个季节的农耕，那个季节的收获，杏树上的黄杏，李树上的李子，酸梨树上的梨儿。牛的温顺，羊的捣蛋，驴的辛苦，鸡的淘气，狗的忠诚……时而大笑，时而争执。尽管老家已经是一种记忆，但老人却在尽情地怀念，生怕忘了细枝末节，生怕老家的一切真的渐渐远去。

赵老汉离开老家是为了追求爱情，他本来是个七十多岁的鳏夫，儿孙满堂，家产丰厚，正是颐养天年的好时候。若没有遇见现在的赵老太太，这老汉正在老家安享清福呢。可世间的事情就这样难料。为了娶赵老太太，赵老汉不惜与儿孙反目，带着老太太来这里安家立业。这里的艰苦年轻人都受不了，更别说一个垂老之人。几个月就把个白胖胖的老头苦得黑瘦憔悴。

结束了一天的辛苦劳作，赵老汉弯着腰拉着车子，赶着几只羊，身后跟着瘦弱的赵老太太。两个人的影子在夕阳下拉得好长，赵老汉叹息：我在老家这辈子都没在这儿半年受得苦多。但是他也回不到含饴弄孙的过去，回不到生养了他一辈子的老家了。我知道我们都回不去了，无论是老人还是我们，或者我们的孩子，都将在这片土地上安身立命，直到有一天如我父亲一样融入这片土地，永远扎根于这片土地。但是远处的那个老家，我们要用多久来割舍它，用多久才能挥去它带给我们的惆怅和念想？

（原载于《黄河文学》2015 年第 5 期）

和解

炉子上的水泛着滚滚热气，发出沉闷的嘶吼。回应着这嘶吼的是母亲轻微的鼾声，一起一伏。

太阳快落山了，窗外的院子里一片惨白。母亲侧躺在我的炕上，外套的衣襟敞开着，一只手轻轻托住下巴，一只手搭在肚子上。我把被子拉过去盖在她身上，她被惊醒了，大声说，不用，炕烫得很，眯一会儿就好。我没再勉强，用胳膊拄着没有收拾的炕桌——上面吃完饭的痕迹还在——侧坐在母亲的脚下，就这样仔细地看着她。

母亲睡得有些失态。人衰老后的一切特征都显现在母亲的身上，肥胖、皱纹、老年斑、白发、怪脾气……我一直忘不了在三姨家看见母亲少女时期照片的惊讶。三个人中梳着两条大麻花辫子，最漂亮的那个，居然是我的母亲。我盯着照片看了好久，怎么也把照片中的美女和现在的母亲联系不到一起。感谢我的外公，在那个年代舍得花钱给孩子照相，把母亲最美的年华保留了下来。但是我有些恍惚，这还是我儿时贪玩不肯回家，把我倒提着回去，拿鞋底狠抽我屁股的母亲吗？这还是一直嫌弃我没有淑女风范，对我横加指责的母亲吗？这还是我记忆之中一直没牵过我的手走路，没把我搂进怀里亲热过的母亲吗？这还是我有了委屈不敢对她说也不敢在她面前抹眼泪的母亲吗？

鼾声依旧，母亲微微翻转一下，调整到一个舒服的姿势继续睡去。

母亲还是那个母亲。我起身收拾碗筷准备洗锅。锅碗瓢盆发出这样那样的声响。我不担心吵到母亲，她耳朵已经背得很厉害了。侄孙女都知道和她太奶奶说话是要趴在耳朵上说的，小家伙是我母亲的开心果。有时候看着母亲无条件地宠爱侄孙女，我是羡慕且嫉妒的。

母亲生了八个儿女，成活了我们兄弟姐妹六个，我是母亲最小的女儿。从我记事起母亲走路就很少牵我的手，也不把我搂进怀里亲近，不许我上树摘杏子，不许我跟着男孩子掏鸟窝，不许我衣冠不整，不许我去别人家串门……

我总是惹母亲生气。我把早晨刚换的裤子在泥泞中糊得污浊不堪，刚穿的新鞋子被黑刺挂开了口子，偷了家里的鸡蛋去外面烧着吃，招惹一群孩子去我家豌豆地里摘豆角……我的调皮捣蛋让母亲大为光火，巴掌和笤帚把落到我屁股上的时候，哥哥姐姐都不敢为我说情。我在歇斯底里的哭喊中留下了永久的记忆。

不过母亲很忙碌，我在她视线中的时间是有限的。整个童年我尽情游荡在黑眼湾的沟沟峁峁。拿木头削刀剑、做陀螺；拿哥哥的废书本叠手枪、叠纸飞机；披着母亲洗净的床单，在腰上绑上两个编织袋扮大侠；和男孩子挖战壕、钻地道，演练着电视上看来的精彩场景……这些是我成长过程中母亲从来不知道的情节。我小心翼翼，但母亲总是生我的气。我努力克制自己性格中的不安分，希望可以取悦母亲。我开始窝在家里安静地看书，我开始打扮自己，我努力做家务，我谢绝了同伴邀请我出去疯。我的童年、少女时代就在这种取悦母亲的过程中度过了。

就在母亲以为她把我改造成了听话的姑娘时，我却做了一件让母亲十来年耿耿于怀的“坏事”。二十岁的我到了谈婚论嫁的年龄。虽然相貌一般，可媒婆还是络绎不绝，一张嘴就说我吃苦耐劳、家教好。

我心里暗暗生气：牛比我还吃苦耐劳，你怎么不给牛说媒去？来了几个都这么说让我相当不情愿，恰好这时候，从小和我一起玩耍上学的者布托人示好。母亲从来没有那么生气，天还没亮就闯进了我的小屋。我用被子蒙着头听着母亲的愤怒：“那么多人你不情愿，你要嫁给他，他是什么样子你又不是不知道。撇过他不说，他的妈以后让你有生不完的气。你从小就给自己做不了主，嫁给他你的日子怎么过？你看着老实，原来心里的主意这么多……”母亲站在我头顶足足骂了两个小时，我躲在被子里一声都不敢吭。

者布也没咋样，就是前两年风湿病严重得下不了炕，这两年稍微好点儿，可走起路来有些僵直。他妈是村里公认的是非人。作为邻居，母亲大半辈子被打压、受气，现在突然要和这样一个女人做亲家，母亲如何接受？被母亲骂得狗血淋头，我心里打定主意，如果母亲再这样骂下去，我就不嫁了，怎么也不能让母亲伤心。可母亲不骂了，居然同意我出嫁。后来大姐告诉我，说母亲怕把我骂急了我跟着者布私奔，那样会很丢脸。我有些生气，为母亲对我的怀疑和不信任感到委屈。可母亲已经认定我是个坏孩子了。直到我出嫁那天，母亲都没给我好脸色，陪嫁也远没有二姐丰富。我觉得，取悦了母亲这么多年，从踏出家门的那一刻，我和母亲的距离又拉远了十万八千里。

我和母亲成了一个村子里最亲近的陌生人，她在村头，我在村尾。

我隔三差五去看母亲的“脸色”。我一去母亲就开始数落我，可我不去母亲还是数落我，理由千奇百怪。我硬着头皮听完，满腹委屈地离开，只是偶尔吃母亲一顿饭。

我洗完碗了，母亲还在沉睡。

我结婚十几年了母亲没在我家的炕上睡过一次。

者布和儿女去了银川亲戚家，家里就我一个人。我有半只鸡，我把鸡肉剁成小块腌制，切了土豆丁，擀了面饼，上锅蒸上，又捞了咸菜用清水漂着。我想让母亲好好和我吃顿饭。母亲不肯来，说邻居看见了又说闲话。我固执地坚持着，说都做好了。哥和嫂子看我为难，一起帮我给母亲说情。我连拉带拽地把母亲叫到我家。我家的台阶有点高，我先上去，转身伸手拉母亲上来，她没有拒绝。我感觉到母亲手上的伤疤硌着了我的手，这双手是那么陌生。

母亲进屋环视了一遍，说又挪这屋里了啊，她已经很久没来我们家了。我急忙摆好炕桌，泡好茶，拾好瓜子、苹果、橘子。这是沿袭着母亲待客的礼数，一样都不能少。母亲上炕了，脸色缓和了下来。看见电视旁边堆着几本书，略责备地说："还一天到晚看书啊，眼睛都熬得不好了，看那么多书有什么用？我那时候生完你姐坐月子无聊，看了两本闲书，到现在眼睛和脑子没缓过来。书这东西费人精神。"

我笑笑，大声和母亲说没事。想当年母亲也是识文断字的才女，差一点成了老师，却因为父亲的执意反对，当了一辈子农民。我有工作的舅舅姨姨们说起来就遗憾，说是父亲误了母亲的一生。可这些母亲自己是不说的，她用沉默将当年的风起云涌化为子虚乌有，陪着父亲在土地里劳苦，生儿育女。

我坐在炕沿上大声回答着母亲的提问，锅里的蒸鸡肉已经溢出清香，屋里也暖和起来了。母亲不吃瓜子、苹果，只轻轻拧开茶杯啜着茶水。

乡村的长嘴妇人捡拾起是非的细枝末节拼命传播。只几个来回，我婆婆嫌弃我的话就已经扩充了版本，顺利地送到母亲的耳中。母亲大怒，积攒多时的恶气冲我爆发开来。旧事重提，骂我当时是"睡在鸡架底下——眼让鸡屎糊了"，那么多人我不嫁，非要嫁者布，现在好了吧，自食其果、咎由自取、自作自受、自讨苦吃……这么多年，母亲还是没忘记这些词语，很好地把它们组织起来加在我身上，告诉我当时的选择是多么幼稚。我欲哭无泪，只能拼命低头看着脚下，多想地下有个缝可以收留我。

由于者布的身体原因，越来越多的农活、家务压到我身上，我像一只被鞭子抽起来的陀螺。每当我一脸疲惫坐在母亲面前时，母亲恨铁不成钢的数落就如影随形。我越来越沉默，甚至讨厌两家人居住的距离。儿子的出生稍微缓和了母亲的“脸色”。母亲为他做了小棉袄、小棉裤，缝了小被子。母亲不来我们家伺候我坐月子，在自己家做好面给我端过两回。母亲做的酸汤面特别好吃。女人在月子里娘家妈伺候的惯例在我这儿被母亲省略了。我知道，这是母亲对我任性的惩罚。

撤了瓜子和水果，蒸好的鸡肉和漂好的咸菜端到炕桌上了，双手给母亲奉上碗筷，续上茶水。

母亲看着香味扑鼻的蒸鸡块，笑着说：“哎呀，长本事了，会做饭了。人家不在你把鸡吃了别又回来说你。”我笑着大声说：“没事，这就是我专门给你做的，他在你又不来我们家。快尝尝好吃不？我放的盐少，别没味道。”

我挑了几块到母亲碗里，赶紧问好吃吗。母亲说好吃，招呼我也上炕。

母亲当年的反对历历在目，我想起一句话：如果你的父母不是嫌贫爱富的人，她反对你的婚姻，你就要慎重考虑你的结婚对象。又一次琐碎的争吵升级，家里鸡飞狗跳，简单的肢体冲撞后我离家出走了。我坐在离家的班车上，痛不欲生。我想起争吵时哭着的儿女，想起母亲平时“恨铁不成钢”的责骂，想着我要走了没和母亲说会怎样？孩子没有我该怎么面对生活？太多太多的顾虑化成了不争气的泪水。但是一切都太迟了。我在银川一家食堂找了份工作。我关了手机，我也没脸面给母亲打电话，只托侄子告诉母亲我好着呢。

有一天外甥女把电话打到我工作的地方，和我说你走了她天天哭。我的眼泪汹涌而出。十来年的数落，让我一直以为母亲是不稀罕我的。我是做好了被母亲劈头盖脸一通骂的准备才打电话的。但是母亲一反常态没有骂我，语气出奇的温软。她让我回来，说儿子女儿都瘦了，衣服鞋子脏得不像样子。“回来吧，我已经骂过他了，他也没说什么。

孩子不能没有妈。现在说什么都迟了，已经这样了你就忍着过吧。”挂了电话，我在银川的街上哭得一塌糊涂。

母亲已经吃得差不多了，看样子对这顿饭还是比较满意的。我又问她盐咋样？她说好呢，再咸她就吃不下去了。吃完没急着收拾，我陪母亲说着话，她靠在枕头上，我说累了就躺着缓缓。母亲难得听了一回我的建议，拉过枕头躺下了。

我说：“今晚别回去了，住我家吧。”

母亲摇头：“不住，礼拜的衣服都在家放着，歇会儿回家礼拜呢。”

母亲把电话号码给了者布，他打电话叫了我好几次。我辞了银川的工作，疲惫不堪地回来了。

面对离家一个月的我，母亲还是骂了几句，但在我听来却已经不是骂了。

我写的文字变成铅字印在杂志上，我拿给母亲看。母亲戴上老花镜远近调整着距离，当看见作者的名字不是她熟悉的名字时，问怎么不是我。我说就是我，起了个笔名。母亲撇嘴：“溪风，咋不叫东风，名字怪怪的。”我不好意思地笑笑。

母亲和我说着话的工夫就睡着了，渐渐有了鼾声。这一刻，我觉得我与母亲和解了。

（原载于《朔方》2016 年第 6 期）

野　地

一

我背着一个工具包，跟着技术员，吃力地走在种硒砂瓜的沙地里。有拳头大的、鸡蛋大的、拇指大的各种形状的石头，平铺在旷野平坦的土地上，一望无际。

这片瓜地上规划着要通一条高速公路。我们受雇于公路局，做着最基础的工作——打点撒线。技术员举着仪器，用网络连接卫星，根据仪器提示在地上找好点，我在木桩上记录好数据后系上红塑料袋，按点抡锤把木桩打进去。然后招呼后面跟着的那个人，在两点之间撒上白灰，形成高速公路的雏形。

我们就这样一个点一个点地向前打，回头看，两条白线平行着，蜿蜒曲折。三九天，天气很好，旷野无风，天地间就我们两组六个人，分散在卫星固定在大地上的位置，依次前行。远处一堆一堆砂石堆放在平坦的地面上，这是瓜农为明年扩大种植面积准备的。开春用铲车往开一摊，就又是一片硒砂瓜的产地。脚下的砂石地里，露出一撮一撮废弃了的薄膜，和砂石均匀地掺杂在一起，路边的田埂更是垃圾成堆。

另一条高速公路边竖立着一个大大的标语牌：保护环境，禁止压砂！西瓜地的边缘是一条古老的河床，不知道什么时候干涸了，只留下山洪冲刷出来的一个个不高不矮的绝壁，绝壁上的棱角悬空挂着，有的裂开了口子，随时准备坍塌。这里设计了一座桥通到对面的山上。看着几乎没有路可走的悬崖，技术员踌躇起来，站在崖边只咂嘴。怎么下到崖底成了一件困难的事情，他扛着禅杖一样的仪器去绕路了。我看着宽宽的河床，陡峭的悬崖，光秃秃的远山，感觉无比亲切，早年山里奔走的情景历历在目。一瞬间似乎有了在老家的石崖沟的感觉，只不过那里青山绿水环绕，这里荒凉空旷遥远。

我放下工具包坐在悬崖边上休息，工具包里的木桩是长方形带箭头的，这样方便钉到地里去。我一边跟着技术员走，一边得在上面写好他报出来的数据。握着木桩的感觉好像坐堂的县令签发令箭，一钉进地里，就决定了一条路的走向。

快正午了，悬崖边很暖和。技术员还没有下到崖底，我看着不远处撒石灰的明子，他也看着我，两个人相视而笑，我们都是笑绕路的技术员。在我们眼里，大着胆子从面前的斜坡冲下去就好，何必绕路？明子低头继续玩微信，和他的群友喊语音喊得不亦乐乎，网络里的男男女女，声音一片嘈杂。

技术员下到崖底了，我斜背起工具包，拎着锤从早先看好的豁口处下去了，前后不过几秒。在技术员找好的点上钉上木桩，挥手招呼明子继续撒石灰。

午休了，坐在公路局的皮卡斗子里穿过西瓜地，天地间那种空旷和辽阔，随着车轮碾过砂石的声音又一次被放大。回到我们的车跟前，取出简易水壶开始烧水。砂石地里除了废弃塑料没有别的东西，火久久烧不起来。明子的电话响了，没几句就开始有了争执，我们都注意听着怎么回事。

这个活从昨天就开始干了，但干活的人却不是我们几个。那三个人干了半天，就嚷着嫌工钱低，走路走得腿疼，石灰糊衣服，种种理由想要加工钱。但是公路局这边说，冬天了，一天也就六七个小时的活，加钱不可能，你们愿意就干，不愿意就算了。结果他们说不干了，下午公路局这边付了工钱给他们，然后安顿让明子再喊几个人，于是今天干活的就成了我们。打电话的是昨天干活的，意思是他们想朝上抬工钱，并不是真正的不干了。只要公路局这边找不上人，工钱自然得加，明子给找人为什么不问他们？这种质问在我们打工的历程中经历得太多，若每一次都计较还不得气死。远处另一条高速公路上奔忙着来来往往的车辆，公路旁边是一片黑压压的太阳能电板。

一转身，水已经开了。技术员看着这个简易水壶觉得稀奇，围过来研究水是怎么烧开的。我们一人拿着一块饼子，给茶水续上热水，一口饼子，一口热茶，就是一顿午饭。下午的测量打点一直在山上。这里的山不高，山上也没有多少植物，偶尔遇见人工种植的几棵树，还半死不活。倒是在布满蒿草的低洼处看见星星点点的地软和羊粪蛋均匀地铺在地上，让我生出无限亲切和惊喜，这种特殊的菌类曾经遍布老家的沟沟洼洼，在粮食紧缺的年代消除了我们的饥饿。老家的老人一直哄孩子说："天变变，地变变，羊粪蛋蛋变个地软软。"这地软到底是不是羊粪蛋蛋变的，我到现在也没搞清楚。

一天的时光不紧不慢地过去了。我朝后甩了甩工具包，缓解了一下肩膀的酸痛，腿脚因为跋涉也有点沉重。看着西沉的太阳，有些忧心家里的儿女和牛。

车还在起点的地方，天开始冷了，后背有些湿。暮色中的这片土地美丽安详，我们迎风站在路边，等着回家的车。

二

小郭举着测量仪，来回奔走，站这儿不对，站那儿还不对。抬头看看太阳，又拿出手机定位东南西北，却还是没找到合适的点。小郭有点急，招手喊另一组的技术员来给他看看点对不对，可每一次都不能喊人家来看吧？更多的时候是小郭自己在地上奔走、转圈，因为他在旷野中不知道北在哪里。

我们见到小郭时，他腼腆地笑笑算是打招呼了。我和明子跟着他，强和银宝跟着另一个技术员。初次见面，彼此都没什么交流。只有在小郭反复找不到点，看见我也跟着他来回转圈的时候，不好意思地回头关照我："姐，你先等着，我找好点喊你，你再来。"而遇到方向确定不了的时候，他会回头问明子："哥，这是什么方向？"礼貌性的称呼，让人觉得亲切温暖。

中午之后我已经摸出了规律，可小郭还是没适应过来，被另一组远远甩在身后，看得我也着急，便偶尔提醒转圈的小郭。他很惊讶我对方向和尺寸的大概把握。连连说自己可能眼睛不好，掌握不来距离，问我是不是以前干过这活。我说没干过，但是我们长年给人打工，起码的距离心里有数，不然只能被人淘汰。他说他们在学校学的时候有尺子，现在没了尺子也就不知道怎么丈量了。我用我们的土办法告诉他，像他那么大的个子，一大步基本就是一米，一脚大概二十多厘米。

在几十厘米的范围内就要靠自己去蒙了。找不着点的小郭有点沮丧，唉声叹气，抱怨说路太难走了，一直走路走得他腿疼。再遇到壕沟之类的我会提醒或者拉他一把，彼此就这样熟悉起来。边走边聊天，小郭说自己是甘肃平凉人，今年二十三，土木工程学院毕业，刚开始实习，前几天在黄河上测点，今天才来这边，突然从水里到陆上，他有些不习惯。我想起了在平凉上班的新立老哥，在我写作的路上，他是我的第一个老师。

又一个山梁横在眼前，小郭抬头看着，发愁说这样子走下去简直苦死人了。我忍不住笑着和小郭说，咱们不是官二代，也不是富二代，是处在社会最底层的人，不苦咋办？苦是我们的根本，除了靠苦来维持生活没有其他办法，苦点没事，只要身体健康就好。小郭若有所思地点点头，快步走了起来。

一天的时光在沟沟洼洼中坎坷走过，小郭慢慢掌握了方向，测点的速度开始快了起来。

三

明子指着远处山坡惊奇地说，咦，这山上怎么还有牛？不过马上就否定了，噢，不对，那是野马。

野马吗？我看着它们。暗自数了数，七匹，几乎是静止在那里不动；如果不是因为颜色比黄土深，明显地凹凸于山坡上，会让人误以为那是山坡的一部分。而它们中有一匹灰白相间的马格外醒目，被其他马挡住身子，只露出头，远远望去，好像马群中站着一个人。

马群动起来了，它们悠闲地散步，秩序井然，那匹灰白色的马更显眼了，好像还有一匹小马被围在中间。我又数了数，怎么成了八匹？我有点笑话自己，连几匹马都数不清楚。马走着走着更加分散，我这次数清楚了，确定是八匹。

远远看去，有马群的山坡上一片暗黄，几乎是寸草不生的样子。而山坡周围稍平坦一些的地方全部被开发了，铺上砂石成了种硒砂瓜的地，再朝上是一个挨一个的风力发电机，有马群的山坡好像孤岛一样被隔离。

看着大风车翼下的几匹马我有些发呆，冬日的阳光懒散地照在马身上，马阔步走着，气定神闲，它们不戴缰绳，不配鞍，随着性情，就这样阔步于山上，露宿天地间，直到埋骨于荒野。我在想，这些马是什么时候开始存在于这片土地的？是这片土地的原始居民还是从哪里迁徙来的？又或者是曾经打仗时遗落下来的军马转变成的？……马还是在缓缓移动，时间仿佛静止在了这一刻。几个人都看见了马，停了下来，边欣赏边议论着。

银宝狠狠地吸了一口烟，踌躇地说，想点什么办法能抓住一匹马？强笑他做白日梦。可能感觉到了人类的注视和觊觎，马群开始活跃起来，向北面的高山上跑去。渐渐加速，身后扬起一片尘土，尘土跃过一道山梁，逐渐消散，马群像腾云驾雾一样消失在视线中。那一片山坡，依旧暗黄。

想起我们放线时高速公路两边一堆堆的马粪，才明白是野马穿过硒砂瓜地来高速公路两边的林带里吃草留下的。林带里有喷灌，草远远要比其他地方茂盛。听说一匹马已经被偷猎贩卖，但它们还是无所顾忌地徘徊在高速公路边。

四

冬天的硒砂瓜地里，除了大小不一的石子遍布山梁，再看不见一点有生气的东西。头顶的高压电线发出刺啦啦的轻微声响，不抬头还以为是雪在地上发出的声音。两片瓜地之间的壕沟里，堆满了干枯的蓬蒿，有的被风吹着倒扣在地上，像一个个没有糊上红纸的灯笼。山梁上的风急躁地来回奔走，刮得雪花转圈，打到人脸上生疼。

两组人都缩着脖子。小郭没有戴口罩，鼻子和脸冻得通红，但还是顶着风左右转圈找正确的点，不时吸着鼻涕。强裹着我给的花围巾，没绑好，脖子后面一头长一头短，一走一甩，看起来很滑稽。要在平时，打死他都不会接受自己这样的形象的。我更夸张，戴着口罩、棉帽子，再用长围巾裹一圈。身上除了本来穿着的皮衣，还加上一件绿色的军大衣，显得格外臃肿。在这样的天气里，我是值得别人羡慕的人。

不远处蒿草密布的开阔地里，两个人负重行走，一个肩上扛着一袋白灰，一个怀里抱着一袋，身上的重量让他们快速走一会儿，又停下歇一会儿。全身沾满了白灰印。这是今天加进来的另一组的两个实习生，跟着技术员打桩撒石灰。银宝歪戴着棉帽子，嘴里咬着一根纸烟蹲在土堆上边吸边看着。一看两个实习生又是抱又是扛的，偷笑着说，这几个娃娃真实在，扛起白灰就走。本来撒灰的活是银宝干的，可他一看今天来了实习生，就偷懒当起了甩手掌柜。

寒风中不停奔走拿白灰的实习生没有戴棉帽子，身上的衣服、鞋子都很单薄，口罩还是早晨我提醒他们买的。来时他们衣衫整洁，踌躇满志的，以为今天就能把自己的所学从理论变成实践。银宝继续偷笑着说："你说说，这帮娃娃，他大他妈苦死苦活供养他们上大学，这些娃娃眼睛熬成了近视眼，身板和麻秆一样，可大学上出来不也和我们一样下苦？"

我白了他一眼，却不知道该怎么反驳。远处的山梁上，一只鹰孤单地蹲着，左右张望之后展翅高飞起来，迎风停留在高空，观察着地面上有没有猎物。我有些恍然，人在羡慕鹰的翅膀可以直击长空的时候，又有谁体会到了鹰的孤独？

雪花中移动着一大片雪白，传来叮叮当当悦耳的声响。近了一看，是一只长毛、直角的山羊带着铃铛，混在一群黑头、白身体的绵羊群里。它抬头看看我们，又低头吃一口草，再抬头看看，山梁上没有什么草可吃。它们用很快的速度向前移动。

牧羊人穿着棉大衣，戴着暖帽，抄着手，羊鞭夹在腋下跟着羊群缓慢走着。看见我们，他被风吹得暗红的脸上挤出微笑，牙齿雪白。互道一声辛苦，各自向不同的方向走去。再回头，羊群已经远去，风中隐隐还有叮叮当当的声响。牧羊人的鞭子，始终没有甩起来。

五

高玉宝满头大汗，弯着腰提着白灰袋子一点一点抖着石灰撒线。他不看远方的点，只闷头关心石灰抖落下来没有。瓜地里的石头绊得他趺趺撞撞，两条腿上沾满了白灰，装在屁股兜里的刀子把裤兜割破了，一走一扇风。两点之间，他撒出的线弯弯曲曲，没一条是直的。项目经理在车里远远一看坐不住了，顶着刺骨的寒风奔向高玉宝，叫他停下。

高玉宝喘着粗气站直了身子，脑门上冒着热气。抬头盯着高出他许多的项目经理，不明白他撒得好好的为什么让停下。项目经理拉他转身看身后撒的线，痛心疾首地说："大叔啊，你看看你撒的这个线，就和蛇走道一样。这是农户的西瓜地，要给人家赔款的，你这一拐弯，人家的两三米就不见了。要是地的主人在这儿，非和你打架不可。这每一米，可都是钱，明白不？"

高玉宝抹了一把脑门上的汗，点头应承着，可提起白灰袋子一走路，该怎么弯还怎么弯。项目经理的眉头快拧成麻花了，这在路边呢，撒成这样，领导过来一看，不骂才怪。这次不是叫停高玉宝一个人，技术员和我都停了下来。项目经理以为他说话高玉宝听不明白，让我们也帮着给他说。连续两次叫停，高玉宝的脸涨得通红，面对着项目经理左右翻飞的手势，负气地转过脸不看。和我说："嚷什么嚷，'一个我'最怕别人跟着嚷，还能干不，不能干我不干了。"

"一个我"是高玉宝的口头禅，他说什么都要声明"一个我"。时间久了，"一个我"成了他的绰号。快四十岁的他个子不到一米五。家里上有老，下有小，因为自身的原因，出去打工总被人嫌弃，日子过得捉襟见肘。明子见他挣钱不易，平时有什么挣钱的活，能叫他就尽量叫上。可这对高玉宝家的生活并没有多少改观，不得已，他瘦小的老婆去年到城里的餐馆打工。留下一家老小让高玉宝照顾，时常听见他家院子里儿子闺女哭喊打闹，高玉宝的爹大声呵斥，高玉宝唉声叹气。

我看出来是什么原因让高玉宝的线撒不直了，他不看前面打下去的桩，只低头看白灰袋子，这样撒出来的线肯定不直。我笑着和他说：“以前在老家犁地时你是看犁头还是看犁尾？道理是一样的，你得看着前面的桩向前走。你直起腰来，拖着白灰袋，盯着桩向前走就是了。”

安顿好他，我和技术员继续前行，打好桩回头喊他开始撒线，掌握了方法的高玉宝总算撒出一条直线，项目经理重新回车里暖着去了。

六

茫茫雪原，我们用脚丈量大地。野外第五天，点在不知道的地方向远方延伸，脚下的雪被踩得嘎吱作响，我们奔走在山上的硒砂瓜地里，一步步去向远方，偶尔惊起草窝里的野兔、山鸡，它们仓皇逃窜。

山梁上广阔的天地间，分散着一座座孤零零的土房子。那是夏天种瓜的瓜农看瓜时临时住的地方，没门没窗，远远看着像缺了门牙的大嘴。

今天我们跟着技术员小柳，他是个开朗、机灵的小伙子。小郭被调到另一个地方找点，他这几天一直被项目经理嫌弃，一会儿说他找的点不准确，一会儿说他速度慢，一会儿又说他遇事不会变通。天气寒冷，道路曲折艰难，挨骂的小郭情绪很不好。在找点的过程中屡屡出错，而越是出错，项目经理的唠叨和嫌弃越多。路的另一边又传来项目经理愤怒的咆哮：“怎么搞的？桩上的数据必须朝着对面打下去，他不知道你也不给看着点。还有，今天必须干到 1300+600，干不完不准回去。”新到的实习生手忙脚乱地在瓜地里小跑起来，项目经理气得原地转圈。

小柳摇摇头说，又发神经呢，他给领导吹牛说一天可以采十公里，现在进度赶不上，就拿我们撒气。正说呢，项目经理朝这边喊：“小柳，你采完点走快点嘛，不要慢慢悠悠，想走不想走的。”小柳咬着牙来了一句“我靠”，快步向前走去。我拖着笨拙的身体一边追赶小柳，一边从工具包里掏出木桩，边走，边看路，边在木桩上写下一个点的数据。

白色的木桩，写上一串红色的数据，再配上一条撕开的红塑料袋，飘飘扬扬，打进地里格外醒目。木桩上的字或整齐，或潦草，数字不停地变化着向前推进。我从包里摸出来一个四面宽度一样的木桩，写完数据，等着技术员找点时，无聊中在两面写上“逢山开路，遇水架桥”。随手打进去转身走了，明子撒灰时看见大声喊我，问是什么意思，我说没意思，随手写的。明子说可不敢再乱写了，你把后面施工的误导了咋办？吓得我一吐舌头，再也不敢写数据以外的字上去。

熬到中午，项目经理坐车扬长而去，临行又叮嘱，中午不要休息，下午必须到指定的点。我们两组人一致翻着白眼送他。又向前采了一会儿，已经下午一点钟了。木桩快没了，刚好前面有一座土房子，小柳说休息吧，等饭。两组人集中到了这里，银宝开始生火烧水，银色的世界中，一缕烟火让人心生温暖，两个技术员围着水壶一边烤火一边朝里面扔柴。我们拿出带来的饼子准备吃，可技术员还得等盒饭。明子给两个人一人递过去一个饼子，他们也没客气。送饭的皮卡车久久不来。

我看着周围一望无际的硒砂瓜地想，明明一片荒凉，稀薄而单调的植被，可铺上一层石子，种上瓜子，就长成了香甜可口、全国驰名的硒砂瓜。这样大的面积，这样独特的生长方式，瓜农是怎样完成种植过程的？可惜春天忙碌，离得又远，没机会来看一粒瓜子是怎样在石头缝里生根发芽、开枝散叶的。

若到了七月初，我们就会看到这片山梁上到处都是圆滚滚的西瓜，一片翠绿。大货车停放在路两边日夜不停地装运，将这石头地里长出的精灵运送到全国各地。

饭总算来了，两个技术员围着火吃着盒饭。小柳大笑，说，今天还算有个火呢，昨天盒饭送来时，米饭上面全是冰碴子。

走完了瓜地，前面的路崎岖险峻起来，一道道沟渠纵横交错，刚爬上这道梁，又马上下到沟底，再爬上去没走五十米，就又要下去。遇到向阳的坡面还好走点，可阴山里全是积雪，又滑又湿。另一个技术员下坡时脚下一滑，重重摔倒，溜向了坡底，爬起来没顾上看自己，先检查机器摔坏没。所幸这些山坡上没有灌木或者石头，机器没事。技术员这才摸着自己的胯骨龇牙咧嘴地喊倒霉。

这里的山坡上能看见的唯一的植物有如缩小版的青松。稀稀落落，枝干蜿蜒，不知道生长了多少年才形成。那些蜿蜒是这种植物和干旱常年对抗的见证，一年可能连一两厘米都长不到。此时的它们，在雪的映衬下格外有风骨。又爬上一个山梁，我已气喘吁吁。只见太阳在西边有气无力地消磨时光。回头看停车的地方，在十几道山梁之外，看时间能回家了，等走到起点，又是一身冷汗……

七

车窗外晚霞红透了西边的天空，镇上的某个烟囱扯出一条巨龙的模样，蜿蜒着上了西天，龙头隐没在夕阳中，龙尾还在烟囱中。车里的几个人沉默着，音响里郑源深情、舒缓的音乐让人昏昏欲睡。

一天就这样过去了，而我们到家还要将近一个小时。车走了这么久，脚还是没有知觉，膝盖和脚脖子僵硬酸痛。下午的天气一阵阵变冷，沾了雪的鞋子上冻了一层冰，里面已经被雪水泡透。我站在高速公路边上，看着渐渐西沉的太阳，有点担心没有大人在家的儿女。一向淡定的我变得烦躁起来，挎着工具包转身看着身后来来往往的大车小车，不愿意再打木桩。

中午时候吃的两个饼子在爬山越沟中早已化为乌有，脚被鞋子磨掉了一点皮，一走钻心地疼痛。项目经理钻出皮卡车狂奔着追来，问怎么停了。我说五点了，该回家了。一听我们要下班，他语重心长的唠叨又开始了：“身后领导跟着呢，太阳这么高怎么能下班？今天大家辛苦了，就这一天，明天咱就正常上下班……”

听着这一连串冠冕堂皇的理由，我有些笑话这个长着一张包子脸的男人。干了六天活，哪一天正常过？今天领导检查，明天领导在后面跟着，后天领导说没进度……天天说明天正常，结果就是一天比一天催得紧张。特别是今天，早晨六点就打电话让我们过去，而外面还是伸手不见五指。中午我们一人啃了两个干饼子就上工，烧开水的时间被扔过来的一瓶矿泉水取消了，拧开抿了一口，里面全是冰碴子。

刚吃完饼子，他又说，看见前面那个高速公路没，下午点放到那儿咱就回家。现在站在高速公路边上了，又找新理由拖延时间。想起早晨明子一边走一边唱：“刚翻过了几座山，又过了几道沟。崎岖坎坷怎么它就这么多！去你个山更险来……”一句没唱完，脚下一滑，一屁股坐地上了，技术员小柳回头大笑。明子爬起来拍打着身上的雪，抬头看着陡峭的山，感叹一句：咱这和唐僧师徒西天取经有一比啊，只不过没妖怪罢了。

山体被长久以来的山洪分成了不规则的条条绺绺，我们行走的路线一直是搓衣板式的。山上到处有羊行走过的踪迹，当前方没有路的时候，仔细观察，就能发现羊道，顺着羊道上坡或者下沟，总是比其他地方好走一点。山上还残存着大量羊圈和牧羊人的窑洞，已经坍塌得不成样子，不知道羊和人去了哪里。

翻完了山看见一条峡谷，峡谷西北方向有一个十几亩大的平台，平台上有用土筑起来的围墙。走近一点，又看见几座分散的土房子，还隐隐传来羔羊的叫唤声。下到谷底，才看见这里住着几家人，各自独立的房子和依山而建的羊圈错落有致，屋顶的太阳能板闪着光芒，阳光让这个地方充满温暖。而人的居住，让这里的气场活了起来，半个峡谷都充满人间烟火的气息。山梁上走来一个女人，手里提着一只刚出生的羔羊，羔羊奶声奶气地叫唤着，身后跟着一只大羊回应着羔羊，紧紧跟着女人。叫唤声渐远，道路曲折，但弯弯绕绕总是通向他们回家的路。

看见那条河时我吃了一惊，在这个半沙漠地区居然有这么大一条河，在两山之间把一片平原一分为二，九曲十八弯地自东向西奔流。河岸两边由于长时间湍急的水流冲刷让泥土随水流而去，形成了齐整的绝壁，没有一点植被，也让人无法靠近河水。河水一片暗黄，不知深浅，我奋力丢进去一块土块，没溅起多少水花就迅速被淹没。驻足河岸，头顶的山上修建的铁路快速行驶过一列火车，而支撑着火车通过的是一百多个巨大的水泥桥墩，铁轨就架在这些桥墩上，它们像一个个敬业的士兵列队坚守着自己的岗位。河对岸是一片新栽的枸杞树，弱不禁风。为了让它们站好，一棵树旁边绑扶了一根竹竿，远远望去，似乎插了一地竹竿而不是栽的枸杞树。规划的高速路正好从这片地里经过，技术员感叹着，这片枸杞树的主人可以领到一大笔补偿款了。

天气越来越冷，项目经理小跑着钻进皮卡车，我背起包跛着脚跟着小柳的脚步，继续打桩。小柳吸了一下鼻子，遥遥看着皮卡里的项目经理，习惯性地说："我靠！"

八

时间到了下午五点四十，气温骤降。最后一个木桩打进地里，我想着应该可以回家了吧，远远和项目经理一说，他小跑着又提来半袋子木桩："再干再干，六点钟再回家。"

太阳已经隐没在了山后边，我看着背来的半袋子木桩，心里无端地生气。打一个木桩十几米、二十几米到五十米不等，就算再干二十分钟也不需要半编织袋木桩吧。装了有十几个木桩，将剩下的扔给项目经理，我和技术员不情愿地继续向前挪。脚有些麻木，磨烂的地方并没有因为换了一双鞋而轻松，每走一步都在疼痛。太阳一点点地在西沉，想起家里只有女儿一个人，我的心里突然暴躁起来。一路翻山越岭，未曾停歇，怎么还在下午这十几二十分钟和人较劲？

明子开着车远远来了，一路颠簸。看见车的那一刻，两组人同时停下了，不肯再前行。我们扔下技术员向车跟前走去，项目经理一回头，看见我们站在车跟前准备回家就火了："哎哎哎，还不到六点呢，你们怎么收工了？这样不行，领导在后面催得紧，今天我又被骂了一顿，再干再干。"

这几天积攒下来的情绪在这一刻爆发了，大家一起质问他，你这个活到底有没有时间概念？这么冷的天，就那么点工钱，白天又没有耽搁你的活，下午我们回家都七点多了，你天天在这十几二十分钟的计较，说起来就生气，你看还能干吗？不能干明天就不干了。

项目经理又一次拿领导催、过程紧的理由来说事。但是此刻，大家已经听不进去了，连续几天八个多小时翻山越岭的负重行走把大家的体力和耐心都耗完了。领导不在现场，看不见我们是怎样艰难跋涉的，难道坐着皮卡随时跟着的项目经理也看不见吗？一天到晚就说"快点，再快点"，就差让我们跑起来了，怎么就在这十几分钟上较劲？两边互不相让，在寒风中对峙着。

风越来越大，天色逐渐暗了下来，项目经理在不远处不停地打电话，他在找替换我们的人。我心里清楚争取自己权利的后果，今天走了我们，明天立马有人补上。这片土地上，唯一不缺的就是廉价的劳动力。

坐车经过县城，灯火辉煌，我无心欣赏城市的夜景和光亮。这时候还没回去，女儿一个人会不会害怕，家里的牛不知道孩子喂了没有？

明天不用再来，就这样以一种突然的方式结束，毫无征兆。

（原载于《黄河文学》2016 年第 4 期）

农闲笔记（一）

春　灌

月亮像一把明晃晃的弯刀挂在杨树梢上，洒下一点凄冷微弱的寒光。杨树下几束灯光焦急地来回闪烁，隐约听见急促的喘息声和水流声。灯光照耀处，树根下一个洞已经有水桶口那么粗了，渠里的水争先恐后地涌向那个洞里。

几个男人女人飞快地挖着埂上的干土和草皮，试图把洞堵起来，但是因为有树根的干扰，扔下去的土来不及停留就被水冲走。扔了那么多土进去，洞却没有一点被堵住的意思，大家的心随着湍急的水流变得狂躁起来，洞堵不上，后面的几块地就没办法灌溉，咋办呀？

眼看着洞被水冲得越来越大，那棵杨树都倾斜了。一个男人跳起来，跑到地头的三轮车上拎来一块硬铁皮，顺着水渠直接堵在那个洞上，抬起脚踩了几下，水势一下被改变，大部分顺渠流向后面的土地。小部分缓慢渗入洞中。男人捞起铁锹，招呼大家赶快填土进来。水势慢了，洞终于被堵了起来。那块救场的铁皮被捞了出来，沾满了泥污。

大家长出了一口气，才发现后背已经被汗水浸透，在早春三月格外湿冷，赶紧披起刚才脱掉的棉衣。留一个女人看着补好的洞，几个男人分散开来，挨个检查水口子。被驯服在水渠里的水逐渐平静下来，巡视水口子的男人看见哪里有被水冲开的迹象就赶紧用土修补，跳着用脚踩踏瓷实。

罗山脚下的夜晚像一个巨大的怪兽，只有在水渠上穿梭的几束灯光提醒着人的存在。远处县城灯火通明，是不是生活在那里的人不用如此辛苦熬夜？干轻松的活计就能拿到钱养活自己，穿得体面干净，吃得随心所欲……女人盯着远处的灯火发呆，心也随着灯火跳跃得明快起来。加固过的水口子不再渗水，一整块地被田埂分割成了八九个小块，一块地一个水口子。女人来回不停地巡视着，生怕哪个水口子再漏水。男人们聚在田埂上，一遍遍踩踏着田埂。稍不留意，水就会渗过田埂，串到另一块地里去了。等看见田埂周围渗水，那块地已经是一片沼泽状。看着地面上是干土，一脚踩过去，等反应过来拔脚出来，鞋就被留在泥泞里了。这会惹来一阵大笑。趁着水没泡透田埂，踩踏一遍是最好的预防方法，哪里不结实还可以再加固。

东方的天空慢慢泛白，黎明中的罗山像一个慵懒的妇人半倚在床，睡眼惺忪。天快亮了，早起的喜鹊踏着悠闲的步子在杨树枝上来回散步，不时练练声嗓，搔首弄姿一番。已经灌溉了多一半的土地，大家的脚步慢了下来，放松一下紧张的神经。越挨近水渠越好灌溉，男人嘱咐女人回家叫邻居来接水，女人感叹邻居运气真好，可以白天淌田。这里的水二十四小时不停，只是一家挨一家地换人，轮到白天就是白天，轮到晚上就是晚上，只有水选择人，没有人选择浇水的时间。

一年的春灌就这样匆忙开始，又匆忙结束。再过一段时间，这片土地会换上新装，焕发蓬勃的生机……

春　耕

春灌像潮水一样迅速退去，留下一块又一块湿润肥沃的土地等着孕育种子生根发芽，给自己裸露的皮肤穿上衣裳。

太阳急迫地收干土地上所有的水分，刚五天，地皮已经泛白。种地的人掐好时间来看过之后准备种地。

农家肥在犁地时被散开深埋在土地里，有人嫌肥效不够，于是各种各样现代化的化肥大显身手。二铵、碳铵、尿铵、有机肥、复合肥、玉米专用肥……施来施去，最后大家一致总结，还是农家肥最好，肥效长，保墒。可牛羊一年就拉那么点，人只能望肥兴叹。今年给水头上几亩，明年给水尾上几亩，后年轮到中间。如此循环，只盼有个好收成。每年种玉米都是一种困扰。想起刚搬迁到红寺堡时，一把铲子就是种玉米的唯一工具。右手先用铲子把土挖开，左手丢一粒玉米籽进去，再用铲子把土覆盖好，顺手抹平，就算完成了一粒玉米的种植。

每家都有七八亩土地，这样一粒粒种下来，就是要挥动几万下铲子才能完成一家种玉米的需求。

为了能在一天之内完成玉米的种植，大家相互合作，十几二十家的劳力凑在一起，排成行一起向前走，一铲子一粒玉米籽，一家种一天，倒也赶上了需要。只是人长时间蹲在地上，连续十几天，等玉米种完，腿肿了，胳膊、手腕也肿了。这样种下去的玉米出苗比较有保障，但是有一个弊端，人在刚灌溉过的土地上踩踏过，等玉米出来地干了，土地就像大路一样瓷实。锄草的时候更费劲，锄头根本挖不进去，严重的还会把锄头弹起来。

也有人设计了简单的机械种植，一根角铁等距离焊接了四个小犁头，把地划开十厘米的小壕沟，人弯腰把玉米籽点在壕沟里，最后用耱把壕沟耱平，这样人稍微可以省点力气，但是出苗没有用铲子种得好。再就是用原始的方式，一头骡子，一把木犁，扯开长长的壕沟，人把玉米籽一粒粒点在土塄上，点一塄空一塄。最后收耱保墒，这样种出来的玉米有一点好处，就是好锄。

好在社会一天天在进步，现代化的农具开始普及起来。旋耕机、玉米点播机逐步取代了人工，把人一点点从繁重的生产生活中解放了出来，让种玉米成了一件简单的事情。

春灌后，大车小车在田间穿梭。地皮泛白时，人站在地头一挥手，就能招来一辆旋耕机，不到一个小时，土地就像梳洗过的头发一样干净整齐。稍微再晾上半天，考察好谁家的玉米播种机播得好就预约。等约定的时间到了，玉米籽一背，去地里往播种机里一倒就不管了。玉米播种机在四轮车的带动下欢快地工作，划出整齐的行距延伸到了几百米外再折回，七八亩地两个小时就种完了。旋过的土地松软不说，还把刚发芽的草给旋死了，这样一来，锄地也就变得简单轻松起来。

种地变得简单，人与人也就没什么来往，曾经那种一二十人在一起劳动的场面消失了，每家的地里只剩下一个人在忙活，像一只离群的孤雁……

想起你的时候

想起你的时候，我正满头大汗地收拾一堆刺槐树枝，用镰刀劈掉那些细小的枝条，只留下粗壮的主干，准备把它们拉回家。一镰刀下去，枝条落地，在主干的青皮上留下一抹刺眼的白，这种白像手上生出的圆圆的鸡眼，一个一个不规则地排布在主干上。落地的小枝条在脚下散落着，一层一层堆积。

我抡圆胳膊使劲挥着镰刀，一下一下，一根根树枝主干被整齐地修出来，堆放在路边。去掉小枝条的它们温顺地躺着，一根紧挨着一根。中午的太阳毫不留情地暴晒着，汗擦了一次又一次，嘴唇有些干裂，嗓子里似乎卡着什么，我不停地吞咽着唾液，却发现连唾液也越来越少。地上扔着半瓶矿泉水，瓶子外面糊满了尘土。可能是前一天干活谁扔掉的。我没勇气捡起来喝，但是口渴的感觉越来越强烈了。

劈树枝的动作慢了下来，看着眼前堆积着的张牙舞爪的刺槐树枝，我开始沮丧。抬头看了看刺眼的太阳，它还是那么不紧不慢地散发着灼热的光芒，我又抹了一把汗，扔了镰刀，把自己藏进三轮摩托车遮挡起来的阴凉里。

口渴仍旧没有远离，抹掉戴着的胶手套，露出我被刺槐刺扎得伤痕累累的手。手掌上一个个鼓起来的小包上面有一个相同的黑点，那是被刺扎过后留下的证据，有的刺已经完全拔出来了，有的刺头还残留在皮肉里。忙着的时候未曾注意这些小刺带来的伤害，此刻一闲，那些疼痛由点及面开始蔓延。刺槐的刺可能是有毒的，扎到哪里都是一种锥心的痛感。我起身，在散落的树头上寻找着更尖利的刺。那些刺密密麻麻地布满整个树身，人稍不留意就会被毫不留情地刺穿皮肉。而此刻为了挑出那些留在皮肉里的刺，我又不得不寻找更尖利的刺来帮忙。选好目标，小心地用拇指和食指捏着刺尖轻轻一掰，利刺从树干上被分离出来。

我捏着这枚刺重新坐到阴凉处。人被刺扎的时候是不知不觉的，只有疼痛反射给大脑的那一刻才惊慌失措。挑刺就不一样了，你已经在疼痛，却要忍着更大的疼痛把刺周围的皮肉刺破才能挑出来。先用尖刺挑开手上的一层表皮，让细肉里面的刺暴露出它的准确位置。我用利刺轻轻挑着黑点周围的细肉，只有把它们完全挑破，里面的刺尖才能露出来。

利刺和细肉一次次地接触，疼痛也在一次次继续，细肉被刺尖高高挑起，承受不了时才裂开一点点小缝。直到刺尖周围的细肉全部被挑开，乱糟糟的一小片，再拨开这些纷乱的皮肉，把刺从肉里拔出来。想着比针尖还细小的刺头刺进血肉，就可以把疼痛传播开来让人不舒服，实在是一件奇异的事情。

我用这根利刺挑完了手上扎着的刺尖，弯起膝盖支着胳膊让手悬空，好让这种疼痛分散。我把头靠在三轮摩托车上，天空飘着几片云，轻轻飘荡却又默默变化着模样，我似乎看见你在云端冲我笑。一定是这样子的：你一定又在笑我太笨，把手弄得伤痕累累。明明知道要干活，却不知道带水。家里的柴火差不多就行了，你一个女人家家的，这样拼命拉那么多柴火干吗？你就是个傻女人，不知道自己心疼自己。

我突然也笑了，冲着云端的笑脸傻笑：亲爱的老家伙，你还好吗？我们已经很久不见面了，你还是那样爱笑，那样爱讲道理吗？

（原载于《罗山文苑》2015 年第 2 期）

农闲笔记（二）

摘枸杞

凌晨四点半，被闹钟吵醒的我爬起来喊我家妞起床。她不耐烦地翻了个身，嫌灯光刺眼，一把扯来毛巾被蒙住头。我拉开毛巾被，看着她皱着眉头、龇牙咧嘴的表情忍不住想笑。继续喊她，起不起来啊？你昨晚说让我喊你。听见这话，妞一骨碌爬起来，带着哭腔问几点了啊，别又坐不上车！听见我报的点数没有超时，她才慢条斯理地穿衣服。

妞不到十一岁，小学五年级。几天前就对我说她要跟着同学的妈妈去摘枸杞，说她同学一天挣二十几块钱，她羡慕死了。我听说那里是个人多、混乱的地方，坚决反对她去。可接连几天她都不肯放弃这个念头，一天到晚噘着个嘴。我今天只好停下手里的活计陪着她去。

带着睡眼惺忪的妞走在村道上，天上的星星还在眨眼，月亮像个红气球飘在西边的杨树梢上，给人一种夕阳西下的错觉。远处传来汽车打喇叭的声音，一次次撩拨着人的心情，我们不由得加快脚步，生怕被车抛弃。赶到车旁，一辆小面包车，车上已经坐了六七个人。妞扯着我挤上去，本来以为这就要走了，可司机还在狂按喇叭，等了一会儿见没人，就发动车在村道上绕起来。我问旁边的人怎么还不走，一个丫头撇嘴说，这才拉了几个人啊，满了就走。我说已经满了啊。昨天这车拉了十五个人呢！这丫头一边说一边看着我一脸吃惊的表情抿嘴笑着。

转了一圈，车上拉了十三个人，大人孩子挤得满满的，司机还在左顾右盼地观望，直到没有指望了才缓缓发车离开村庄。这时天已经微明，我才看清楚这辆车居然是曾经的那种“天津大发”牌小面包。

距离我上次见这种车已经十几年了。后排座上三个人的座位，拆掉靠背后，背靠背坐了六个人。其余七个人用各种姿势挤在其他四个座位上，连司机十四个人。是老牌子的车也就不说了，起码新一点也好啊。车一走，车上的各个部件都发出不耐烦的声音，后面的车门好像随时要掉了的感觉。面向后门坐着的三个人有些焦虑地盯着后门。

我转身叮嘱他们扯住前面人的衣裳，别车门真开了把人甩出去。司机一个劲地给我们宽心，说车门保证不会开。

在心惊胆战中坐着这辆车行驶了二十多分钟，总算看见摘枸杞的地方，就在大家松了一口气的时候，后车门恶作剧般地翘了起来，后面的三个人大声呼喊快停车。好在司机开得不快，一下子就停了下来。他嘟囔着下车来关，关了好几次都没关好，最后踹了两脚才关了车门。车又开了五分钟才到达枸杞地里。

大家逃跑似的冲下车，赶紧去抢小水桶。只有抢到水桶才能摘枸杞。老板站在地头等着，等大家都拿到水桶才安排怎么摘枸杞。看着一颗颗红果果娇艳地挂在低矮的枸杞树上，我觉得新奇，同时也发愁，那么小的颗粒，要一颗一颗摘，摘一斤一块钱，这一早晨能挣几个钱啊？

枸杞树整齐地排列在地里，横行、竖行都是一样的距离，每棵树都红绿相间，有的红色多于绿色，一根根小枝条上错落地挂满了红色的枸杞子，像用红珠子穿起来的门帘，围成一圈。摘的人就要把这些小枝条拎起来一颗颗摘掉。老板分配了摘的任务就不管了，一群人三个一组、两个一伙地开始围着一棵树摘了起来。

我和妞是一组，她摘一面，我摘一面。这时没有人说话，都全神贯注地摘枸杞。我感觉自己手不是手脚不是脚的，一颗枸杞三两下也摘不下来，再看旁边一起来的人，人家桶底都已经被枸杞覆盖了，连我家妞都摘得比我快。

枸杞大一点倒还好摘，可偏偏也会有小不点，遇见这种的，摘枸杞的人只能大呼倒霉，又难摘又没数量，可没办法，摘了好的，不好的也要摘啊。十点钟，别人都摘了快两桶，我才一桶满。提过去称称，十斤半。也就是说我才挣了十块五毛钱，妞的卖了八块。

我有些沮丧，要是干小时活，这会儿也挣二三十块钱了。和妞抱怨，妞说没事，你就当来看看这儿的风景。我只能白眼翻她。

摘得不行，心思也就不在这儿了，抬眼望去，这片地里到处都是人，上到七十多岁老太太，下到三五岁的娃，女人就不说了，连大老爷们都在摘枸杞。今年外出务工的人大都没活干回来了，可生活还要继续，所以男人也来摘枸杞。

一个老太太拎着板凳坐着摘，旁边可能是儿子和儿媳妇，还有一个小孙子。小孙子被太阳晒得脑门上全是汗，不过他一点都不闹腾，依偎在奶奶身边吮着手指咿呀咿呀地说着什么，老太太一边摘枸杞一边哄着小孙子，儿子儿媳手忙脚乱地采摘，旁边已经放了三桶枸杞，看来人家今天早晨收入不会太差。都说摘枸杞胜在人多，人多才能挣钱，这是事实啊！我看着妞晒红的脸和桶里不多的枸杞，心里满是哀叹。

引起我注意的是一个女人带着的三个孩子，像台阶一样依次排列，大的有七八岁，小的顶多四岁，拖着鼻涕一颗颗摘着枸杞，手上被枸杞树上的刺划出一道道白印，纵横交错。远处传来卖东西的吆喝声：麻辣条、方便面、矿泉水……小孩子说，妈妈我要吃方便面。话刚出口就被那女人一巴掌扇回去了：“一早上摘了几把枸杞你要方便面？赶快好好摘，不然看我不打你。”孩子满脸委屈，眼睛里闪着泪花继续摘起了枸杞，但时不时冲着卖东西的那里张望。妞有些吃惊地看着我，小声说，妈妈，那个娃真可怜。我怕那个女人听见，用眼神示意妞不要再说。

老板家的孩子似乎不少，盯人的、监工的、过秤的、运输的，都有。盯人的那个不时丢出几句警告的话：“摘干净，大小都摘了，不要把叶子带下来，不然过秤的时候扣钱，不然就不让你们摘了，不然不给你们工钱，不然……”我看见好几个女人翻着白眼瞪她，对着她的背影低声骂着，可一会儿她又飘过来继续威胁警告一番才算完。如此反复，她咋就不累呢？一个老太太感叹：下苦的人，看脸势啊！你以为人是看你的脸势，人是看钱的脸势才来受你的气！

给了妞五块钱，让她去买点吃的来，或许是妞被那个娃的事情惊到了，居然只买了一瓶矿泉水和一袋方便面。我让她再去买点别的，她怎么都不去。

两点多，这家的枸杞总算摘完了，我和妞一共挣了三十七块五，除过妞买东西的五块，还剩三十二。一起来的人家一个人挣三十。

老板给早晨那个开“天津大发”的司机打电话让送我们回家。一起来的人面面相觑，那样一辆“历史悠久”的车，还敢坐吗？说话间，那辆车呼啸而来，我们硬着头皮又挤了上去。鉴于早晨后车门突然开了的情况，这次后面的人紧紧抓着前面的人衣服不撒手，摇摇晃晃中启程回家，一路上，后车门又开了三次……

回到家已疲惫不堪，我郑重地警告我家妞：“再和我说去摘枸杞，我也拿巴掌扇你……”

戴了鼻环的牛

挣开缰绳束缚的牛在狭小的牛圈里撒着欢，踢得牛粪四溅，缰绳被扯得四分五裂，沾满牛粪，一遍又一遍被牛踩踏，直到埋入厚厚的牛粪中。这还不算，旁边的同伴也成了它玩乐的目标，一会儿拿犄角顶，一会儿用蹄子踢。另一头牛忍受着它的疯狂，不敢有大的动作来反抗。因为它的鼻子上穿着小拇指粗的鼻环呢，稍一用力，就是钻心地疼痛。比起鼻环扯出的疼痛，同伴的蹄子踢过来根本不算什么。

牛折腾累了，牛圈也被它弄得一塌糊涂。明子进来添草时，看见凌乱的牛圈火就冒了出来。这已经是这头牛第七次弄断缰绳了。一直没舍得给它扎鼻环，没想到这家伙越来越闹腾了。明子扯了一根绳想拴住它，可它故意站得远远的不过来。明子挖了半碗麸料撒在牛槽里，牛经不住诱惑挪过来舔，明子拿准备好的绳套挽住了牛犄角。牛甩着屁股拼命向后扯，明子把绳紧紧地在杠子上绕了几圈，一牛一人就这样对峙着。

牛又一次被拴起来，明子这次没有给它重新挽缰绳，而是坐在阴凉处削起了一根木质比较硬的木棍。刀子一次次刮过去，木棍的一端开始尖锐起来，直到无比尖利时，明子才放下手里的刀子。翻箱倒柜找出给牛特制的鼻环，用小铁棒扭出来的，形状像大半个门环，一大一小，两头还扭了扣，套起来便是一个对称的铁葫芦。明子一只手端着半碗食用油，另一只手提着鼻环和削好的木棍走向牛圈。

犄角被拴住的牛还在调皮，用头拱着同伴的脖子玩。明子来到牛跟前使劲扯住缰绳想让牛头离自己近一点，可拴在犄角上的绳子根本控制不了牛头。来回拉扯了一阵，牛占了上风，明子只好松手。

明子一看不行，又找来绳子拴住牛犄角绑在另一边的木桩上，同时又给牛挽了一个简易的缰绳。这次是从牛嘴巴旁边掏过去，牛头一下有了控制。牛被三根绳子拴住了头，它没有大的活动空间。明子把鼻环解开，一端用食用油涂抹了一遍放在牛槽边上，右手拿着削尖的木棍，左手试图抓住牛鼻子。牛两侧鼻孔之间是一层薄薄的脆骨，给牛扎鼻环其实就是要刺穿这层脆骨把鼻环穿过去，让牛受到限制不敢有太多的活动，这样喂养起来就轻松许多。

他试探了几次都没有抓住牛鼻子，总是在就要抓住的瞬间被牛巧妙躲开。而几次的试探也让牛恐惧起来，开始奋力挣扎，试图甩脱头上的绳子。牛像马一样前蹄腾空了几次，左右扭着身子，愤怒地甩着头，可三根绳子足以把它拴住，它所有的挣扎都是徒劳的。

牛在挣扎中把绳子勒在了自己的右眼上，疼痛让牛终于慢了下来。明子乘机用左手拇指和中指掐住了牛鼻子里的脆骨，右手执着木棍的尖利部分朝脆骨最薄的那部分刺过去，第一次因为牛的挣扎没刺穿，只好刺第二次。牛被极致的疼痛袭击，痛苦地张嘴哀嚎起来。第二次成功刺穿，鲜血顺着牛鼻子流下来，沾染在了明子手上和木棍上。拔掉木棍，拿过来鼻环穿过去，牛疼得四蹄撑得紧紧地一动不动，只希望这种痛苦尽快结束。

鼻环穿进了牛鼻子，明子又抹了些食用油来回活动了一下，用细绳子固定好鼻环，拴好缰绳，牛的痛苦总算结束。明子满意地看着自己的杰作，这下再也不用担心牛扯断缰绳了。解开三根绳子束缚的牛头，牛的右眼被绳子勒得红肿，不停流泪，牛伸出舌头舔着自己鼻子上的血，抚慰着被刺穿的鼻子，也适应着鼻环在血肉中的存在。

我哭泣的不过是一只羊

我蹲在一只小羊面前，任鼻涕眼泪顺着下巴跌在地上，摔碎溅开，消融在泥土里。摔落的泪滴反复重叠，把地上浸湿了鸡蛋大的一片。

几只大羊用严肃的表情看着我，也许它们脸上不是严肃的表情，只是被我哭泣的样子惊吓到了，又或许是它们的空间多了一个我，它们有些不知所措……在这样一个下午，我和羊待在羊圈里，大羊看着我，我看着小羊，我们都沉默着，无法猜想彼此的心思。

我面前的小羊是今年羊羔里面最好的一只，雪白的皮毛覆盖着它线条优美的身体，眼睛周围的毛色是棕黄的，个子比同龄的羊羔高出许多。我满怀希望地想象着将来它繁衍的羊羔会和它一样漂亮，或者比它更出色。然而此刻，它站都站不起来，慌乱地喘息着，目光呆滞，像久病的人一样无力地靠着墙，勉强支撑着脑袋，张望着羊槽里的干草。

卷曲整洁的皮毛上沾满了草屑和羊粪，让它的形象颓败慌乱。我把它揽进怀里，想抱它站起来去羊槽边吃口草，它颤抖着勉强撑住四肢，头无力地靠在我怀里看着干草，虚弱地眨着眼睛，眼睛里闪烁着无能为力的神情。我不敢松开手，怕它又一次摔倒。

羊毛和草屑蹭了我一身，而它实在是站不起来。我轻轻把它放倒，还原了它原来的姿势，希望它能舒服一些。我一把一把掀开羊毛寻找着它身上的伤痕，除了粉红色的皮肉，找不出一点外伤，可看它的样子似乎不行了。我心里闪过无数个念头，给它吃点止疼药或者消炎药会不会有用？它痛苦的样子，宰了它是最明智的选择。可是它才八个月大，是几只羊羔里面最好的一只。想起这些，我的眼泪又不争气地流了出来，我一只手托着小羊的脑袋，另一只手抹着自己的眼泪，此刻的我和这只小羊一样无助。其他羊继续用我不懂的眼神看着奇怪的我，羊圈里难得地安静起来。

以往它们多不安分啊，有草的时候咩，没草的时候也咩，听见人的脚步声咩，看见人在院子里还是咩。它们无时无刻不用叫唤吸引着人的注意，提醒着人不要忽略它们的存在。久了，羊的叫唤成了噪音，让喂养的人无比烦躁，忍不住想揍它们那张爱咩咩的嘴。这只小羊就是被羊群的咩咩声所殃及，搅草的棍子落下时，别的羊四散逃离，倒霉的就是它了，一棍下去，敲在它的脑袋上，它便倒地抽搐起来。

羊群此时继续沉默，我无从猜想它们的想法。但是它们的确不再叫唤，像一群惹了是非的长嘴妇人一样远远围观着这只站不起来的小羊，猜想着最后的结果。

羊群的沉默让我气愤，小羊奄奄一息地躺着，头已经抬不起来，羊粪和草屑粘上了它的嘴唇和鼻子。除了继续抹眼泪我不知道自己能干吗。

看着它越来越虚弱，我去找打它的人，拜托他去请个人来宰了小羊。他躺在床上面无表情地闭着眼睛，不耐烦地拒绝了我的要求。他不去，我固执地站在床边不肯走。他半躺在床上，眼睛看向窗外，我站在他对面，愤怒地盯着他。我们的对峙足足进行了二十多分钟，我的固执让他忍无可忍，他翻身起来去请人。我枯坐着，任鼻涕眼泪把我包裹，因为我不确定他会不会请人来。

不一会儿，他领着两个人进来了，一个是宰羊的人，一个是邻居。他不好意思地和人解释他失手打了小羊的经过，那两个人也觉得惋惜。我松了一口气，不再哭泣。

宰羊人的手里提着一把短刀，明晃晃的，他们三个人奔向羊圈，羊群惊恐地挤成一团，把小羊孤零零地暴露在羊圈的空旷处。虚弱的小羊被他提着前腿拎了出来。宰羊人用左手拇指指甲盖试了试刀子的锋利程度，满意地挽起袖子准备宰小羊。

这把刀切开小羊脖子底下的皮肉，割断它的喉咙，带出淋漓的鲜血，喷溅在了地上、刀柄上，以及摁着小羊的不让它挣扎的那只手上。小羊的皮毛战栗抖动着，羊粪和草屑落了一地，在刀子拿开的瞬间蹬了一下蹄子，像是在和羊妈妈道别。小羊蓝莹莹的眼睛半闭着，安详，宁静……院子里弥漫着淡淡的血腥味，惹来一只野猫蹲在墙头偷窥。

小羊被宰掉了，我的心暂时平静了下来。邻居正在剥皮，而接下来剔骨切肉的事情由我来做。

我哭泣的不过是一只羊！

剪羊毛

我一推开羊圈门，几只羊像商量好的一样开始叫唤。我挨个打量着它们，思考着应该先捉哪只。

天气一天天热了起来，替羊剪掉积攒了大半年的羊毛是每年这个时候的必修功课。可我从来没有剪过羊毛，愁啊！去年的羊毛是好几个人帮着剪的，今年就没这么好的运气了。等别人家的羊毛都剪掉又长出来了，我家的羊毛还在羊身上。今天我痛下决心：不就剪个羊毛嘛，别人能剪我也能剪。心里这样想着，可真正看见这几只羊，我还是有些忐忑和犹豫。儿子站在我身后给我壮胆，我扳着羊圈门和他商量先捉哪一只。

儿子皱着眉头噘着嘴质疑我："你又没剪过羊毛，你行吗？万一把羊身上剪烂了，羊得多疼啊！"听着他的质疑，我倒是不犹豫了，让他站门口堵着，我进去捉羊。羊以为我像平常一样要给它们添草，一个个朝我跟前挤。我眼疾手快地捉住了那只瘦羊的耳朵使劲拽住往门口拖。被我突然抓住的它变得极其惊恐，低着屁股拼命向后退。可它哪是我的对手，它极不情愿地被我拖到门口。儿子一看我拽羊耳朵，又是一阵嘟囔，嫌我对羊太暴力，连忙跑到羊屁股后面搡着羊前进。这样羊耳朵受力就没那么大了。

我们俩把羊拖到树荫下，我弯腰抓住羊的两只前腿，儿子蹲着抓住后腿，准备把羊放倒在地。他又开始嘟囔，让我慢点，把羊身子托住，别把羊摔着。我给了他一个大大的白眼，按他说的把羊轻轻放倒。

我按着放倒的羊招呼他赶紧拿准备好的细绳子来扎住羊蹄子，不然羊挣扎着没法剪毛。

两个前蹄和一个后蹄被交叉捆住的羊无奈地接受了这个现实，不甘心地抬起头看着我，不知道这样绑着它要干吗。看着儿子递过来的剪刃细长的剪子，我又开始犹豫，这应该从哪里下手啊？

看着我迟迟没有下手，儿子用手抚摸着羊脖子给了我一个白眼，然后说："我可怜的羊羊啊，你可下手轻点！"我不服气地瞪了他一眼，不管了，从肚子上开始剪吧，记得去年别人剪的时候就是从肚子上开始的。

轻轻用左手拽起一撮羊毛，把剪子贴上去，瞅着没有皮肉，右手用力，刺啦一声，羊毛应声而落。用同样的方法剪掉了羊肚子上零散的羊毛后，我松了一口气，剪羊毛也不过如此嘛！

在羊肚子上剪开一个缺口后，羊毛就是一层一层的，左手向羊背轻轻按住羊毛，细长的剪刃穿进按倒的羊毛里，一下一下，羊毛像翻飞的棉花一样脱离了羊的皮肉，这个过程像是给羊脱衣服一样。我越剪越顺手，甚至有些得意忘形——我会剪羊毛啦！突然感觉羊的身体抽搐了一下，儿子的嘟囔在耳边响起："让你小心小心，你不小心，你看你把羊身上剪多大个口子出来。"我一看可不是嘛！羊腿上一个白色的口子像鱼眼睛一样瞪着我。我连忙给儿子赔笑脸，失误了。儿子不满地噘着嘴，在地上抠了点土研碎撒在羊的伤口处。剪完一面后，我和儿子又把羊抬着翻了个身剪另一面。一只羊剪了快一个小时才剪完。解开绳子时，羊半天都没反应过来，呆呆地卧着，儿子拍了一下羊屁股，羊才一骨碌翻起来，狂奔进了羊圈。

接下来的几只羊剪得比较顺手，只是在儿子一再的嘟囔下，怕伤害到羊，我剪得比较粗糙。等全部剪完我站在羊圈外面一看，乐了，那只黑羊脖子一边剪了一边没剪，大个子的尾巴直接被忽略，瘦羊的肚子底下还有一圈毛，公羊的腿毛还一撮撮的……每只羊不同程度地带着伤。恰好一个搭档来串门，看见我家这几只羊的新造型后哈哈大笑，问我，你这是拿剪子剪的还是拿牙齿啃的？羊儿们啊，实在抱歉得很，下次，下次我一定给你们剪好……

（原载于《朔方》2016 年第 3 期）

我们苦中作乐的生活

红寺堡的三月，并没有江南那种早春如画的情景。多风，清冷，一片苍凉。早晨六点半，当别人还在梦中的时候，我和几个搭档已经吃过早饭，喂好牛羊，准备去棚区打零工挣钱了。

自 2007 年村子东边闲置的土地被政府开发，搞设施农业，修建了几百座种植蔬菜的温棚，引进甘肃靖远会种大棚的农户来宁夏落户后，这片土地就忙碌热闹起来，只要农闲时节，我和一群搭档都会去打零工挣钱。工资只有一小时五块，可在这个经济并不发达的地区，为了生活我们没有选择的余地。

“人活着就得生存，少总比没有要好。”这是我经常用来劝说那些抱怨工钱少的搭档的一句话。

七点钟我们出了家门，一般走二十多分钟就到棚区。这段路程是比较喧闹的，每天到棚区打工的人不下一两百。三个一组、五个一群地结伴而行……六三娘是搭档中年龄最大的一个，她笑称自己是老四十二，可她实际年龄只有三十八，她一直是个态度积极、幽默、乐观的女人。其他几个人年龄都差不多，我是她们中年龄最小的，也是最爱开玩笑的那一个。出去干活一直是我分工钱，所以她们不喊我名字，而是叫我“领导”。

一直向东走了五分钟的石子路，出了村子，通到走棚区的水泥路。这时的太阳就像被孩子撒了手的红气球一样，从罗山顶上羞涩地升了起来。一抹朝霞映红了东边的天空，让人心里生出一种温暖和喜悦。看见平坦的水泥路我撒开腿奔跑了一段，转身笑着对大家说：“今天天气真好，看来我们在棚里的日子又不好过了，趁现在还凉快，我给你们唱首歌怎么样？”没等大家同意，我就扯着嗓子唱：妹妹你大胆地往前走啊，往前走，莫回呀头……还没唱完，搭档们就不乐意了，七嘴八舌地开始抗议：“我们都是你嫂子好不好？还妹妹，不想混了纯粹。”“别号了，把狼都快招来了。”

“就是，一点都没个女人样，你老妈那时怎么不把你生成男孩？”“哈哈，她要是男人兴许还是个好男人呢。”

我听见这句话不唱歌了，转身一只手叉在腰上，一只手指着她们很男人化地说：“我要是男人就把你们几个都娶了，做饭的，洗衣服的，捶腿的，剩下的都给爷挣钱去。”

“看把你美的，谁嫁你，谁就是在鸡窝底下睡觉呢，眼睛让鸡屎糊了才嫁！”一个搭档故意恨恨地说。

“嘿？你这败家的娘们儿，我要是男人也是顶帅的男人，还能委屈你吗？”

看着我们斗嘴，六三娘发话了：“哈哈哈，你就安安稳稳做你的女人吧，娶那么多你拿什么养活？”我一下子跳到六三娘的身边搂着她的脖子撒娇：“嫂子啊，我知道你最疼我了，下辈子你嫁给我好不好？我一定给你吃好的，穿好的，一定不让你像这辈子这么辛苦，行不？”六三娘被我的话逗得大笑不止：“这家伙就知道耍赖，真是个大孩子，三十几了还没个正形。”几个女人一起笑骂，连路边的桃花都被我们的笑声感染了，在初升的太阳下欲发地娇艳。

就这样笑着闹着进了棚区，今天的活是摘辣椒。几年过去了，这些活我们已经干得很熟练了，在老板那儿拿了编织袋就进菜棚。进棚后脱掉外衣，挂好干粮袋后开始干活。没见过大棚里种辣椒的人是无法想象那种场景的。指头粗的辣椒主干有十厘米高，主干上又分叉长出四至七个分枝，挑大的四个枝头用毛线吊在棚上方拉好的钢丝上，把枝头绕在毛线上，让辣椒树顺着毛线向上生长，边生长边结辣椒。

由于大棚水肥足，温差不大，十天半个月就结一茬辣椒，然后一层一层地采摘，最多一年可以采摘十二次。到最后，辣椒树可以长到两米多高，我们以前在旱地里种的辣椒最高不过五十厘米，上面结的辣椒也是少得可怜。谁能想到现在的辣椒居然会像葡萄一样一串串地挂在树上？一棚辣椒要用成捆的编织袋来装，不得不让人感叹科技的神奇。

我们摘的这是第四茬的辣椒，辣椒树还不到一米，可辣椒已经不少了，一行可以摘半编织袋。八点钟棚里的温度还是很舒服的，不过随着时间的推移会越来越热，九点半这个棚的辣椒摘结束时，温度已经到了 35℃。没通风的棚里更显闷热，大家的脸上开始有汗了，把辣椒从棚里背出去以后，我建议大家吃点干粮继续摘剩下的两棚。

所谓干粮就是馒头和水，坐定之后六三娘有点神秘地对大家说：“我给你们带好吃的了。”几个女人一听都盯向了她的包，原来是土豆卷，大家都高兴坏了，没等六三娘分，几个女人就一人抢了一个吃起来，边吃边感叹：“哎呀，忙死了，很久都没吃过土豆卷了，真香啊！”“就是，买的馒头把人都吃傻了。”

十几个土豆卷不到一会儿就被吃了个精光，大家一起夸赞六三娘的厨艺，除了好吃还是好吃啊！吃完休息了一下，喝了点水，我便催促大家进棚干活，不然一会儿棚里的温度能把人蒸熟。

一进第三棚，就感觉到让人窒息的热了。幸好棚上的风口开着，进到棚中间没有门口那么热了，这样的温度下，谁都不想说话，棚里只剩下摘辣椒的声音。脸上的汗一大滴一大滴地狠狠地砸向地面，刚擦掉一把又流出一把，汗水迷得人眼睛都睁不开，流到嘴里连咸味都没有，似乎刚喝下去的水立马变成汗又出来了。大家的后背和袖子都湿湿的，连裤腰都被汗浸透了。

熬到十一点，这个棚总算摘完了，没摘的棚还剩下一个。天气太热，搭档都不想再进棚去，老板一看着急了，商量着请大家帮帮忙把最后一个棚摘出来，不然明天贩子不收了怎么办？可今天天气实在太热，搭档们都有些迟疑。我用眼神征求六三娘的意见，六三娘会意，开始做大家的工作：“姊妹们，还是干吧，回家也是闲着，孩子上学要生活费，咱们还要买米买面呢。我给老板说让放一层帘子遮一下，我们也是为了挣钱。”老板也赶紧说给买矿泉水去，然后放一层草帘子，让大家坚持一下帮个忙。大家都有些犹豫。我笑着说：“干吗啊都，干不干一句话，又不是上刑场，有那么难吗？”最后几个搭档总算同意，再摘一棚。老板说他去买水，让我和六三娘帮忙放草帘子，其他搭档先休息一会儿。六三娘先攀上菜棚，我爬到一半踩错了脚印上不去了，我喊她：“嫂子，看在钱的分儿上拉我一把吧？”六三娘转身一看佯装大怒：“长了两条矬腿，还想一步登天，就这样子在棚上挂着去。”骂归骂，最后还是把我拉上去了，惹得棚底下的搭档大笑。

我和六三娘七手八脚地推下去了一层草帘子，十几分钟后棚里的温度有所下降，老板给每人一瓶矿泉水。喝完水大家硬着头皮进棚，一层草帘子遮挡了大部分的阳光，棚里的温度骤然降了十几摄氏度，这也让大家的情绪稳定了很多。摘完这最后一棚已经十二点多了，水泥路上倒满了摘出来的辣椒，像小山一样堆着。

我们接下来的活就是把这些辣椒包装好，码放整齐。连续出汗，让搭档已经很疲惫，可这些活是必须要干完的。经过一个多小时的手忙脚乱，我们终于结束了今天的活。老板过来和我们算了工钱，都给了我一个人，让我回家分，我大致算了一下，一个人能分四十。

终于走在回家的路上，干粮袋子和水壶被其他两个搭档拿着，“好累呀！”我把头靠在六三娘的肩上斜斜地拽着她的胳膊走，她推着我的头大笑：“走开，挤在人跟前热死了，回家和你男人说累去。”其他人大笑，我才不管呢，觉得脚疼得厉害，就把鞋袜脱了走在水泥路上。搭档们笑我：“你就二吧，让别人看见看你羞不？”我不以为然：“要他们看干吗？我觉得舒服就好！”不知道是谁出的主意，她们一起跑了一段路，把我远远地甩在了后面。我赤着脚不敢跑，急得大喊：“你们等等我好不？还想不想要工钱了？就不能对我好点吗？”

“哈哈，这家伙老用工钱威胁我们，明天咱们不让她拿工钱了，看她还拿什么威胁我们？”“哪天惹急了，我们几个一起狠揍她一顿，开除了算了，看她给谁当领导去？”“就是，老嫌我们对她不好，把她的东西扔给她让自己背着。”

骂归骂，我的水壶和干粮袋却始终没有扔给我，我们就这样笑着、闹着、骂着，结束了一天的辛苦。第二天又开始新一轮的奔波……姐妹们一起坐着闲谈的时间都很少，大家都说什么时候能一觉睡到天亮，在家闲两天，穿两天干净的衣服，吃点像样的饭就知足了。可是不行，我们都在为这样或者那样的不得已，一身汗一身泥地奔走，用我们开玩笑的话说，活得人不像人、鬼不像鬼！可大家的心是快乐的，因为有个搭档一直在说：“再苦再难也要坚强！”是啊，再苦再难都记得微笑，记得快乐，记得坚强……

瓜女子

我第一次见这个女孩时她才七八岁，有点痴傻，头发像乱草一样，脸上的表情像历史书上看过的周口店北京猿人，有点突兀和狰狞，身上的衣服还算干净，可不知道她是吃饭的时候溅上了汤汁，还是在哪儿玩水沾染了水渍，这一片那一点地留着印痕，让人看起来极不舒服。早晨你看她穿着袜子，等下午就不知道袜子去哪儿了。

除了她的母亲，没有人喊她的名字，“瓜女子”是大家对她共同的称呼。开始还避讳着她的母亲，久了连小孩子都这样喊，好几次因为这个称呼她母亲和人吵得不可开交，但吵完别人还是这样称呼她。

瓜女子的眼神很清澈，会那么一直盯着别人看，总是若有若无地冲人微笑着，你要是以为她和善那你就错了，你盯她看得久了，她会突然攻击你，不是狠狠地掐你一把，就是挥着拳头打你一下，手上的力道之重绝不像她这个年龄应该有的。特别是和同龄的孩子在一起，更是攻击得厉害。我女儿曾经最怕的人就是瓜女子，只要看见她就会大哭着朝我怀里钻。

那年开学，瓜女子的妈妈给她报名让她上学，可刚一个上午就被校长送回来了，说瓜女子打败全年级无敌手。有些学生家长直接找到办公室，说如果学校接收这个女子，他们的孩子就不去上学了。校长无奈之下只好把这女子送回来了。村里人也都知道这家的女子有点瓜。

瓜女子就这样出名了，别的孩子在学校接受教育的时候，她只能游荡在村子里，寻找属于她自己的快乐。今天折了东家新嫁接的果树条，明天拔了西家还没结果的西红柿；今天打了邻居家的孩子，明天又敲碎了谁家的玻璃。一时找瓜女子她妈告状的人接二连三。瓜女子的妈也是好面子的人，该赔偿的赔偿，该道歉的道歉，该和人家吵架的吵架，有时候就差没和别人大打出手了，因为凡是谁家有损失，大家第一反应就是瓜女子干的。瓜女子的妈当然不干，自己的娃就算瓜，也不能让人随便冤枉。

有时候她妈被邻居们找烦了也生气，一边哭一边会打瓜女子一顿。可这女子也就当时被打疼了能消停一会儿，等疼过照样该干啥干啥。曾经一段时间，这个女子似乎成了村里的一种负担，人人提起都是厌恶的表情，大人孩子敬而远之，甚至有母亲哄哭着的孩子时，说一句瓜女子来了，那娃立马就止住哭声，一脸惊恐。

瓜女子就这样游荡了三四年。村里人都疑惑，现在医疗条件这么好，瓜女子家怎么就不给这女子看看啊，现在还小没什么，将来大了可怎么好？后来熟悉他们家的人说，瓜女子不是这两口子亲生的。大家意味深长地拉长了声调“哦”了一声。可接下来的讲述让所有人唏嘘不已。

原来瓜女子她妈结婚后不生育，求医问药好几年都没有孩子，后来有人出主意说不如抱养一个。村里有这样的习俗，说是不孕的夫妇抱养别人的孩子就会招来自己的孩子，这个说法准不准确谁都不知道，可是瓜女子的妈自从抱养了瓜女子后居然怀孕了，而且连续生了一儿一女。瓜女子的父母特别开心，认为瓜女子给他们带来了这两个孩子，对瓜女子也和亲生的儿女没什么区别。

一家人喜事连连的时候不幸也随之而来，瓜女子越长大行为越和正常孩子不一样。夫妇俩也曾经带着瓜女子没少求医问药，可孩子始终没有正常起来，偏激，易怒，思维混乱，容易攻击别人。

医生也说不出个所以然，家里也就放弃了。

瓜女子的妈说起她女儿也十分无奈，为了少让她在村里闯祸，她只要出门就会领着瓜女子，就算打工也用摩托捎着，尽量不离开自己的视线，这时候瓜女子似乎就不瓜了。她一会儿喊：“妈妈，你喝水吗？”一会儿又问：“妈妈，你吃馒头不？”她妈妈怕她胡跑，安顿让她坐在田埂上她就安静地坐着，不吵也不闹。如果她妈休息了，她会第一个跑去拿她们的干粮袋子，把水递给妈妈。

一起打工的女人也有好心的，有什么好吃的也会给瓜女子，这时候的她会特别开心，抱着人家的胳膊一边摇一边有礼貌地喊人家“姨姨”。如果再给她一把自己炒好的瓜子，她会开心地大笑，一边吃一边说：“谢谢姨姨。”吃得两个嘴角泛着白沫，瓜子皮挂在下巴上，眼睛笑得都眯起来了。这可能是她最大的乐趣吧。看着她满足的表情，一群女人有怜悯的，也有不屑一顾的，更有一脸鄙夷的。可这些都和瓜女子无关，她在她的世界感受着她的快乐，仅此而已。

给瓜女子给过瓜子的女人她会牢牢记住，下次见了会伸出手：“姨姨，给瓜子！”久了终究惹人厌烦，总会招来白眼和呵斥。瓜女子始终没有记性，再见了还是会要，久了谁也不想理瓜女子，她又开始了孤独地游荡。

那天我有事去学校附近，突然看见瓜女子趴在学校铁大门的栏杆外，痴痴地望着操场上上体育课的学生，半张着嘴，口水都流出来了。她一动不动，如同一座雕塑，眼神追逐着奔跑着的孩子的身影，满是羡慕和向往。后来我多次路过，都看见她趴在栏杆上张望的身影，并痴痴地傻笑着。

时间一天天过去了，瓜女子还是不停地闯祸，不停地惹人厌恶，一个人孤独地徘徊在校园门口，一个人寻找着自己的快乐……

二愣老汉骑车记

二愣老汉坐在屋檐下，中午的太阳火辣辣地烤着大地，刺眼的光芒让他只能睁一只眼闭一只眼。此刻的他满腹心事，歪着脑袋打量着院子里的三轮摩托车，心里嘀咕：车都买来半年了，我问了很多人都说我能骑三轮车，就她娘俩不让我骑，这不是欺负人吗？人家满大路的女人娃娃都骑上跑呢，凭什么我就不能骑？总有一天我要让你们看看我的本事。二愣老汉恨恨地想着。

刚买来，二愣老汉就闹腾着要骑，儿子拗不过他，只好让他试试。兴奋的二愣老汉拖着他那四十几厘米的短腿，爬上摩托车的驾驶座，儿子看着一米四几的父亲像个小丑一样骑在摩托车上，心里满是担心，可又不好再说什么，只能大声叮嘱耳聋的父亲怎么挂挡，怎么加油，怎么用离合……二愣老汉也不知道听进去了多少。一摁电子打火，摩托车“突突突”地发动起来。儿子指挥着让他加油、挂挡、起步，二愣老汉一把油，三轮摩托车的声音顿时和赛车有一比。

儿子心里有苦说不出：这可是新车，这么加油活塞容易坏掉。摩托车继续像牛一样嘶吼着，二愣老汉一松离合，“刺啦”憋死了。再打火，再加油，一松离合又憋死了。这样来回折腾了有十几分钟，摩托车终于被二愣老汉骑着跑起来了。他的心也随着摩托车飘飘然：看谁还敢说我不能骑车？可他这种得意还没持续一分钟，就被门前的那棵柳树给狠狠地掐灭了。这个二愣老汉，出了大门不知道拐弯，直接就奔着对面邻居家那棵碗口粗的柳树去了，摩托车被撞得熄了火。那棵柳树露出了白森森的树干哀怨地看着二愣老汉：您骑个车，至于和我过不去吗？

再看摩托车，前大灯脱离了原有的位置耷拉在前轮上，挡风板也被树顶了一个坑。所幸二愣老汉没事，还傻傻地坐在驾驶位上迷糊：明明骑得好好的，咋就碰树上去了呢？儿子一看老爹没事，虽然心疼摩托车，也不敢多说什么。第二天骑到修理铺，花掉了一百多。

二愣老汉被老婆一阵痛骂，几天都没给他好脸色。可他心里还是不服气：就你个女人看不起人，不就个烂车嘛，看我哪天骑给你看！因为这件事情，家里人都反对二愣老汉再骑三轮摩托车，都刻意把车钥匙藏着。二愣老汉想表现一下自己能力的愿望始终没有实现。

这一天，二愣老汉家就剩他和两个孙子，他一看骑车的机会来了，对两个孙子又是哄又是吓唬，逼问车钥匙在哪里。起初两个孩子谁都不肯说，可后来经不起二愣老汉给一块钱的诱惑，大孙子把钥匙找出来给了二愣老汉。他这次学乖了，哄着两个孙子和他一起把车推出大门，在路上停放好才去骑。

二愣老汉依旧是爬上摩托车的。打火，加油，一切顺利，尝试了几回，摩托车动起来了。二愣老汉心里不屑：就这么简单啊，还把他们娘俩能得不行，看我骑着跑起来了吧！于是加把油，摩托车呼啸着在村道上狂奔起来，拐弯时差点侧翻，二愣老汉也没减油，而且是越骑越勇。邻居们觉得好奇怪：这个二愣老汉今天发什么疯？看着邻居们诧异的目光，他心里那个满足……

二愣老汉心里正美着呢，前面路上拐出了一辆锃亮的黑色轿车，被一个邻居拦着不知道在问什么，车子恰好停在路中间。二愣老汉才不管两车之间的距离能不能过去，看着路挺宽的，就从左侧朝过冲，只听“哐哐哐”的几声，三轮摩托车嘶吼着向前继续冲，可终究是被轿车和树夹着了，挤不过去自己熄了火。轿车右侧被刮出几道醒目的伤痕，轮胎上侧的装饰被刮得跌落在路上，车门也顶了一个坑。车主连忙从车里出来查看，一看爱车被伤成这样，车主大怒，恨不得提着二愣老汉踹两脚：七万多块钱的新车啊，我才开了半个月好不？你怎么骑车的？

二愣老汉也傻眼了，明明能过去，怎么就把人家的车给碰了呢？车主要给交警打电话，被邻居们给劝住了，说二愣老汉家的情况可怜，看着私了算了。车主说咋私了啊，这没四五千元怎么修得出来？二愣老汉一听四五千元，顿时像霜打的茄子一样蔫了，脸色灰白，这四五千元可是他们家七口人一年的生活费，拿什么赔人家啊？车主郁闷地蹲在路边狠狠地吸着烟，大家不停地劝说，二愣老汉借了东家借西家，一个多小时只凑了一千块钱出来，又鼻涕一把眼泪一把地给车主说好话。车主一看再多实在是要不出来，无奈只好接了这一千元，气急败坏地开车去了修理厂。

老婆、儿子回家和二愣老汉又是一场争吵，他脸红脖子粗地不肯承认是自己的错。不过此后一段时间，二愣老汉再也不提骑三轮摩托车的事情了。可看着路上骑摩托车、电动车的大人小孩，二愣老汉心里还是忍不住想：不就是个摩托车嘛看我哪天也骑上满路跑，哼，让你们看不起我……

写在儿子生日

今天是农历八月二十三日，是我儿子十二岁的生日。作为妈妈，看着这个曾经拖着鼻涕非常爱哭的小孩，长成了一个懂事、乖巧的少年，很是欣慰。

关于他的生日，我一直比较重视，从他七岁起，一直是我张罗着给他过，用打工挣的为数不多的钱，给他过一个快乐的生日，让他小小地得意一下。因为这里其他同龄的小孩没有几个过生日的。

他八岁生日时就喊着要滑板，爱人出门打工挣了七十多块钱给他买了一个廉价的。那时候门口的村道还是土路，我家的院子倒是用砖铺了，所以他只能在院子里玩。这个脑袋大、眼睛大、个子不高的小男孩第一次踩滑板就摔了个仰面朝天，我吓坏了，他奶奶更是大呼小叫地不许他再玩。可这孩子爬起来哭都没哭一声，出去找了根木棍撑着继续滑。累得满头大汗都不休息一下，就这样，三天以后他扔掉木棍，可以独立地在院子里滑着滑板转圈了。引来一群孩子围观，可以说他是村里小孩子中玩滑板的第一人。

十岁生日时，又嚷着要旱冰鞋，这次家里没有人同意给他买，我也不怎么同意，因为去医院买药时，听说好几个孩子玩旱冰胳膊摔骨折了。但这小家伙几乎天天都磨叽，说不买旱冰鞋生日就不过了。

我架不住他的软磨硬泡，用打工挣的一百多元钱给他买了一双，小家伙高兴坏了，我却紧张得不知道干什么好。还好，这次他穿旱冰鞋几乎没怎么摔跤就会了。看着他得意地穿着旱冰鞋在院子里穿梭，我悬着的心总算放下了。后来村道被硬化成水泥路，他玩旱冰鞋更是如鱼得水，时常惹得一堆大人小孩围观。

转眼又是他十二岁生日，半个月前他就和我念叨，我却有些为难，最近没什么打工挣钱的活，他的这个生日我实在有些为难。昨天下午放羊的时候，他又提起，我无奈地说："老娘这几天没一毛钱，你说这个生日咋过？"他一脸幽怨的表情，说："我现在有些相信我奶奶的话了！"我疑惑，问他："什么话？"他说："我奶奶说我不是你生的，是我爷捡来的！"我郁闷至极，拽着他的耳朵控诉："老娘我十月怀你容易吗？你咋这么没良心？"

他嘿嘿一笑："貌似是九个月零十天！哪来的十个月？"我被他的话惹得大笑："你奶奶一天到晚都给你说些什么稀奇古怪的事情啊？"他挣开我拽他耳朵的手跑了："反正明天我生日，你老人家看着办！"

我是彻底被这小子打败了，可现实生活的确有许多无奈，没钱，给他这个生日怎么过？正愁呢，电话响了，一看号码我乐了，一个熟悉的老板，肯定是叫我干活。果然，老板说让喊两个人明天铲韭菜。挂了电话我冲着追羊羔的儿子喊："妈明天给你过生日！"

他笑着跑到我面前，你老人家怎么突然有钱了？我回答他，明天才去挣。他说，要不算了吧，你老人家也没什么钱。我说，明天再看吧！

第二天早晨下起了雨，儿子起来笑着说，看看，还说挣钱去呢，下雨了吧？我说，没办法，下午再说吧！

中午儿子回家不再提过生日的话了，我看着他有些于心不忍：嗨，今天你生日。他一笑，生日就生日，没什么！我拉过他的肩抱着他，嘿嘿，你怎么这么好说话？他说。没钱嘛，不过就不过。我大笑，忍不住亲了亲他的脸。他安静地靠在我身上不再说话。一点多老板又打电话，说雨不下了来干活吧。本来很累不想去，但是今天是儿子生日，昨天答应了就不想让他失望。打起精神和两个搭档一起去了，连泥带露水地干了四个小时活，衣服袖子、裤子、鞋子都湿透了，蹲得腰疼腿疼，一人才挣了二十五。我有些失望，和搭档念叨今天是我儿子生日。两个搭档说，要不钱你都拿去给你儿子过生日去吧，过几天你有了再还我们就是。

回家已是六点半了，疲惫不堪。我喊来儿子，问他想吃什么。他有些沉默，说："不想吃什么。"我有些不耐烦，说："今天是你生日，你想吃什么我给你做，赶紧想，不然老娘改主意了。"他说："要不吃火锅吧。"我递给他五十元钱，让他去买菜。他不敢接，我说你不去我就不做了，你想吃什么菜自己买去。他无奈地拿着钱走了。看着他远去的背影，我偷着乐了。不一会儿他回来了，买了一斤豆腐、一斤鱼丸、一斤金针菇、一斤菠菜、一根火腿肠、一包方便面、一包火锅底料，还找给我二十二块钱，解释说买菜二十七，他花了一块，二十八，找我二十二。我心里酸酸的，拿了两块零钱给他，他怎么都不要，说："你没钱，不要了。"

我洗了菜，又切了几个土豆，泡了一些粉条，一顿简单的火锅就这样开始了。他吃得很开心，不过我有些抱歉，没有多少祝福，没有什么奢侈的礼物。

儿子，生日快乐！愿你在以后的日子里健康快乐！

（原载于《黄河文学》2014年第12期）

浮生一日

一

昨天就接到圆通快递公司的电话，说有我的快递。广东一位老师百忙之中寄给我两本书，一本《周作人散文》，一本《向度》创刊杂志；另有上海的简姐姐也寄了一本《沈从文作品选》。这些书名我早就在 QQ 群里已得知。他俩寄出时间前后相差两天，今天早晨起床连续接到宅急送的短信提醒，我知道简姐姐寄的也到了，真是好事连连，喜上眉梢。

今天是个空档，没去棚上干活。早起给牛羊添好草，却发愁怎么去镇上。坐公交车要走好长一段路才能到站点，且运气不好的话半小时之内都不见一趟。可今天不去明天不知道又忙什么事情，人家那么远费心寄过来，怎么能因为自己的原因耽误再打回去？正纠结呢，明子的手机响了，他的朋友叫他去镇上帮忙审一下车，我一看正好，就央求他带我一起去。他问我干吗去，我大致说了一下，他唠叨我要那么多书有什么用，还麻烦人家寄过来。

我避开他的唠叨，讨好地给他掺洗脸水，又忙忙地打水给牛羊拌草料。等我安顿好牛羊之后，他朋友杨已经开车等在门口。

我急忙换好衣服，随明子一起坐车朝镇上出发。他朋友杨是个小包工头，在村里也算“成功人士”，开一辆长城皮卡，很会做人。他们俩坐在前排聊天，我坐在后排看手机QQ，和好友安琪聊会儿天。她最近家里出了事，担心她，所以问问。

安琪诉说了一些心事，听得我心疼。除了祝福还能说什么？这世间无能为力的事情太多，只能用虚无的祝福来寄托一些情感，好让自己心里平衡一点。

十七八公里的路程走了不到二十分钟。到镇上他俩去车管所，而我则下车摸索着去找圆通快递公司，然后还要找宅急送快递。站在大街上我有些茫然，距离上次我来镇上已经过去两个月了。红寺堡这座城市虽然不大，可我一直搞不清楚哪里是哪里，至于圆通快递更是不知方向。今天的天气实在是冷，没有太阳不说还嗖嗖刮着冷风，街上的行人都步履匆匆，没人看我一脸茫然的表情。看着十字路口来去的人流，我心里有个声音在呐喊：有没有人知道圆通快递在哪里？

我被自己的“呐喊”逗笑了，掏出手机翻找昨天打来的电话号码。打过去，工作人员告诉我说他们在老政务大厅附近，我却更晕，又问人家在哪条街。人家说在团结西街多少号来着（原谅我那听力不好的耳朵，它被满大街嘈杂的此起彼伏的《小苹果》惊扰得只听见“团结西街”四个字）。好吧，幸好我知道团结街。

一路朝东，两边店铺林立，红寺堡发展十几年，该有的应有尽有。冬天是消费的旺季，各商家都在竭力招揽着客户，大功率的喇叭一家比一家吼得卖力，经过的时候震得地面都在颤抖，想到做生意的要在这样的氛围中待一个冬天，我的心脏也随着音乐颤抖。

穿过这片嘈杂，走了两条街，远远看见路牌提示到团结街需拐向西继续行走。这条街道冷清安静许多，路两边刚开发建设城市时栽种的垂柳，已经长得一个小孩都抱不住了。冷风丝毫没有停下来的意思，没有了柳叶的柳枝随风狂甩，像一头发怒的雄狮抖着自己的鬃毛，行人到了柳树旁边都绕着走，生怕被柳枝抽到。我顶着风一边走一边看着路两边的招牌，寻找着圆通快递的标志。可是，走了五六百米都没有看见和快递沾边的字样，我心里有些嘀咕，是在这条街上吗？这条街上也没几个行人，远远走过来一个美女，边走边看手机。我拦住人家，赶紧说句打搅，然后问人家知道圆通快递公司吗？美女不好意思地挠挠头发，说不知道。我只好说声谢谢再走。还是再问问工作人员吧，一打电话，无人接听。算了，再向前走吧。又走了五百米的样子，远远看见个快递字样的店铺，赶紧冲过去，却是中通快递，唉，失望。亲爱的圆通快递，你在哪里？

再走就离这条街的尽头不远了，我有些纠结要不要继续走下去。又打电话还是无人接听，停下思考了一会儿，继续走吧。他们说是这条街，就应该在这里。又是五百多米的行走，远远看见一个快递字样的铺子掩映在柳枝里，我伸长脖子张望，总算看清楚全称——圆通快递公司，而我走了已经快四十分钟。快步走过去，踏进温暖的店铺，翻出身份证签收以后拿到了书。纸质书籍拿在手里的瞬间，那种质朴厚重的感觉油然而生。顺便问工作人员宅急送快递公司在哪里，工作人员说出门右拐，向前走一千米左右就能看见。我连忙道谢。

打车可能没这么费劲，不过今天不忙，我想在这个小城里走走看看。出门按照工作人员的提示走了十几分钟很快就看见宅急送快递的招牌。到跟前一看门居然锁着，心里有些紧张，不会今天拿不到简姐姐寄的书了吧？急忙打电话，还好，工作人员说她在送快递，马上回来。等的过程有些焦虑，冷风刮得人直缩脖子，紧了紧包裹的围巾，跺跺有些发冷的脚，等着吧。站着无聊，就拿出刚取的包裹开始拆。书装在一个档案袋里，胶带缠了好几层，费了很大的劲才打开，那个老师真细致。取出来翻了几页，手冻得不行又装起来。盯着街上来来往往的车辆，期待着我要等的那个人出现。

这个快递公司对面建起来一栋新楼，不知是居民楼还是商业用房，我数了一下有五层，买里面的一套应该很贵。我始终不怎么向往住楼房，农村的随意和畅快城市永远给不了。村里丢一只羊三两天还能找回来，城里行吗？我总爱胡思乱想，不过这样有一个好处就是任何时候我都不会寂寞。

一会儿工作人员来了，是一个热情开朗的女人。还是看身份证签字，拿到了期待已久的《沈从文作品选》。我终于松了一口气，今天的目标总算完成。返回去的时候还是没打算打车，时间已经到了十二点，正赶上学生放学，满大街都是闹腾的孩子，追逐着，吵闹着。清一色的校服在孩子行走时，发出“刺刺”的摩擦声。女孩子又是帽子又是手套口罩地包裹着，生怕冻坏小手小脸；男孩子才不愿被这些束缚，冻红的小脸在这寒冷中炫出一种阳刚的气节。离开校园的他们撒向四面八方，像一阵蓬勃的风刮过冷清的街道。经过红寺堡广场时我走得很慢，这是这座小城里唯一一个休闲广场，占地面积很大，我感觉有几十亩地。垂柳、草坪、绿化带、喷泉、水道、石桥，即使是冬天依然美得宁静。广场中央部位立着一个石碑，石碑上是一个五六米高的金属标志，上面用红色金属做的丝带飘扬，白色金属做的和平鸽起舞，看底下的石刻解释，说飘扬出去的红色丝带寓意“三个代表”重要思想，八只白色和平鸽寓意来这里的八县移民，纪念这座半沙漠地区移民开发的成就。我看了半天也没看出个所以然。

唉，请设计者原谅我这个村妇的眼界吧！石碑上不知道是哪个名人题的隶书篆刻“罗山缘聚八方人，黄河水富万顷田”，字体浑厚，庄严大气。背面一样是隶书篆刻，记述了这座小城的过往和发展。惭愧得很，我在这里生活了十年都没好好看过这里。今天站在石碑下，感慨万千。

看完碑文，打电话问明子忙完了没有，他说已经在市场等我了。我不敢在这儿多耽搁，起身离开。路上的孩子已经没那么多了，我前面走着五个孩子：四个女孩，一个男孩，边走边说唱一首歌谣，并且伴随着动作。我就这样跟着他们走，他们一直反复说唱，听了几遍后我熟悉了：“你一我一织毛衣，你二我二我是你二姑，你三我三三打白骨精，你四我四少林寺，你五我五请你来跳舞，你六我六六六六大顺，你七我七七个小矮人，你八我八八仙过海，你九我九请你喝啤酒，你十我十看谁拿到红宝石。”每说一句都会有一个相应的动作，比如第九句喝啤酒，他们就会用手做杯状举向口中，第十句拿红宝石时五个人会聚成一个圈，跳起来把脚在地上一跺，手一下伸在一起做一个抢夺的姿势，然后五个人大笑散开，再进入下一轮的说唱。

他们一直说唱着走了两个街口，我就这样默默地跟着他们，看他们快乐的笑脸在冷风中飘散。街上门市部里的一位老人也张望着这几个孩子，她戴着一顶缀着暗红色玫瑰的灰色呢子礼帽，安详地站在玻璃门前，嘴角露出淡淡的笑容，似乎自己童年的回忆正在被勾起。

又转过一个街口，他们分开了，三个一组，两个一组，挥手道别，各自向家里走去。我也在心里向他们说再见，转过这条街马上要到市场。步入市场，嘈杂依旧，我没有多停留，打电话确认明子的方位找了过去。他和朋友正在闲逛，旁边有一个卖糖葫芦和煮玉米的，糖葫芦上面沾着厚厚的瓜子仁，看着好吃，我小声和他说给我买个糖葫芦吃吧。他撇嘴，不过还是买了三个，说是让我吃一个，剩下两个拿回去给儿女。我大笑。撕开包装咬了一口，酸酸甜甜的真好。

回家忙完下午的家务，晚上翻看了几页《沈从文作品选》，大概了解了这位作家的生平，为他文字的纯粹和真善美的意境折服，更多的感触或许读完这本书才能了解。周作人的文字一直没有接触过，需要耐心品读。而《向度》杂志仰慕已久，今天能得到一本，实在觉得知足。真诚地感谢广州的老师和上海的简姐姐，你们的情谊深深铭记。

二

冬天的早晨赖在暖炕上不想起来，九点钟大姐打电话问我去不去镇上，说母亲想去，我一想很久没和母亲去过镇上，就同意说去。大姐说那你赶紧做饭，吃完了上来一起走。忙忙地做好早饭，给牛羊添好草，大姐又打电话催促，我扒了两口饭匆忙向母亲家里赶。进门见大姐已经收拾整齐挎着包等着，母亲还在换衣服。大姐训斥我：“你是哄不下大的，还是放不下小的，怎么千呼万唤地从家里出不来？”我笑着说：“你老人家打了两次电话就说千呼万唤，多打几次是不是就说万唤千呼了？”母亲含笑看着，其实她耳朵不好，应该也没听清楚我和大姐在说什么。

母亲换好衣服问我和大姐穿得合适吗？黑色的裤子，黑色的皮鞋，深红色的毛衣，浅蓝色的棉衣。头上新换的白帽子，再搭上一条纱巾绾好。母亲一生穿衣服齐整干净，这稍一打扮，更显得端庄、典雅、素净。我和大姐都说挺好，母亲才放心地准备和我们一起走。

远远听见公交车在鸣笛，我让姐姐陪着母亲慢点走，我紧走着去拦车。还好顺利赶上了，我扶母亲上车，她甩开我的手不让我扶。母亲好强了一辈子，到老都不肯示弱。上去一看公交车座位坐得满满的，我和大姐还好，可母亲晕车，十几分钟一直站着行吗？大姐嘱咐我拉着母亲的胳膊，小心车子启动起来跌倒。我看向身边的一个美女，轻声念叨了一句：没座位了啊！美女抬头看了我一眼，把脸扭向车窗外不再理会。我又看向其他人，不是抱着孩子的，就是和母亲差不多的老人，剩下的面无表情都没有让座的意思。车子启动起来，母亲身后的一个小伙子站了起来，示意母亲坐他的座位。我心里不由生出一种感激，连忙和小伙子说谢谢，小伙子一只手抓着公交车的安全扶手，另一只手里拿着手机，他用拿手机的手轻轻摇了摇，意思是不用客气。

母亲心情很好，让座的小伙子斜靠在让给母亲的那个座位的靠背上玩着手机，我心里有些过意不去。十几分钟的车程很快过去，一车人消散在人群中，包括那个小伙子，注视他远去的背影，默默道一声：好人一生平安！

母亲询问大姐先去哪里，大姐说先去银行看看母亲的低保打卡上没有。我大声对母亲“翻译”了一遍。就想搀着她，谁知母亲仍旧拒绝：“别搀我，我自己能走。”我和大姐相视一笑，咋就越老越犟呢？

我和大姐只好一左一右跟着。好在这座城市不是太大，车辆也稀疏，所以不用担心什么。

几分钟我们就到了博大购物广场，这里是红寺堡新建的一个最大的购物广场，集餐饮、购物、服务于一体，一楼有农行、农村信用社、电信、移动、联通、邮政储蓄这些服务部门，由于地理位置方便，大多数人都选择来这里办理一些相关业务。这会儿十一点多，老远就看见信用社办业务的人排队排到了门口。大姐一看就发愁了，只好去农行碰碰运气，进去排了个号一看，前面还排着一百多人。我给母亲建议，如果低保钱不用就别取了，等夏天人没这么多了再取，到时候取厚厚一沓多好。母亲笑着说也行。

离开农行，大姐还有些事情要办，我见母亲走路多了累，就跟大姐说让她去办事，我带母亲去购物广场的椅子上等她。大姐离开了，我大声对母亲说：“我带你找个地方坐下休息会儿。”母亲没有反对，我挽着她的胳膊拉她去购物广场的休息座位。

一进购物广场，里面金碧辉煌、温暖如春，一边是堆堆精心码放的化妆品，品牌齐全，包装精致；一边是闪耀着诱人光亮的金银首饰，款式多样，美观大方。二楼三楼全是服装区，衣服贵得离谱，四楼似乎是家纺，五楼是餐饮。不知道这里每天可以交易多少，但是人确实很多。

径直带母亲来到休息区，询问她有没有想买的东西，她说想买个牙膏。我说你要哪种的，她说随便，我说你等着我去买，她说你有钱吗？

我说买牙膏的钱还是有的。可惜这里除了化妆品没有其他东西，结果我没买到，告知母亲出去再买，她也没有反对。

我又询问她喝水吗，她说不喝。我张望着看了一下，远处有个卖饮料的。我起身过去给母亲挑了一盒果味酸奶。拿过来她责怪我，又不渴，乱花钱干吗？我没解释，把吸管插好递给她。她没有拒绝，慢慢喝完了。喝完纸盒拿在手里张望着，她是在找垃圾桶。我笑着从她手里接过纸盒，就近找了个垃圾桶放进去。母亲说垃圾桶洋气得她都没看见。

大姐还没有过来，我远远看见一个女孩在吃棒棒糖。心念一动，跑去买了几个，来给母亲剥了递给她，我也含了一个，她又责怪我乱花钱。母亲一边吃棒棒糖，一边说想买点药，恰好那边有家药店，我建议母亲过去看看。到药店，那个服务员一抬头忍不住笑了，我疑惑她笑什么。结果这个服务员说：“你们娘俩真好心情！”我才明白她是笑我和母亲吃棒棒糖呢。

母亲买了些眼药和镇痛药，又买了点钙片。我抢着付钱，母亲急了：“不许再讨厌，你再付钱这药我不要了。”母亲一直说到做到，我只好作罢。看着她掏出一把零钱，十元、二十元、五元、一元的，她让我数好付药钱。这时大姐过来了，刚好找到我们。我又给大姐剥了一个棒棒糖，看得那个服务员偷笑不已。

出了博大购物广场，大姐说去市场转转吧，母亲没有反对。路边一个卖核桃的，我看着好想买一斤让大姐和母亲吃，结果我一买，大姐和母亲各自都买了。卖核桃的老太太眉开眼笑地招呼我们下次再来。

市场一片嘈杂纷乱，卖水果的，卖烤玉米的，卖糖葫芦的，卖菜的，卖肉的，卖鞋袜衣帽的，卖豆腐的，卖各种小吃的……吆喝声、叫卖声、讨价还价声乱作一团。绕过这些嘈杂，询问母亲有没有想吃的，母亲一直摇头。这老太太脾气倔，不愿意的事情最好不要勉强，生气了可就麻烦了。

最后又在服装摊子上转了一会儿，走到一家铺子前，母亲停下脚步不走了，我回头奇怪地看着母亲，发现她盯着一件男式的排扣老式棉衣发呆，对大姐说："这件棉衣你父亲要在穿着肯定好看。"说着还用手摸了摸，仿佛那件棉衣是真的穿在故去的父亲身上一样。我的眼泪一下子掉了下来，赶紧转身看向别处，大姐也是眼睛红了。母亲远比我们坚强。

已经下午两点多了，我问母亲想吃什么，结果她说吃拉面。我和大姐都笑，吃什么拉面啊，我们吃麻辣烫去吧。母亲没有反对，三个人一人一碗，母亲吃得很慢，我吃完抢着付了钱，算是让自己心里平衡一点。

吃完饭出来母亲说要去超市，我问干吗去，母亲说给瑶瑶买果冻去。瑶瑶是母亲的重孙女，才两岁，一张小嘴巧得和八哥一样，母亲特别疼爱，每次来镇上都要给她买好吃的，而且买果冻一定要去超市买好的。我故意气母亲："疼重孙女有什么用啊？"

母亲却不生气："她好惹人心疼的。"其实我们都疼瑶瑶，若不是这个开心果，父亲去世的这一年，母亲该怎样度过？

买完零食也到回家的时候了，到公交车站点，车上已经差不多满了，给母亲在中间找了个座位安顿她坐下，我和大姐坐到了后排。看见车窗外卖糖葫芦的，我笑着问大姐想不想吃。大姐说可以试试，买两个吧，我说还有母亲呢，大姐说母亲没安假牙，可能不要。我喊着买了两个糖葫芦，和大姐坐在后排吃了起来。这时，母亲一转眼看见我和大姐在吃糖葫芦，一下子就问，你们哪来的糖葫芦？大姐说买的，母亲说，怎么不给我买？我和大姐笑着说，问了一天您什么都不吃，这会儿我们觉得您不要就没买，结果您又要。母亲也笑了，说不麻烦我们了，她自己买，说完招呼买糖葫芦的给她拿两个。大姐说干吗买两个？母亲说还有瑶瑶呢，我和大姐又忍俊不禁。这时车上上来一个乞丐，伸手乞讨，车上的人纷纷议论，年纪轻轻的干什么不好，偏要乞讨？母亲却摸出一块钱递了过去。自从父亲去世，母亲一遇见乞丐就施舍，也许她心里一直想着是为父亲施舍出去的。

回到母亲家，我一进家门就喊瑶瑶出来，大嫂洗了很多衣服晾着，母亲的床单被罩也晾在那里。瑶瑶抱着她的宠物熊，从熊的身后歪着脑袋看谁在喊她。看见母亲，瑶瑶把熊一扔爬下台阶跑过来了，拖着母亲的手把母亲朝屋里拉，拉进去指着沙发让母亲坐。母亲拿出糖葫芦给她，这小妮子，剥开上面裹着的塑料用手拽掉一个塞到母亲嘴边，母亲大笑着把糖葫芦吃进嘴里，慢慢咀嚼。瑶瑶又拽了一个一口一口咬着吃起来，还不忘吐出山楂籽。

看着这一老一小吃糖葫芦，我心里无比温馨。

三

晚秋的早晨，我们坐在农用三轮车的车厢里，裹着围巾，戴着口罩，穿着棉袄，仍然抵挡不住冷风的侵袭。一个个缩着脖子，大声说出来的话被机器的嘈杂和冷风迅速分解，重复好几遍才能传递到同伴的耳朵里。哈哈一笑后不再说话，相互朝一块挤了挤，心里盼着早点到地方，车跑起来，怎么这么冷。

公路两边是成片的农田，这个季节玉米都收回家里，玉米秸秆有的清理结束，有的还砍倒堆放着。

新闻说外省因为焚烧玉米秸秆造成环境污染，而我们这边的玉米秸秆这两年成了稀罕，养牛羊多的人一亩地出五六十元买来，还得自己砍倒拉回家。

远远地挺立着一棵树，到跟前还没看清楚是什么树就已经擦肩而过，树叶早已飘落，只剩下树枝在随风摇摆。远处的移动信号塔上，喜鹊找了合适的支点堆着大大的巢，黑压压地和不锈钢支架形成强烈对比。不得不说鸟儿聪明，这个地方空旷，没有几棵树，把家安在信号塔上，既安全又实惠。

我们是去周兴，一个离我们村子五十公里的地方。元嫂子在那里种了八亩玉米，眼看着别人家的玉米秸秆都拉回家了，她家在那边种的玉米还放着。一着急，雇了我们八个人去给她家掰玉米。

他男人起个大早开着奔奔车（三轮农用车）拉我们过去，一是因为没有直达那边的车，路上要走一个多小时；再就是怕碰上交警，这两年，严禁农用车载客。

一路上路过了许多村子，移民到这里十几年，最醒目的建筑之一是村委会，新建的。村委会千篇一律，十间房子建造得和一艘舰船一样，第一间高耸的“桅杆”上安装着钟表，暗红色的外观醒目地标注着与众不同，往往矗立在村子中间。

等到周兴的地界，地理环境立马不同。这里的居民是原同心居民，单是房子的修建就与我们西海固的住户有很大的区别。人家的房子，哪怕只是一间，都收拾得宽敞明亮，绝不凑合。一堵土墙，打得棱角分明，宽窄有度，院子更是井井有条，没有多余的杂物。相比之下，我们有点邋遢。

奔奔车又走了十几分钟才到元嫂子家种的地里，错过了收玉米的季节，玉米秸秆被风刮得东倒西歪，一副颓败的样子。四周倒伏得没有一点行距。元嫂子招呼大家下车歇歇，暖一暖手脚，大家推辞，都说赶紧掰玉米，下午好早点回家。女人们一旦打算干活，就是雷厉风行的节奏，玉米大部分都趴在地上了，要人拽起玉米秸秆一个一个寻找。这样一来，影响了进度，长时间弯腰，腰也难受。为了缓解气氛，大家一边开着玩笑，一边加紧手底下的活计，生怕下午掰不完。家里都有牛羊、孩子，男人出门打工去了，今天走得这么远，回去迟了家里就乱成一锅粥了。

掰了有两块地的样子，元嫂子在这边的亲戚也来帮忙。是婆媳两人，说说笑笑的，现在的年轻婆婆对儿媳妇很宽容，一家就那么两个孩子，儿媳妇娶了都像闺女一样看待。加进来两个人就是不一样，一趟过去进度明显加快。装玉米的编织袋散落在玉米行距中，元嫂子的男人和另一个帮忙的满地寻找，抱着装车。十点多一车装起来了，拉上赶快回去，元嫂子安顿让折回来时记得买馒头和水。

车冒着黑烟走了，元嫂子招呼大家休息一下再掰。女人们不肯，都说趁时间还早，没那么累，多掰点。元嫂子喊了几次大家都没有休息。

天阴着，而且越来越冷。快下午一点了元嫂子的男人折回来了，买的馒头、可乐，调的凉皮。女人们坐在地头边休息边吃，玉米已经掰了多一半，下午可以松口气了。

一群羊经过地头，牧羊的是个孕妇，穿着拖鞋腆着肚子，一只手扶着腰，另一只手拄着一根棍子，既能当拐杖又能赶羊。一只羊欺她行动不便，脱离羊群冲进玉米地，低头啃食掰下来的玉米。孕妇要赶这只羊必须得跳过地头的水渠才行，元嫂子一看连忙放下手里的馒头，把那只羊追回羊群。我们都想着这个孕妇总得给元嫂子道声谢谢吧，可人家头一拧，赶着羊群离开了。剩下我们面面相觑，忍不住哈哈大笑，梅嫂子故意骂元嫂子“老骚情”，给人家赶了羊人家都不领情。元嫂子咬了一口馒头说，唉，算了，都是大肚子时候过来的，和这种瓜娃子较什么劲。

凉皮是装在塑料袋里拿来的，大家提在手里捞着吃，各显其能，只要能吃进肚子里，方式可以忽略。快吃完时田埂上来了一个老汉，看着有五十多岁，蓬头垢面的。元嫂子的亲戚说这是他们村上的一个流浪汉，没儿没女，没家没业，走哪儿就睡哪儿了。元嫂子递给他一个馒头，他没客气吃了起来，吃完又眼巴巴地望着，元嫂子又递过去一个，他三两下又吃了。他一连吃了四个馒头才不要了。

天气阴冷得没一点温度，越坐越冷，吃完就赶快干活了。一起的兰嫂子是个好玩的人。她招呼那个流浪汉：“走，吃了人家的馒头不能白吃，要给人家干活呢。看见没，这些玉米掰完，我和她，给你领一个当媳妇去。”她指着元嫂子。几个女人都看着这个流浪汉，看他什么反应。

流浪汉龇着牙笑着，把两只手在后背的衣服上揩了揩，果真跟着兰嫂子掰玉米去了。我们跟着大笑，兰嫂子回头瞪了我们一眼，示意不要起哄。我们排成一行开始干活，兰嫂子和流浪汉相邻。她一边走一边和流浪汉聊天，从哪儿搬来的，家里其他人呢，有孩子没……流浪汉一边哧哧笑着一边回答。兰嫂子问他你没房子我跟了你住哪儿，他只是笑，不回答。兰嫂子又说，那你看，我和她（元嫂子）你要谁给你当媳妇呢？流浪汉思考了一会儿，指着元嫂子对兰嫂子说，要她呢，你我管不住，就跟人跑了。

大家再也忍不住了，哈哈大笑，一起揶揄兰嫂子，你看人家（流浪汉）那眼光，一看你就不是好人，你还是好好和你们老王过日子吧。兰嫂子也自嘲地大笑，嘿，居然不要我。流浪汉又龇着牙笑笑，不再回答兰嫂子的话。一起掰了两趟玉米，等大家发现，流浪汉已经悄悄地走了。

元嫂子说，这种人才没瓜（傻），他有大智慧，他是觉得吃了我几个馒头心里过意不去，才掰了两趟玉米；也知道兰嫂子给他说当媳妇靠不住，所以人家不指望。

下午四点多玉米掰结束了，回家的交通工具还是奔奔车。这次又和早晨不一样，早晨是坐在车厢里，现在是把人架在装玉米的编织袋上面。我和兰嫂子、元嫂子一起爬上车，其他人坐另一辆。

奔奔车在路上跑起来，早晨忽略的景又要在眼前过一遍。快出周兴时，庄稼地里山羊绵羊混杂，一个个膘肥体壮，数目足有成百上千。一天的生活基本结束，而我们还在路上。

出了周兴一路向西，奔奔车声嘶力竭地在路上奔跑，身后一串黑烟尾随。目送着太阳一点点落下，天空暗了下来，冷风阵阵。路上跑运输的大车已经打开车灯，在它们的对比下，奔奔车像个火柴盒。冷风灌得人手脚冰凉，我缩在兰嫂子身后不敢动弹。爬上这段坡，就离回我们家那条路不远了。可随着奔奔车的行走，一股胶皮被烧着的气味飘了起来，车冒的黑烟越来越浓，车速也越来越慢，没能熬到坡顶，车不走了。

元嫂子的男人跳出驾驶室，趴在车旁边打量着车哪里出了故障。我们一看三两下也找不出毛病，就从车顶溜了下来，站在路边活动着冻僵的手脚。车肯定是坏了，前面那辆车早已没有踪影，我们怎么回去成了大家都考虑的问题。元嫂子骂男人不操心，早晨走时不检查一下，现在把人扔半路咋办?

男人沉默着没有回答，我说要不叫个车先让我们回，家里都有牛羊、孩子，你们回头打电话再叫个车把玉米拉回去，顺便把车也拉去修。大家商量了一下也只能这样。

路边，冷风依旧，我们一次次挥手，一次次失望，来来往往的车，哪一辆可以送我们回家?

看着月亮爬上来

星星像长嘴的妇人，三五成群凑在一起，占满了整个天空。这么多星星，凑不起一点光亮，整个罗山脚下，笼罩在无边的黑暗中。北斗星一直是主角，到哪里都能看见它的身影。我枕着田埂，在无数星星中寻找北极星，却始终不知道哪一颗才是。

凌晨一点了，才浇了五亩地，还有三亩。五嫂子蜷缩在电动三轮车狭小的车厢里，搭着一件旧棉袄睡了过去。她之前招呼我也睡会儿，我让她睡，我看着水。她很快陷入沉睡中，我看着眼前的黑暗有点恐惧。起风了，杨树枝被刮得乱摆，树叶发出惊悚的声响。强打精神，远处游荡着一束灯光，这个夜晚，不止我一个人守夜浇水。

我离开三轮车去看水，田埂有点低，我打亮灯，铲土加固。靠边的地里去年犁地时被翻得略高于其他地方，水总是漫不上去，我拿铁锨不停地把这部分土扔进低洼的地方，好让水上来淹没土地。我忙着铲土，忽略了田埂，一抬头，五嫂子家正在灌溉的地里明晃晃一片。水漫过田埂在埂上扯了一道口子，奔涌进了五嫂子家灌溉过的土地。我急忙奔向那个缺口，左看右看没办法，跑去提了一个水泥盖板挡在缺口处，又把铁锨插进去，水勉强挡住了。

可现在需要大量的土来填补，不然一会儿还是会被冲垮。五嫂子被惊醒了，提着铁锨赶来救灾。我让她扶着铁锨撑住水泥盖板，我铲土填口子。可除了水渠边的土，其他地方都是水，我犹豫了一下，双腿踩进齐膝深的水里，用力铲着渠边的土，接二连三地填进了缺口里，水势有了缓解，我让五嫂子拿掉铁锨。

她也帮着铲土加固，我松了一口气。泡在水里的腿一阵冰凉，后背也被汗湿透，但看着被堵上的缺口还是让我欣慰，不然剩下的半块地可怎么淌。脚陷进淤泥里有点拔不出来，我喊嫂子过来拉我一把。脱离了冰凉的水，站在田埂上，裤脚上的水滴滴答答，风吹在腿上，居然觉得温暖。五嫂子说还得一个多小时呢，你这样湿漉漉的咋办？我说没事，再凑合一会儿就回家了。嘴上说没事，其实腿脚确实不舒服。

比起刚移民到这里的时候，这点意外根本不算什么。靠天吃饭的我们，在老家的沟沟峁峁上撒下一把种子，就等着收割，收成的好坏要看雨水的多寡，收成好了日子宽裕一年，收成不好日子紧张一年。没人去考虑平整土地还是改善土壤。后来移民到这里，看着比老家平多少倍的土地，想着这么平的土地一定好种，并为得到这些土地而欣喜。

然而水一进地就完全不是那么回事了，哪怕地这边比那边高出几厘米，水都上不去。还有就是新挖的二三百米的水渠，根本盛不住水，不是这段被水冲垮，就是那段漏水，十几个男人女人挡不住一渠水，一个个被折腾得在渠上狂奔乱跳。一次灌溉下来，人人谈水色变。

一次次的摸索，一次次的实践，当我们把水真正驯服在水渠里的时候，已经是移民到这里的四五年以后。水渠被树根和草根锈住，我们也掌握了浇水的一些方法。还是和水在战斗，人员已经减少很多，四五个人就可以。

那一次，家里就我一个人，喊了我姐帮忙。从下午六点接上水，十几亩地淌了一夜还没有结束，早晨大姐回家去了，我一个人看着。

剩了两块地的时候，水渠坏了。老鼠在树根底下打了个洞，洞被水越冲越大，怎么也堵不上。渠被水扯掉了两米，我站在水里欲哭无泪。这个口子没办法堵上，剩下的两块地咋办？错过这次灌溉的水，我这两块地的庄稼就全毁了。

田埂上站着的一个邻居双手抱着膀子，一副幸灾乐祸的表情，说不行了不行了，这两块地说啥也灌溉不上了，赶紧把水打给他让他灌溉吧。

熬了一夜的我已经累到极点，却被这句话气到了。现在还有一个方法，就是打住上面一块地的水口子，让水从上面渠里过来后，倒流进这个渠里灌溉这两块地，但是上面有八个水口子，每个缺口都需要大量的土去填充。丈夫出门打工去了，我没有任何倚仗，他不在的日子里，我得把自己当男人一样，才能扛起生活的重担解决遇到的麻烦。

我固执地一定要灌溉这两块地，而邻居也固执地不肯帮忙，他就是要看看我一个女人家，如何完成这不可能完成的土方量。

我不再期望他帮我一把，捞起铁锨，踩着渠里的积水去补上面一块地的八个水口子。一铁锨踏进地里，连泥带水捞起来，拍到水口子上。不知道重复了多少次这个动作。我补完了八个水口子，水按照我的预期顺利地倒流进了那两块地，邻居灰头土脸地离开了，我全身都被泥水糊了，一屁股坐在田埂上，头晕目眩。

五嫂子听完我的讲述有点目瞪口呆，说，你们当年在这里吃了那么大的苦啊，那个男人咋那么心狠，就那么看着你一个人补水口啊？

我大笑说，人家凭什么帮忙？他不帮，我还是把水灌了。你看现在多好，清一色的水泥渠，又省事又省力气，一个人坐地里都把水浇了，你还能偷空睡一觉。那时候，我就觉得是在拼命，好在那时年轻，要是现在，我怎么也没办法在那么短的时间里补起来八个水口子。

后半夜罗山背后一片光亮，似乎掩藏着一座灯火通明的城市。我盯着那些光亮发呆，以前浇水的夜里没看到过这样的情况。嫂子又睡了过去，发出轻微的鼾声。熬夜到这会儿，她太累了。我想睡却不敢睡，野外的夜晚太过寂静，流浪狗随时出没，我得给嫂子放哨。

再一抬头，红晕处探出了一点金色，我努力睁着眼睛，那是月亮吗？一点一点，就像切开的一瓣金色的哈密瓜被人高高举起，又像裹在襁褓里的婴儿，更像一张神秘莫测的人的侧脸。我就这样看着它慢慢爬上罗山，再高高远离罗山。此刻的月亮是金色的。罗山笼罩在一片柔和的光里，升腾起茫茫雾气。黑暗顿时开始撤退，朦胧中，树叶沙沙。

嫂子翻了个身问我，一块地淌满了没有？我让她安心睡。

水继续哗哗流淌，月亮越升越高，金色慢慢褪去。

春日滚泉梁

我一边插树秧一边打量着我们的“老板”，五十多岁的一个老头，一头白发，脸上没有什么皱纹。他戴着白色的遮阳帽，白衬衫，白裤子，脚上一双白球鞋，体型高大健硕，一尘不染的样子让我们这些满身尘土的女人自惭形秽。他来回奔走于几块田地之间，监督我们干活。他不停地走，不停地用普通话说，快点干，啊，快点，早干完早休息。这句话我们听了无数次，因为他总在快干完的时候找另一个理由随意反悔。

梅嫂子盯着他来回扭动的屁股白了他一眼，悄悄和我说，她饿得不行了，才十点，咋办呢？我看着这老头快折回来的身影说，再忍忍吧，这人不行，别为一口吃的翻脸。梅嫂子叹口气，咽了一口唾液继续干活。滚泉梁因为一眼清泉而得名，方圆几百里的地界都叫滚泉梁。我们谁也没见过这里的泉是什么样子，就被一辆卡车拉来栽柳树苗，一天六十块钱。

春天的滚泉梁秃得没一点植被，暗红色的土壤裸露在天地间饱经风吹日晒。远处正在修建一个人工湖，人工湖旁边堆砌着一座假山，山上栽种着云杉，远远看着像母亲纳的千层底针脚，星星点点，错落有致，为秃顶的滚泉梁增添着一点温情。远处的景一直在远处，和我们这帮人没关系；近处的景不知道是什么样子，也没有谁会腾出时间去看。

我们把春天还没发芽的柳枝，拿剪子剪成二十几厘米长的小节，插进地里任由柳枝生根发芽。插的时候要注意让树芽向上，不然树秧长不出来。栽柳树苗要两个人一组，一个人站着拿钢筋棒在覆好的薄膜上等距离戳一个洞，另一个负责看好柳树苗然后插进去，在地面露出一小截。

我们已经在滚泉梁上栽了三天树。听说雇我们的这个老板是个体育老师，还没退休。看着他一刻不停地走动，监管我们的样子，确实是长年锻炼才能有的耐力。

人要累了饿了，时间也会戏耍人。感觉栽了很久，其实才过去半个小时。梅嫂子用无奈的眼神看着我，脸色有点泛黄，我俩也渐渐被其他搭档落到了后面。我说要不你吃一口吧，到十二点还早呢。梅嫂子说人家要骂咋办？我说吃一口馒头能耽搁多少时间，咱给他赶出来就是了。

梅嫂子刚把馒头拿出来咬了一口，老板已经站她面前了，字正腔圆的普通话像冰雹一样砸向梅嫂子。无非是没到中午休息的时间，你一个人坐下吃，十几个人都要坐下，这样子耽搁多少活呢？早晨在家怎么不吃饱了再来？……

早晨？早晨天不亮梅嫂子就起床了，喂牛，给婆婆做饭，做好饭刚准备吃，车已经来了，梅嫂子装了两个馒头就跑，哪里顾得上吃？本来我们在其他地方干活，早晨九十点钟是让休息一下，吃点馒头才继续干活的，可到这儿三天，我们早晨吃馒头的时间被取消了。

面对这些数落，梅嫂子嘴里嚼着一口馒头，眼里的泪花左右打转。吃也不是，不吃也不是。想想我们几个，自从一起搭档打工以来，因为吃苦耐劳，不投机取巧，从来没有被老板刁难过，今天为了吃一口馒头却被这样指责，我一下子来了气，质问这个老板，吃一口馒头能浪费你多少时间？我们是长年给人打工的人，长年和老板打交道，说实话没见过你这么苛刻的；就是个机器，运转一会儿你总还让歇息一下吧，何况是人？您也是为人师表的人，这些道理还用我们几个村妇来讲吗？

老板转身看着我，表情很气愤，用手指着我半天没说出来话。我说您看，如果您觉得我们干活不好或者耽搁您的进度，您派车送我们回去就是了，何必为吃一口馒头说这么多话。一起来的十几个女人都停下手里的活计，看着这边，不知道发生了什么，老板半天没有说话。我们就这样和老板对峙，气氛一时尴尬，老板一挥手说，吃吧吃吧，吃完赶紧干活。

梅嫂子忐忑地吃了几口馒头就起身干活了。因为长久地蹲着，所有的重量都集中在腿上，腿脚不堪重负，我只好把膝盖顶在地上缓解腿脚的压力，半跪着前行，腰也开始隐隐作痛。梅嫂子要替换我一下，我拒绝了，都不容易，再坚持一会儿吧。

因为我的顶撞，之后的一个小时老板再没跟着唠叨，大家觉得耳根子清静许多，时间仿佛也过得快了。十二点是一个转折点，意味着我们一天的活计过去了一半。坐下休息时，起风了，一阵阵尘土在滚泉梁上来回招摇，掀起一阵土雾，一时间天昏地暗。

之前说好老板中午管一顿馒头、一瓶矿泉水。老板把馒头提来，我们一人拿了一个准备吃的时候，“哑巴”不愿意了，拿着自己手里的馒头哇啦哇啦指着，还给一起坐的人看她的馒头。大家都不明白她在说什么，她旁边那个女人赶紧翻译，让大家别吃手里的馒头。都问怎么了，翻译的女人说，“哑巴”拿着的馒头被老鼠啃了。估计这是昨天没吃完的馒头，老板没拿回去，放在这里晚上被老鼠糟蹋了。

她这样一解释，又有几个女人陆续发现自己拿的馒头上有老鼠轻微的齿痕。一包馒头被重新装了回去，堆在田埂上任风吹。老板一看都不吃，过来问咋了，我们七嘴八舌地开始控诉。这种控诉瞬间打败了老板，他开着自己的小车离开了，带起一路沙尘。我用随身带着的旧棉衣把自己包裹起来，躺在一个山梁上。把自己和让风刮得混浊不堪的滚泉梁隔绝开来。“哑巴”看着远去的小车连说带比画骂得一塌糊涂。偶尔会从声带里蹦出一个清晰的字音，但大部分话语是混淆在一起的，成了一连串的“呃呃呃呃呃呃呃”，我一句也听不懂，和她相熟的女人一句句翻译着，居然条理清晰。

我开始注意“哑巴”，她的表情太丰富，皱眉、瞪眼、微笑、发怒、急躁，可以瞬间在她脸上过一遍。“哑巴”的手势打得特别好，如果说老家，她会用手打出起伏的波浪线，意思老家到处都是山；而说起这里，她用手搭在眉毛上平平挥出手掌，表示这里一马平川。“哑巴”打着手势问一个小媳妇结婚了没。小媳妇哄她说没有。

“哑巴”站起来，先用手在自己头上比出一个高度，又在头上抹着三七开，在脖子里比画着打领带，然后又比画着穿西装，完了还不忘抖抖肩膀，一副神气活现、踌躇满志的样子。那个翻译的女人对小媳妇说，看见没？“哑巴”的意思，让你找女婿要找一个个子高、长得帅的，穿西服打领带，油头粉面的。小媳妇郑重其事地对“哑巴”点着头，竖起大拇指。“哑巴”开心地笑了。

“哑巴”不丑，但说不出来话，嫁的男人瘦小干瘪。“哑巴”一直不情愿，生了一个儿子后再也不给男人生孩子了。我们问她咋生了一个，“哑巴”指着肚子，脸上的表情瞬间痛苦，咬牙切齿地“说”着她的愤怒。她用肢体语言和表情完美地表达着自己的想法和需求。听说“哑巴”针线做得特别漂亮，做饭也好吃。我们就这样看着“哑巴”比画，时不时有女人和她“对话”，但是没有一个人能在“哑巴”那里占到便宜，我诧异于她的思维敏捷，却又被她的犀利逗得大笑。

老板吃饱喝足后带着新买的馒头回来了，我们一人吃了两个。已经到了下午干活的时间，沙尘暴笼罩了整个滚泉梁，看不见远处的假山和湖。吃完馒头，感觉满嘴的沙尘。拿水冲了一下，没等老板催，我们自觉给人家上工。下午时间过得尤为漫长，太阳在九天之外朦胧得和月亮一样，只剩下一个圆圈。没有人再说话，快点下班是大家最大的期盼。

快回家时，风慢了下来，老板付过一天的工钱，说明天不用来这么多人，让我们商量看谁留下。大家都没人言语，带工的女人说要不你挑几个人，你觉得谁干活干得好谁留下。老板挑拣了三四个人，最后指向我，问我明天还来不？我说不来了，你另找人。

坐在卡车上回家向后望去，滚泉梁越来越远。

变脸

今天一天，我被一个接一个的诉苦电话包围，内容让我哭笑不得。最先打电话的是我们打了三年交道的葡萄种植户，她们家的葡萄这三年时间都是雇我们打理的，我们称呼她为“老板”。她打电话的内容是，控诉我给她找的刨葡萄的人不行，语气极其哀怨和愤怒，近乎声泪俱下，好像我找的那几个人把她家的葡萄树连根刨了一样委屈。

又是一年刨葡萄的季节，用人紧张，我和兰嫂子早早答应了别人。又刨葡萄又绑枝子，已经干了好几天了。昨晚这个诉苦的老板打电话让给她干活，我说我们答应别人了，她说那你帮忙给我找八个人。我又是打电话，又是东家进西家出的，把这个老板夸得和自己家姊妹一样才给她凑了八个人（出去干活，谁都不想碰上难缠的老板）。早晨我又起早先走一步把人领到她的地里。

她在地头笑得和一朵花一样迎接我们。想起我们和她打交道的三年，她一直是这样灿烂地笑着，不像别的老板，一天到晚黑着一张脸。我和兰嫂子从心里认定她是好人。她也确实是好人，在她的地里劳作，她时不时喊我们休息一下再干，或者和我们家长里短地聊天，中午吃饭回来给我们买馒头、榨菜、鸡腿、可乐让我们吃喝。我和兰嫂子莫名地感动，给她干活从来不省力气。如果在别人家地里，除了馒头就是矿泉水。三年时间，我们彼此信任，干活没有出一点麻烦。

今天我给她找的干活的人更是一群老实人啊，不偷懒耍滑，没多余的话，怎么就起了冲突呢？听着她的愤怒，我满心疑惑。只能好言安慰她说这两天的人不好找，先让干着吧，我这还给别人家干活呢。

刚把她打发了，我的手机又响了，一看正是我介绍过去干活的搭档。一接上就是抱怨，说我把那个女人夸得和一朵花一样，没想到那么难缠。他们拼命在干活，可老板还跟在屁股后面催，一会儿说壕沟没给她收拾干净，一会儿说伤了她的葡萄苗子，一会儿又说没有进度，更可恶的是，背了几瓶矿泉水还不给他们喝，这么热的天气，这么大的土方量，不给水怎么干活？搭档越说越愤怒，我庆幸自己不在现场，不然唾沫星子能溅我一脸。

眼看中午了，我又好言安慰打电话的这个搭档，再忍一忍吧，出来挣钱来了，就朝钱的脸上看，她的话你就忽略了算了。

我又干了一会儿活，那个老板电话又来了，气得声音开始颤抖，说去年雇了我们八个人，早早给她把葡萄苗子刨出来了，今天的这八个人，眼看中午了才刨了一小半，还不让人说，一说就顶嘴……

中午的太阳开始炙热起来，面无表情地看着大地上为生活奔波的人们。天空没有一丝云彩，麻雀、喜鹊、鸽子都躲得没影了。

连续接了几个电话，我被兰嫂子甩了一块地的距离，心情也莫名地烦躁起来。

下午刚开始干活，那几个搭档电话又打进来了，说都没水了，老板把几瓶矿泉水抱在怀里不给喝，还说下午这些葡萄苗子刨不完就不给钱。这么大的土方量，刨完是不可能的，咋办呢？我说你们先干着，不管她，到下午了再说，水的事情我给她打电话解决。

安顿好搭档，我又给那个老板打电话，苦口婆心地劝她，这么热的天，不给水喝谁也干不动活。她答应了，可还是抱怨我给她找的人不好。

看着我左右受气，一起干活的兰嫂子笑得直不起腰来，骂我多管闲事，自讨苦吃，操心受累的命。我也忍不住大笑，他们一边是挣钱的，一边是用人的，于我没一毛钱的好处，为什么出了问题都找我？

兰嫂子劝我把电话关静音，让他们打去。咱们也给别人干活呢，再接电话老板该不高兴了。别顾了别人的手指头，剁了自己的手腕子，还想在这儿混不？

我讪笑着听从了兰嫂子的建议，手机关了静音，埋头好好干活，暂避一时清静。等到下午，手机拿出来一看，那个老板打了三个电话，那伙搭档打了五个。

我实在不知道他们打电话给我能解决什么问题。和搭档正说呢，那个老板撵到我们干活的地里来了，质问我咋不接电话，我撒谎说太热，手机装衣服里没拿。她一屁股坐我面前，又开始重复电话里说过的那些话：干活的人不行，不好好干活，你们干活好不给我干，今天指来的这几个人快把我气死了……可怜我满头大汗不停地干着活，还得给她说话宽心。她一直说到我们下班，非要我去她地里看看。我只能答应，不顾兰嫂子杀人的眼神准备和她去。

去她地里一看，我的搭档们还在闷头铲土，一个个把腰弯得和刨出来的葡萄枝子一样。老板说：“你看看，今天一天才干了一半；你想起没，去年你们八个人多半天就给我刨出来了。”

我看着面前臃肿的土塄，比去年高了宽了不少，也没用车犁一下，全部要人工挖掘刨出葡萄苗子。去年刨葡萄确实是八个人大半天就刨出来了，可去年没这么大的土方量；她也是占了天气的便宜，那天罗山落雪了，天冷得人在野外站不住，只能拼命干活让自己暖和起来，中午都没休息。去年和今年根本没有可比性。

我陪着好话让她给搭档把今天的工钱结了，明天让她另找人去，已经这样子了，他们也一下都没停，不给钱说不过去。搭档们也不愿意了，说如果不给工钱就去她家坐着不走。老板极不情愿地付了工钱，一人八十。我看着搭档们后背上的汗渍忍不住心酸了一下。

回头骑车去接兰嫂子，又被她一顿好骂。骂就骂吧，可她说我们明天也没活干了，我急忙问咋了，她说老板嫌我们俩干活不行，净在他地里打电话了。我一听就知道是因为今天的电话影响的，有些过意不去，和兰嫂子说对不起。兰嫂子不骂我了，叹口气说，没事，这两天正是用人的时候，不怕没活干，问题是你心太软，净是给你找事的。我没再言语，知道这是兰嫂子心疼我。

晚上吃完饭，又是电话，还是那个老板打来的。这次不是诉苦，而是道歉，说错怪我搭档们了。她回家一打听，今天数她家的葡萄刨得多，让我重新联系这八个人给她明天继续干。我哑然失笑，不知道再说什么，答应给她再问一下。

一圈电话打下来，搭档们口气一致，说哪怕明天在家睡一天都不去。今天其他指责都可以忍受，唯独下那么大的苦却不给水喝，这件事和她那张脸，让人半辈子都忘不了。

我把电话回过去，转达了大家的意思，她的口气近乎哀求，说别人不去让我和兰嫂子去给她干一天。我说我们也不去，你得罪了我的乡亲，我们去了以后无法向他们交代。一会儿她的老公又打来电话，依旧道歉，但没有人愿意去，他悻悻地挂了电话。我知道我们保持了三年的主雇关系就这样结束了。造成这样一种僵局，作为当事人的我谁都不怪，我感念老板对我的好，可我同样也得顾及我搭档们的面子。

此后再没有给她干过活。再见她时，她依旧笑得阳光灿烂，我们也回敬她微笑，还是热情地打招呼，但其间多了些难以言说的尴尬。

五月的蕨菜

一

大哥每天赶着白驴，准时和太阳一道爬上堡子梁。白驴不用大哥吆喝，就知道怎么走。大哥怜惜白驴的辛苦，不愿意骑它。

一个人，一头驴，好像多年的老朋友，充满默契，一前一后行走在山路上。白驴甩着尾巴在前面走得轻松自在，大哥踩着白驴的蹄印紧随其后，胸腔里发出沉闷的喘息，额头挂着一层薄汗。

白驴紧走几步，和大哥拉开距离，扑哧哧拉下一堆驴粪蛋。驴粪蛋顺着山路滚落，有几颗滚到了大哥脚下。大哥看着白驴扭动着的屁股笑骂。白驴甩着尾巴，听出这是大哥的宠溺。在黑眼湾看日出，太阳是从堡子梁升起，而爬上堡子梁，太阳又在群山之外。抹一把头上的汗，大哥回望山下的黑眼湾，村庄还在晨曦的影子里昏暗。直到太阳爬上堡子梁，村庄才像突然被点亮，开始鲜活起来。

黑眼湾是个单调的山村，本来只有十几户人家，还分散在两个山头。据说这地方早些年不叫黑眼湾。一个版本是说村里有一户地主姓蒋，整个黑眼湾都是他们家的，当时叫蒋家湾。后来蒋姓地主流落他乡。

山外的村民为了吃饱肚子，自愿入户到了黑眼湾，因为这里与外面隔绝，听不到看不到外面的世界，所以就被叫成了黑眼湾（黑在我们这里有不知道的意思）。还有一个版本，说这里曾经有个海子，海子里有一条黑龙，以前是叫海子湾的，喊着喊着误成了黑眼湾。无论哪个版本，黑眼湾成了一个无法改变的称呼。

早几年，黑眼湾风调雨顺，家家每年都有余粮。可这两年，该下雨的时候不下雨，该天晴的时候不天晴，麦子眼看着能收了，一场冰雹下来就颗粒无收。大家的余粮都见底了，黑眼湾人开始陷入恐慌之中。今年收成再不好，大家都得挨饿。村民一边指望着今年能有个好收成，一边开始自谋出路。

靠山吃山，黑眼湾地处深山之中，村民就开始在周围的山上打主意。一时间，山上的中药材、野鸡、野兔、野果都成了大家追逐的对象，只要拿回来，就能换成钱。山上还有一样能换钱的，那就是野生的蕨菜。二斤干蕨菜就可以换一袋白面，但得二十斤嫩蕨菜去晒。蕨菜是一根一根分散长着的，真要折二十斤，那也不是容易的事情。但黑眼湾人一直说："钱眼里有火！"只要能换来钱，那困难就都不是困难。

五月是一个美好的月份，山上的植物都披上了绿衣服。蕨菜也不甘寂寞，一场雨后顶开泥皮，羞答答地探出脑袋四处张望，蜷缩着的触手紧紧抱在一起，生怕一出土就离散了一样。等长个三两天，拦腰折断，回家在开水锅里一焯，撒一撮盐，浇半勺油，就是一顿家常菜。当然，这说的是蕨菜还不能换钱的时候，我们把它当菜吃。

蕨菜生长得极快，几天不见，吸盘就会各自为家，长得和蒲扇一样。这时的蕨菜就没有价值了，牛羊都不吃它。所以蕨菜换钱只有五月一个月。五月又是一个让人焦虑的月份，青黄不接，家里快揭不开锅了，一家八口人，买一袋面吃不了几天，也没个挣钱的门路。眼看着又一袋面要见底，父亲开始长吁短叹。

大哥试探着问："要不我明天上山去收蕨菜吧？"父亲哼了一声：

“就你？本钱在哪里呢”？大哥有些怯懦地看了父亲一眼，说：“我可以和小舅去借，他不是上班了吗？”父亲不再说话，但没有再质疑。

大哥揣着二百块钱，赶着白驴，肩上搭着一杆盘子秤，上山去收蕨菜。父亲看着在山路上弯弯绕绕、时隐时现的大哥，重重地叹了口气。

第一天上山收购蕨菜的大哥居然满载而归，这让我们都大吃一惊。大哥有个外号，叫“大头”，这不光是说大哥脑袋比别人大，还暗指大哥脑子不灵光。就连父亲都一直觉得大哥过于老实，不会变通。但看着白驴驮回来的两大包蕨菜，父亲还是难掩高兴的神情，赶紧迎上去，和大哥一起把蕨菜从白驴背上抬下来。

大哥第一天收了一百七十斤蕨菜，我们一家人连夜分拣，再用皮筋扎好。大嫂架起大锅烧开水，把这些分成小把的蕨菜扔进锅里焯一下，再捞出来挂在院子里的铁丝上。一根铁丝不够，父亲又架了一根。那一夜，我们忙到很晚，但大家心里都特别高兴。

大哥又一次和父亲说，想买两只塑料桶，父亲问买那干啥，大哥说，给折蕨菜的人带水进山。父亲点头默许，第二天就去山外的集市上，买回来了两只崭新的大塑料桶。

大哥带进山的东西越来越多，开始是两塑料桶山泉水，接着是慢慢把大嫂蒸好的玉米面窝头也带走一大包。再后来，大哥来回都揣着一把小斧头。

大哥收回来的蕨菜越来越多，有一天居然收了三百斤。卸掉蕨菜，白驴身上整个是湿的，父亲不顾母亲的抱怨，扯起炕上的旧毯子给白驴搭上，又给白驴舀了满满一碗豌豆。五月到六月，大哥和白驴每天早出晚归，驮走山泉水、窝头，驮回蕨菜。而山外的蕨菜贩子，两天来一次我们家，扔下一沓换好的零钱，背走十几斤干蕨菜。

二

春生也买了一杆秤，倒骑着他的黑驴进山了。他不相信，大哥都能收来蕨菜，他这么聪明的人，会收不上？他比大哥先走，一路上漫着山歌，催得他的黑驴四蹄生风。春生到了端梁，刚十点，卸了黑驴的驮具，一根长绳把驴拴在山边，既能让驴吃草，又能防止驴偷跑回家。他顶着草帽，铺开麻包，把秤放一边，扯长腿半躺在山头上，等着折蕨菜的人从林子里上来。到了端梁就到了方圆数百里群山的中心。东梁、西梁、大东沟、大西沟都以端梁为首，进山的人最后的会合地就是这儿。

山头上因为人来人往被踩出一条宽阔的路，路边散落着牛粪、驴粪。向阳的这面生长着灌木和其他植物，蕨菜都散落在这些灌木丛中；向阴的那边是各种野生树木，遮天蔽日，落叶枯枝随处可见。夏天，人在向阳的这面山上讨生活；冬天，则在向阴的山上谋生计。大山像生了一群娃的娘，无论哪个季节，只要娃需要，她就一点点地给着自己有的东西。七八个姑娘挎着篮子从灌木丛中钻了出来，头发乱糟糟的，脸上的土被汗冲出一道道印记，衣服也不是太鲜艳，可姑娘就是姑娘，尘土也盖不住年轻的脸上散发出的青春气息。

春生一骨碌爬起来，迎向几个姑娘。姑娘们抬头一看，闪向旁边的树荫下，坐着乘凉。春生远远和姑娘们搭讪，问蕨菜卖不。姑娘们没言语。春生有点儿尴尬，撵着又说，卖了吧，时间还早，还能下去再折几斤。姑娘们抹着脸上的汗，仍旧不言语。

春生心想这不搭理人是咋回事，他挠挠头发，突然明白过来，这几个姑娘肯定在等着大哥。他眼珠一转，又对姑娘们说："你们一定在等'大头'是吧，他今天不来了。你们就卖给我算了，我给你们一斤加一毛钱。"

姑娘们开始低声交头接耳，商量着怎么办。一斤加一毛钱对姑娘们是个诱惑，十几斤蕨菜，会多出一块多钱。很快，姑娘们分成了两组，一组四个人，打算把蕨菜卖给春生，另一组三个人，决定还是等着大哥。

那四个姑娘把蕨菜卖给春生，喜滋滋地把钱卷紧装进裤兜里时，大哥才出现在端梁。剩下的三个姑娘一看见白驴的身影，顿时眼里有了笑意，彼此交换着眼神，笃定自己没有白等。

三个姑娘迎向大哥，帮他把白驴背上装水的塑料桶抬下来，提到阴凉处。大哥卸了白驴的驮具，在白驴屁股上拍了一把，白驴慢悠悠地走向有草的地方，找寻着吃了起来。

三个姑娘已经打开塑料桶的盖子，匀在自己带的小瓶子里喝了起来，喝完又撩起衣襟擦了擦脸。大哥解下驮具上的干粮袋子，塑料袋里的玉米面窝头还温热着，还有几片切开煮好的土豆，摆放在三个姑娘面前让吃。姑娘们也不客气，潦草地洗了一下手开始吃起来。

大哥又招呼那四个姑娘一块儿来吃。三个姑娘中的米莱说："别喊她们，没主意的人，吃喝了这么久你的东西，人家多出一毛钱就赶紧把蕨菜卖了。"大哥憨笑着说："没事，多卖一毛钱多好，来吧，姑娘们，天气这么热，不吃就先喝口水。"

姑娘们正尴尬得不知道怎么好，被米莱一说更不愿意过去喝水。大哥拎着半桶水撵她们跟前递给她们，她们才坐下喝了起来，可大哥拿来的吃的怎么都不肯要了。

大哥招呼春生也来喝水，春生讪笑着说不渴，大哥也就再没礼让。一个人坐那儿开始整三个姑娘的蕨菜，过秤，装麻包里，又对姑娘们说："今天的蕨菜还是给你们涨一毛钱。"姑娘们说："没关系，涨不涨我们都卖给你。"大哥说："那不行，不能让你们吃亏。"

吃饱、休息好的姑娘们又下灌木丛里折蕨菜去了，第一轮卖蕨菜的钱没和大哥要，怕到林子里丢了，一早晨就白忙活了。

她们进林子里后，又陆陆续续上来好几拨卖蕨菜的，只要一上来，春生就吆喝："哎，今天蕨菜涨价了啊，一斤一块一，来来来，卖给我不吃亏。”

相比于春生热情的招揽，大哥实在笨拙，坐在树荫里，守着自己的两个塑料桶一言不发。于是情形又和先前一样，一部分人把蕨菜卖给了春生，一部分人卖给了大哥。而卖给春生蕨菜的那部分人反过来又找大哥要水喝，大哥也乐呵呵地给人家喝。

两塑料桶水很快剩了一小半，还有人来要，大哥开始拒绝。过一会儿那几个姑娘上来还要喝水的。

大半天的吆喝，春生的嗓子有点嘶哑，他想和大哥要口水喝，可又觉得不合适。看着大哥面前比他多一半的蕨菜，他心里很不是滋味。他和大哥一起长大，从来只有他欺负大哥的份儿，怎么就在收蕨菜这件事情上，输给大哥了呢？

姑娘们又从山下上来了，这次没有人再把蕨菜卖给春生。大哥面前的两条麻袋都装满了蕨菜。姑娘们一边喝水，一边和大哥算账，零头不够五毛的，大哥给凑够五毛，超过五毛的，大哥就给一块。

下午四点，端梁开始冷清下来，折蕨菜的人陆续准备回家。大哥吆喝着把白驴牵过来，把驮具架好，用绳子勒好麻袋。几个姑娘七手八脚帮大哥把麻袋抬上驴背，收拾好自己的东西各自散了。

三

春生的老婆和大嫂一块儿去挑水，走到半路神秘兮兮地问大嫂：“你没觉得你家‘大头’最近有什么不对吗？”大嫂疑惑，说：“没什么不对啊，就是一直背窝头、洋芋什么的上山收蕨菜。”

春生老婆撇嘴，说：“你就知道在家闷头干活、管娃、伺候人家老人。你可是不知道，你家‘大头’在山上把一帮女娃娃哄得滴溜溜转。那帮女娃连蕨菜都不好好折，围着你家大头一天到晚款闲。你蒸的窝头、洋芋，净被你家‘大头’拿去哄这些女娃了。女人不能太老实，你不信哪天跟着去看看就知道了。”

一担水挑回家，大嫂被春生老婆的话弄得心不在焉的。两岁的儿子跑过来抱着她的腿要窝头吃，她一转身，儿子没站稳摔在了地上，一下子哇哇大哭。大嫂更懊恼了，忍不住在儿子屁股上拍了两巴掌。儿子哭闹得更厉害，大嫂也无心哄他。

母亲听见孩子哭，过来抱怨了大嫂几句，抱着孩子去了另一个屋子。大嫂打定主意，大哥今晚回来，一定要问个明白。

大哥风尘仆仆地回来了，自从春生也开始收蕨菜，大哥的生意多少还是被影响了，每天都会少收几十斤蕨菜。但好在那些姑娘的蕨菜一直卖给大哥，倒也不至于太差。往常大嫂都是双手把饭端给大哥，再递上筷子，可今天大嫂是把一碗饭插上筷子使劲放在大哥面前的，饭碗和桌子撞出了声响。大哥觉得哪儿不对，但他累了，也饿了，端起饭碗就开始吃了起来，完全忽略了大嫂的情绪。大嫂一看大哥闷头吃饭的样子，更气了，进出甩得锅碗瓢盆乱响。

大哥连着扒拉了两碗饭，抹了一下嘴，赶紧起身去整蕨菜。大嫂看着忙活的大哥，有气都没地方撒。收拾完蕨菜已经很晚了，大哥倒头就睡。可大嫂还一肚子怨气没撒，忍不住蹬了大哥两脚。大哥迷迷糊糊地问大嫂咋了。大嫂开始啜泣，大哥吓了一跳，瞌睡也没了，爬起来看着大嫂，又追问咋了。

大嫂说："你一天背着我蒸的窝头、洋芋进山给谁吃了？是不是领着一群小姑娘很风光啊？你说，你是不是变心了？"

大哥一听忍不住笑了，说："你这个婆娘啊，谁给你捣是非了？我背窝头、洋芋进山，是为了多收点蕨菜，都是和咱妹妹一样的小姑娘，我也是当妹妹一样地看；没有她们，我一天上哪儿收这么多蕨菜去？人家卖给谁不是个卖。那些姑娘家里吃的都是白面馒头，吃窝头就是吃个稀罕。你这个傻婆娘，想哪儿去了？"听大哥一解释，大嫂倒不好意思起来，就说了春生老婆是怎么说的。大哥叹口气，说："你不知道我一天出去有多难，山上收蕨菜的人越来越多了，可大部分人还是愿意把蕨菜卖给我，主要就是靠这帮姑娘。你不知道，把那些人都快气死了。你知道我后来干吗要带着小斧头吗？我是怕哪天打起来我一个人吃亏，带着防身，也是为了吓唬别人。"

大嫂一听吓坏了，说："你可不敢和人打架去，你一直笨，别人伤了你或者你伤了别人都不好，凡事忍一忍。"

大哥说："没办法，你看这一大家子人要吃、要花，地里的庄稼还不知道什么结果。其实我知道都是为了生活，都不容易，可是真没办法。"

大嫂不再说话，披着被呆坐着。大哥拉了一下大嫂，说："快睡吧，我明天早晨还得早点起来。"

山村的夜晚静谧祥和，劳累的大哥睡得香甜，大嫂听着大哥轻微的鼾声，久久不能入睡。

端梁无形中硝烟弥漫，仅半个月，山头上收蕨菜的人就多了五六个，价钱从最初的一块涨到了一块五。每上来一拨折蕨菜的人，都被各种热情的吆喝诱惑着。大哥仍然守着他的两塑料桶水坐在路边，不怎么言语，那些姑娘的蕨菜别人始终没收走一根。

大哥是这群人里每天收蕨菜最多的一个，渐渐地，春生和那几个收蕨菜的拧成了一帮。不仅和大哥抢收蕨菜，还处处说风凉话挑衅。面对这些，大哥都不回应，每天收多少是多少。他们收的多少钱，大哥就给姑娘们多少钱。

这天天气很好，端梁和往常一样，会集了各处来的人，吃饱了的牛和驴躲进树荫里卧倒眯着眼睛休息。收蕨菜的人还是分成了两拨守候在山顶。春生领着其他几个小贩子吸着烟、打着扑克等着折蕨菜的人，大哥和几个放牛的小孩一起聊天。

姑娘们出山了，又把蕨菜卖给了大哥。春生看着大哥面前鼓起来的麻包，再看看自己收的十来斤蕨菜，心里很不是滋味。春生掏出一根烟递给旁边收蕨菜的小年轻，和他一边吸烟一边耳语着什么。

卖了蕨菜的姑娘们休息了一下又下山折蕨菜去了。那个小年轻把衬衣的前襟拉起来打了个结，又狠狠吸了一口烟，把烟蒂扔掉，双手插进裤兜走向大哥。大哥闷头整着蕨菜，丝毫没注意面前站了个人。

小年轻歪着脑袋打量着大哥，看着大哥忙忙碌碌的样子，小年轻问大哥："哎，还有水吗？给口水喝。"

大哥看向塑料桶里不多了的水，犹豫了一下，还是把桶递了过去。小年轻拧开桶盖喝了几口，并没有把塑料桶还给大哥，而是把剩下的水倒在了大哥面前，一边倒一边用挑衅的目光看着大哥，一副你奈我何的表情。

大哥看着面前这个流里流气的小年轻和空了的塑料桶，一下子涨红了脸。天不亮他就要去挑水，然后装进塑料桶，再让白驴驮几十里山路来到这儿。现在就这样无端地被倒在地上浪费，大哥的胸膛里好像有一把火在烧。

春生嘴里咬着一根狗尾巴草，眯着一只眼睛远远看着大哥什么反应。大哥低下头继续整蕨菜，好像没在意水被倒了的事情。

小年轻一看大哥没反应，把塑料桶甩手扔了出去，还撵过去又踹了一脚，塑料桶呻吟着滚向路边。小年轻继续挑衅地看着大哥，大哥仍然整着蕨菜，没有抬头。

塑料桶已经被踢远了，小年轻又打上了大哥的盘子秤的主意，抓起秤杆，把底下的盘子旋转起来，等转完了再甩一圈。大哥整完最后一把蕨菜，把麻包口遮好，抬头看着小年轻，问了一句："玩够了吗？"

小年轻看着坐在地上的大哥，一脸鄙夷的表情，仿佛在说，这样了都没个脾气，还是男人吗？大哥说："放下我的秤，我就当这件事情没发生。"

小年轻继续甩着玩秤盘子，说："我要不放下呢？"大哥站起来了，站起来的同时从屁股底下把他一直带着的小斧头抽了出来拎着。小年轻想着大哥是吓唬他呢，这样一个没脾气的人敢动手吗？他把大哥的盘子秤扔下，用手指着自己的头说："有斧头了不起啊，来，有本事朝这儿砍。"大哥龇牙一笑，一把扯住小年轻的衣领，抡起斧头朝着小年轻的大腿砍了下去。

远远看着的春生大吃一惊，他只是挑唆这个小年轻触怒大哥，然后他们好出手，让大哥吃点亏，再不要来这山上收蕨菜了。他怎么也没想到，大哥会真的抡起斧头砍向小年轻，而且不是一下。如果真出点儿什么事情，他恐怕也说不清楚。老话说蔫驴踢死人呢，这真是没看出来啊。

小年轻也没想到大哥真的会抡起斧头砍向他，他开始恐慌和后悔，不该听信春生的话来挑衅大哥。

小年轻一声惨叫摔倒在地，抱着大腿哀号不已。此时的大哥手握斧头，像个凶神一样看着在地上打滚的小年轻，一脸谁再惹我试试的表情。

春生他们几个跑向小年轻，本以为会看到血肉横飞的场景，结果只看到小年轻抱着腿疼得乱滚。春生瞬间明白了，原来大哥并没有砍小年轻，只是用斧头背砸了几下他的大腿肉。春生顿时觉得松了一口气，也暗暗佩服大哥的聪明。大腿肉砸了顶多让小年轻疼几天，可真要砍了人，那是要去坐牢的。

大哥不理会这帮人怎么安抚小年轻，拎着斧头去把他的塑料桶捡回来拧好盖子收好，又把盘子秤放好。小年轻被搀扶到一边休息去了。整个中午，山头上都是他的呻吟。大哥又坐在阴凉处，听几个放牛娃吹牛。

下午收完第二茬蕨菜，大家都准备回家。小年轻是被自家的驴驮走的，小年轻的大腿上留下了几个青印子，毕竟是他先惹大哥的，也没办法再给大哥找事。

这件事情就这么过去了，在随后的日子里，再也没人敢给大哥找事了。几个收蕨菜的每天都收着属于自己的那部分，大哥还是收得最多的那个人，这和那帮姑娘一直卖给大哥有很大关系。

四

六月一过，属于蕨菜的季节结束了，没有人的打搅，端梁恢复了往日的宁静。

一个多月的奔波，大哥瘦了，收蕨菜赚的钱不但解决了家里的饥荒，而且还了去年欠别人的一部分钱。父亲的眉头舒展开来，看大哥的眼神都不一样了，以前老觉得这个儿子懦弱没出息，现在看来是自己错了。

不收蕨菜了，休息了一两天，大哥又开始忙农活。有一天父亲去赶集，碰上山外的一个熟人，那个熟人和父亲寒暄了一会儿，试探着问，你家大儿子在家吗？父亲说在啊。那人若有所思地点点头。父亲反问怎么了，那人说没什么。

过了一会儿，又碰见另外一个熟人，寒暄过后，那人也问父亲，你大儿子在家吗？父亲说，在呢，咋了？那人也说没什么。

连续两个人的询问让父亲心里充满了疑惑，为什么他们都问自己儿子在不在家？从收完蕨菜，儿子就一直忙农活，没赶过集也没出过门。

带着这样的疑惑，父亲的集也赶得心不在焉。迎面又碰上了熟人，这次碰见的是父亲的叔伯兄弟，我的堂叔。堂叔看见父亲，第一句不是问好，而是和那两个人一样，问父亲大侄子在不在家。父亲的疑惑更深了，一把扯住堂叔的袖子，拉到路边没人的地方说："兄弟，咱俩的关系一直不错，你给哥说说，到底怎么回事？今天不止一个人问我儿子在不在家，出什么事情了？他最近可是连门都没出过，是不是谁给他造什么谣了？”

堂叔看着父亲着急的样子反倒乐了，说：“哥啊，你着啥急？只要你儿子在，这件事情就好说。”

这样一说父亲更急了，说：“兄弟，到底什么事情？你急死我了，我那儿子一向老实巴交，即使有什么事情，那也不是他的主意，到底咋了？”

堂叔一笑，说：“哥，别急，走，那儿有个饭馆，咱俩去一人叫一碗炒面，边吃边聊。”原来，一直给大哥卖蕨菜的那群姑娘里，叫米莱的那个姑娘失踪了，家里人经过排查，初步估计是和人私奔了。但这姑娘在家一直乖巧懂事，所交往的圈子也很透明，除了前两个月上山折了一个多月蕨菜，再没有和身边任何男孩子有来往。在折蕨菜期间，米莱的蕨菜都是卖给大哥的，而且历来很维护大哥。既然不是和一个村子里的男孩私奔，那么大哥就是很可疑的人。

米莱家在山外也是颇有家世的人家，确定了这件事情之后，米莱的父亲很气愤，打算召集侄子们来黑眼湾找父亲要人。村里的老人拦了米莱父亲，说事情还没搞清楚你这样贸然地去不合适，你这样不问青红皂白地就去要人，万一不是人家，只怕你从那山里出不来。

私奔在当时是一件特别打父母脸的事情，谁都不想被邻里戳脊梁骨，说没教养好女儿。米莱的父亲当时也是气糊涂了，被老人这么一说，瞬间也冷静了下来。

老人说别急，先打听打听，看人家儿子在不，人家也是成家的男人了，又不是小伙子，哪有那么容易领你闺女私奔？

于是就有了各种打听，只要和我们家沾边的人，都被询问过同一个问题：我大哥在不？问了好多人，都说我大哥在家。米莱的父亲失去了目标，只好到派出所报警。

听完堂叔说的这些情况，父亲忍不住咧嘴偷笑，自己那个老实儿子居然被扣上领人姑娘私奔的帽子，他怎么都不相信儿子会有这么大的魅力。父亲一边扒拉着碗里的炒面一边和堂叔说：“幸亏他们没来和我要人。他要来，说不出个合理的理由休想离开。”

堂叔大笑，说：“你儿子是我们看着长大的，那孩子憨厚老实，你就是给他个姑娘他都不一定要，更别说领人私奔了。”

五

大哥最终还是知道了米莱失踪的事情，忍不住和大嫂感叹，那个姑娘真好，折蕨菜是一把好手，她们那一群姑娘，不管做人还是干活，能比过这个姑娘的不多，也不知道上哪儿去了？

大嫂白了大哥一眼，说：“咋，真看上人家姑娘了？在这儿念念不忘的。”大哥一笑，说：“你个傻婆娘，心眼多得很，我就是觉得那么好的姑娘，应该幸福才对，也不知道跟人私奔了会是什么结果。”

大嫂拍了大哥一下，你还是好好操你自己的心吧，人家能私奔就有人家的打算。

大哥又是一笑，再不言语。

（原载于《黄河文学》2017 年第 8 期）

当你老了

老太太又来串门，背着手，斜挎着包，满头银发梳成背头，根根抖擞，还有几根散落在前额。老太太八十七了，糖尿病三十年，但人很精神，精神到能一个人住院。

医院是个没有隐私的地方，只要你健谈，只要点头认识，不到半小时，对方什么家境，几儿几女，因为什么病住院，儿女孝敬不孝敬就一目了然了。即使你不健谈，只要对方热情，几个回合，你家锅大碗小也就一清二楚了。

老太太记性真好，五六十年前的人和事说起来都有条有理，拉着老邻居的手回忆自己的青春是怎样一点点消逝的。作为援建宁夏的第一批知识青年，他们为建设这片土地背井离乡，付出了太多。现在好了，领着高额的退休金，享受着国家各种补贴，基本没地方花钱去。唯独一点，进出都是一个人。

老太太喜欢输完液体后躲在楼道口吸烟，她可不能让护士发现，发现得说她，老太太一辈子好强，不愿意被人说。吸完烟她就开始串门。迎面走来，老远身上一股烟草的味道，还混杂着一股尿臊味，这两种味道不知道哪个遮掩了哪个。

老太太似乎浑然不觉，串门子串得不亦乐乎。坎肩的兜里鼓鼓囊囊的，又是烟，又是打火机，又是手绢，又是手机，一走一甩。

病房在八楼，对面临街，商场、KTV、夜摊，一片繁华地，各种声音攀爬上八楼，让病房和菜市场没啥区别。

马大婶六十多岁，是被老汉、女儿送来的，颤抖得像快要凋零的叶子，又像濒临死亡的病鸡，缩着脖子，蔫头耷脑。老汉看模样总是笑嘻嘻的，而她女儿则皱着眉头，嫌弃完医院嫌弃病房，嫌弃床位嫌弃卫生，各种不满意从她嘴里不停地蹦出来，空气似乎都流通得慢了，空间显得更加拥挤。好不容易她女儿走了，护士扛着心脏监控、输液泵、氧气瓶、药液、针管……又是量血压，又是测血糖，没一会儿，马大婶就被全副武装起来，双手抱着膝盖，紧眯着眼睛靠在病床后的墙上。护士嘱咐必须卧床，上厕所都不能下来。马大婶眉头紧皱，嗓子里哀怨地飘出一句话：这可咋办？

笑眯眯的老汉留下伺候病人，护士一走，他就断断续续地唠叨，你这样怎么办呢，啊？车棚没人看，女儿、儿子请不了假，谁伺候你呢？咱们又没钱，这烂医院，死费钱。

马大婶眉头拧得和打了绳结一样，眯着眼睛一句话也不说。利尿药一会儿就起了作用，她挣扎着要上厕所，可身体被氧气管和输液管，还有心脏监控扯住了。她喊自己老汉，老汉在唯一的空床位上睡得鼾声如雷。马大婶急得都快哭了，好不容易把老汉喊起来，他笨手笨脚地不知道怎么办，又喊护士，等护士来，马大婶已经尿了一裤子。

九十厘米的床铺，怎么能容得下两个成年人安睡？但确实是两个人在那张床上睡了一晚上。女人因为胃里有息肉做了手术，一个人做的手术，一个人输液。下午时分，她坐在病床上焦虑不安，让同病房的人帮她看看，说她哥哥要来。等了一会儿，一个身材高大、略有啤酒肚的男人拎着大包小包出现了。一放下包，他又是打水，又是浸湿毛巾给女人擦手擦脸忙个不停，一脸的怜惜心疼。同病房的女人感叹，看人家这哥哥，对妹妹多好！但到晚上，这对兄妹就开始让病房里的人别扭了。明明空着一张床，当哥哥的却不去睡，挨着自己妹妹躺下了，躺下了不说，还让“妹妹”枕着自己胳膊，最后直接拉怀里搂着了。哼哼唧唧的声音断断续续响起，病房里的几个人只能装睡。夜晚漫长，对谁都是一种折磨。

刘奶奶总是被老姑娘牵着手来输液，像个听话的孩子，安静地躺在病床上，被子盖得整整齐齐。她八十四岁了，保养得很好，眼神清澈，神情淡然，没有多余的一句话。来陪护她的孩子们也一个个谦谦有礼。输完液，刘奶奶又被女儿牵着手领回去，走的时候，总和我安顿：“晚上睡我的床上，你辛苦的，总也休息不好，别累坏了。”温暖的话语不由得让人心生亲近，希望和这样的老人多待几天才好。

规划了两张床的病房，安置了五张病床，住了四个病人，除了床的过道，这间房再没一点空余。

好在刘奶奶和女人输完液体都回家了，只剩下马大婶和我们，四个人在这间房里。晚上陪护的是马大婶的儿子，他来的时候总会拎各种零食，手里握着最新款的手机，耳朵里插着耳机。

他把零食递到马大婶嘴边让她吃，马大婶总是摇头。递的次数多了，儿子也烦了，自己吃了起来。楼道的灯彻夜亮着，马大婶的病情比较复杂，值班的护士一会儿一趟来我们病房做各种检测。马大婶的呻吟像从骨髓里剥离出来，黏稠而深不可测。极度困倦下，我刚沉沉睡去，就被这种呻吟一把扯醒，心脏狂跳，一头冷汗，再也无法入睡。加了利尿的药，婆婆四十分钟就要小便一次，她也被心脏监控、氧气管、输液泵控制着，只能在床边小解。我眯着眼睛去卫生间提尿盆，心里万般抓狂，伺候婆婆尿完又要端进卫生间，拿尿壶量好毫升才能倒，等冲洗干净尿盆和尿壶，我已经没有丝毫困意。

每天早晨，女人总是先来，然后男人大包小包，气喘吁吁地随后赶来。男人在女人给别人的介绍里已经换了好几个身份，一会儿是哥哥，一会儿是老公，一会儿是朋友。到底是什么，谁也不能问。男人对女人很尽心，包子、豆浆、矿泉水、瓜子、核桃……两个人吃得慢条斯理，偶尔男人会喂女人，偶尔女人会和男人撒娇。刘奶奶说，看看人家那个老公，多好！

护士已经给那个笑眯眯的老爷子说了好几次了，让买个尿壶量排尿的量。老爷爷面对护士，只是憨笑着点头说好，但两天了还没买来。

老太太带着她身上的烟味和尿臊味又来了，坐在床边和刘奶奶拉家常。看见刘奶奶枕头边上放着的老年人用的尿不湿，问多少钱，她也想买。刘奶奶的女儿抽了两片给她，让她试试好不好用，好用了她明天给带着买来。老太太连忙感谢，说："这闺女多好啊，我女儿要有你这么孝顺，我也就知足了。"刘奶奶问老太太几个孩子，这一问，老太太的话匣子打开了。

老太太当了一辈子医生，五个儿女。退休二十多年了，现在一个人住老年公寓。一个月工资六千多，有房。老太太平时喜欢抽烟，打个麻将，这么大年纪，和小年轻打麻将从来不输。提及儿女，老太太直摇头。说没人来医院伺候，她之前雇了一个保姆，一个月四千五，还得管吃住。刘奶奶说："拿钱雇保姆，为什么不给儿女让他们来伺候？"老太太一笑，说："雇保姆我自在，钱给他们，他们都不愿意，所以我也不给他们。别以为我没钱，既然他们不管我，我就不巴结他们。"刘奶奶说："你要那么多钱有什么用啊？将来死了不也是孩子们的。"老太太脖子一梗说："他们想得美，我死了，钱全部交党费，捐希望工程。"说这话时，老太太两眼放光，额头甩着的头发更加抖擞。

老太太总算走了，病房暂时安静了下来。我在椅子上坐得昏昏欲睡，婆婆的鼾声一阵高过一阵，我起身拉她换了个姿势，鼾声低了下去。刘奶奶今天的液体输完要走，给我指着她的床，让我去睡会儿，说："没事，出门了，得照顾好自己，你一个人，抽空能睡就赶紧睡。"刘奶奶暖心的话语让我感动，想起第一天住进医院，隔壁床上也住着一个老太太，当时没租来凳子，我在人家床边上坐了一下，人家立马不高兴，又是嘟囔又是甩脸子，让我好不尴尬。

女人今天的液体也输完了，她欢快得像一只小鸟，收拾着东西，和男人念叨要吃各种吃食。男人像哄孩子一样劝说：“你刚做完胃部手术，还不能大吃大喝，熬过这几天，想吃什么我给你买。”女人噘着嘴，说：“这几天我都瘦了四斤了。”男人说：“没事，过两天吃着补回来。”

下午的病房里，难得的清静，我躺在刘奶奶的床上，一边看手机一边观察着婆婆。婆婆几年前切除了一个肾脏后，现在又得了严重的肺心病，她大部分时间都在昏睡。但昏睡的过程中，又是说胡话，又是手乱抓，刚住进来那天一天就扯掉了两个留置针头，所以我根本没办法安睡，顶多累极了打个盹。我听着婆婆胡话的内容不由得苦笑，她所有的心思都在黑眼湾，这个梁，那个峁，和她共度一生的丈夫，和她结怨一辈子的小叔。曾经的牛，养过的驴，已经逝去的黑眼湾人，儿子，女儿……所有这些都充斥在她的胡话里，有时候好笑，有时候吓人。

婆婆的一生都活给了伺候小儿子这件事情上，不让他受一点儿委屈，说她操碎了心一点儿都不过分。此刻在病中，仍然是各种各样的操心，给儿子孙子做饭了没，给牛添草了没，给狗倒水了没……所有的操心中，唯独没有她自己。

住了几天医院，马大婶的病似乎没有大的好转，她一直躺着蜷缩在病床上，时不时呻吟。每天早晨，儿子天一亮就离开了，随后老汉会提着早餐来陪护，说是陪护，其实大部分时间里他要么找个空床睡觉，要么在楼道的椅子上闲坐。护士又一次催问买尿壶了没有，老汉只说马上去买。等护士走了，老汉撇撇嘴，今天让买这，明天让买那，住个医院事情真多。

马大婶一声都不吭，闭着眼睛皱着眉头靠着墙。中午时分，她外甥女来看她了，这是第一次有人来探视。老汉看见外甥女来了，打完招呼就跑楼道坐着打盹去了。看着外甥女，马大婶眼泪下来了，和外甥女说自己这次怕是熬不过去了，住了这么久一点儿都不好转；又说护士让买尿壶的事情，说了几天了老汉也没买来。外甥女拉着马大婶的手安慰她，让她想开点。两个人有一搭没一搭地说着话，直到马大婶的情绪稳定下来。一会儿老汉进来了，外甥女掏出一百块钱递给老汉，让他去买尿壶，老汉推辞了一会儿，拿着钱走了。不一会儿他就买回来了，把剩下的钱递给外甥女，外甥女没要，让他拿着吃饭。

女人每天被男人陪着来去，说说笑笑。来时一包吃的，走时一堆垃圾。今天女人的情绪有点不好，男人也沉默寡言。一回头，男人背对着女人盯着手机屏幕，女人默默地抹眼泪。我和刘奶奶的大女儿面面相觑，气氛一时尴尬。端着盘子的护士进来打破了这种尴尬，她要给女人抽点动脉血。针头挑着皮肉转圈也没扎到动脉血管上，女人大呼小叫地直喊疼。她越喊小护士越紧张，额头上的汗都下来了。护士换了三个，也没抽出点血来，女人压着针孔龇牙咧嘴，靠着男人的胳膊把脸埋进男人的臂弯。男人不玩手机了，一只手搂着女人，一只手指着小护士的鼻子让给解释一下。小护士吓坏了，不知道说什么好。另一个小护士赶紧去喊护士长，护士长来好言劝慰了一番，亲自动手，一针见血，总算把男人、女人的情绪给稳定了下来。

从儿子晚上进病房，马大婶就开始唠叨："你骑别人的摩托车干吗？啊？你放在医院楼下被人偷了咋办，啊？人家一万多块的车呢，你怎么这样不让人省心？我的命好苦啊，你说，你姐刚结婚就离婚了，你现在都二十七了还没找到对象。你说，你们是不是要气死我？再说了，你连个驾照都没有，万一让警察逮住咋办？"

儿子开始还耐心解释，可越解释马大婶的唠叨越多，儿子就有点儿不耐烦了，目不转睛地盯着马大婶，最后长出了一口气，说："你刚好一点儿就有力气骂人了，有这力气你倒是好好养病，早好早出院，也让我正常上班。”儿子这样一说，马大婶不乐意了，一下子哭闹起来:“我就知道你们爷俩盼我死呢，我死了你们就都好过了是不是？”一边说一边开始扯身上的各种管子。儿子急了，一把抱住马大婶，连连道歉，可马大婶情绪激动得不行，哭了一会儿居然开始呕吐，吓得儿子急忙喊护士。护士不知道发生了什么，又是量血压，又是测血糖，各种检查，最后嘱咐安静卧床，不要再乱动。病房恢复了平静，只剩下马大婶的呻吟，儿子无奈地站在床前，像打了败仗的将军般颓然。

一整晚，马大婶时不时喊儿子起来下去看摩托车在不在。在儿子万般不情愿的回应中，我几乎一夜没睡。天刚亮，马大婶又喊儿子：“快点起来，趁警察没上班赶紧把车骑回去，骑回去就还给人家……”儿子眯着眼睛把头在枕头上撞了几下，爬起来头也不回地走了。随后的两天，不管是醒着，还是小睡一会儿的时候，摩托车三个字都像幽灵一样时不时出现在我耳朵里，马大婶拿摩托车把儿子控诉了一次又一次。探视的亲戚、老汉、护士、病房里的每个人都是她倾诉的对象。好像她儿子不是二十七，而是七岁。

刘奶奶要出院了，她逐一和病房里的人道别。短短几天，相处的情谊已经让人记住了这个和蔼可亲的奶奶。我突然心生羡慕，如果我老了，能活得和刘奶奶一样优雅淡然，何其荣幸。

我在凌晨时分才能睡一会儿，然后被各种声音吵醒。护士查房，清洁工打扫……七点半就要安排婆婆吃早餐，然后等护士输液。走在街上，脚底下感觉像踩着海绵一样。早晨的银川，卖早餐的摊贩和买早餐的顾客随处可见，各取所需，然后散去；顾客脚步匆匆，摊贩手忙脚乱，城市在早餐中苏醒、繁华，直至拥挤。鼻子里有点儿疼，一揉，黏糊糊的，一抹，原来是鼻血。我用纸塞着鼻孔进了早餐店，这里卖包子、油条、豆浆。家族式的经营，儿子儿媳在外面蒸包子，老妈妈在里面盛稀饭、豆浆。看见我鼻子里塞着纸，老妈妈微笑着，把我拉到后厨，让我洗洗手和鼻子。我尴尬地笑着，她问我伺候谁呢，我说婆婆。老妈妈点头微笑，说：“真是好媳妇！别太累着自己，你这样子一看就是熬的。”我端着老妈妈盛的热乎乎的豆浆，心里也热乎乎的。

刘奶奶出院了，女人出院了，马大婶正在好转，终于在第十四天，大夫通知我，你们今天下午也能出院了……

（原载于《黄河文学》2016 年第 4 期）

故园二题

北山有归处

爷爷最终葬在了北山上，父亲想起来就抹眼泪。

马姓在华兴村是大户，旧坟院在一百三十年的时光里接纳了这个家族所有去世的妇孺老幼。轮到爷爷去世时，坟院已满。爷爷的父亲母亲、三个哥哥都落脚在旧坟院，唯独爷爷此刻无处可去。父亲极希望在旧坟院为爷爷觅一处落脚的地方，起码父子兄弟是一个整体，但族里管坟院的人说，坟院满了。

迁新坟是大事，爷爷落脚在哪里，就意味着爷爷这一支的后世子孙都要在百年之后落脚在那个地方。

黄花川是一条绵延数十里的狭长的河床，水源早已枯竭。两边是山，川里遍地黄蒿。一百多年前，一群逃难的人急于落脚，一眼就看上了这个地方，他们就是马家先祖。马家先祖骑着毛驴，选了黄花川最宽阔的地段，那里有一眼清澈的山泉可依托。

一把火让一川黄蒿不复存在，却让一个家族落地生根。百年风雨之后，家族开枝散叶，子孙满堂，昔年先祖规划的坟院却再也容不下一个后人。

黄花川两边的山都是梯田，新坟地落脚在自己的地里是最好的。华兴村生养了父亲，父亲却在这里没有一点点土地。往事不堪回首，当年的对错与公平比起爷爷下葬，都成了小事。父亲抹着眼泪，急于找寻一片土地埋葬爷爷。

二叔唯唯诺诺了很久，说自己虽然在北山顶上有半亩地，但那是自己最好的土地，自己靠那些土地养家糊口呢，做坟地可惜了。二叔的土地在北山顶上，不高不低，土地耕作多年，温润肥沃，从爷爷分给二叔之后，就为二叔养家糊口立下汗马功劳，二叔舍不得亦是人之常情。父亲斥责了二叔一顿，说这是我们大家的事情，不光是我们的事，还是我们的儿子孙子的事。二叔不再反驳，沉默了许久，爷爷的坟地就这样定下来了。

爷爷生前是个德高望重的人，为人耿直严谨。爷爷下葬那天，整个华兴村的老幼都来相送。父亲年轻时因为生计被迫离开华兴村，没有分得爷爷的一分家产，在与华兴村一山之隔的黑眼湾自立门户，生儿育女。爷爷老了，父亲总想着回归华兴村。所有的生计都在黑眼湾，回华兴村意义何在？但父亲仍然想回来，他请爷爷给他一片宅基地让他盖房子，可惜爷爷已经无地可给，唯一能给的地方已让三叔盖了房子。因为没有房子，父亲终究被华兴村抛弃了。

三叔搬离了老宅，这处宅子曾经是马姓家族兴旺的见证，三进三出的院落依稀可以看见旧日的繁盛。昔年兄弟离心最终各立门户，家族的荣耀也一去不回。父亲说起这些旧事，总是唏嘘不已，大有不能重振家族辉煌的遗憾。

父亲最终从三叔那里花钱买下了老宅，母亲反对，哥哥反对。但是反对无效，在这个家，父亲的固执和权威没有人能对抗。父亲买下的老宅大部分时间都是空着的，院子里又长起了黄蒿，父亲定期去清理一下。直到爷爷病重时，老宅才有了用处。父亲背着铺盖，带着简单的锅碗瓢盆入住老宅。爷爷这一病就是半年，父亲早晚守在炕跟前，端汤侍药，陪爷爷说话，黑眼湾所有的生计交给大哥打理。爷爷去世，父亲泣不成声。

爷爷葬在了北山，北山俯瞰着华兴村，我们在老宅一抬头，就能看见爷爷的坟地。每次上坟，父亲都得从黑眼湾出来，回到华兴村，再爬上北山。在数年来来去去的光阴里，北山成了父亲的一种念想，父亲觉得，他最终也是要陪伴在爷爷身边的。

老宅自爷爷去世后又一次闲置了下来。几个月之后，院子里的黄蒿比屋檐还高，瓦片上长着绿绿的苔藓，墙上的泥皮掉落得七七八八，屋檐下的鸽子也离开了。老宅用我们看不到的速度衰落了下去。父亲站在老宅的院子里久久不语，半天说了一句："房子还是要住人呢，人是房子的精神。"

父亲一生不甘平庸，即使在四面环山的黑眼湾，也力图把日子过得红红火火，安逸富足，这让他付出了比其他邻居多几倍的体力劳动，也让他深感地域限制下的郁郁不得志。

搬迁是一个谁也没想到的话题，黑眼湾被列了进去。远处是一场遥远的风景，是新生活的希望。父亲最终决定离开黑眼湾，离开黑眼湾就意味着父亲放弃了回归华兴村、住回老宅的想法。

最后一次在北山给爷爷上坟时，父亲又一次哭了。他知道这一去，就再也不能陪在爷爷身边了。

搬离后的几年里，奶奶去世葬在了北山，族里夭折的孩子也葬了进去，新坟院里终于不再是爷爷一个人，远方的父亲稍微安心了一点。

来到新的地方，住的人多了，生老病死也就多了起来。这里最先规划的还是坟院，父亲拿出自己平时精打细算的本事，主动承担了村里坟院的选址、面积预算以及最终的落实，一切都按父亲预想的那样实现了，父亲对这里的坟院很满意。

短短几年，坟院的新坟逐年在增加。某年的冬天，父亲也葬进了这里的坟院，他走得很仓促，仓促到没有来得及交代自己的后事。

二十年后，北山依旧。各种蒿草茂盛地生长在各个角落，当年大家养家糊口的土地因为退耕还林政策早已回归了最初的样子，黄蒿遍地。爷爷奶奶安息的地方，坟茔已经略显平坦。

多年不见的表兄弟姊妹们浩浩荡荡上了北山，上坟时在乱草丛中踩出一条小径，直达爷爷奶奶的坟前。站在北山顶上一回头，老宅已经没了踪影，取代它的，是红墙绿瓦的新农村。

父亲，再也回不到北山了。

永远的黑眼湾

一只鹰在头顶一圈一圈绕着飞，天空蓝得有点儿单调。午后的黑眼湾，我们一行人站在崖背山上对着一片蒿草地茫然不知所措——以前的村庄呢，我们的家呢？

我们不顾路陡、草深、尘土飞扬，小跑着冲进曾经的村庄。野鸡接二连三地从蒿草中蹿出，扯出尖锐的声响，划出美丽的弧线，栽进了大嘴山的灌木丛中，足足飞走好几拨才安静了下来。

我们就这样毫无准备地走进了黑眼湾，我们要在这片蒿草丛中找我们曾经的家。好在我们家在村子边上，大哥指着一棵粗壮的榆树说：“这就是咱家院子里那棵榆树，记得不？”

从我记事起，院子里就有这棵榆树，我和二姐动不动就在树上拴根绳，自娱自乐地玩跳绳，童年就这样晃了过去。以前院子里房子少，没觉得它怎么样，后来父亲重新盖房子，黑眼湾能盖房子的地方只有那么点儿，这棵榆树就横在了新房子的窗前。

榆木在山里不会被庄户人家重用，上房不用，做家具不用，一般只是烧柴。我们无数次因为这棵树遮挡了新房子的视线而厌弃它，咬牙切齿地建议父亲砍了烧柴。但不知道为什么，父亲总也不同意，这棵树在父亲的庇护下留存了下来。站在这棵树下，想起曾经院子里的红火，我突然无比想念父亲。

父亲总是在一天的农活结束后坐在榆树底下泡一杯酽茶，一口一口慢慢地喝，仿佛能把生活的劳累也一口口吞咽。村里的年轻人都喜欢他，不忙了总会找他来下两盘方，简单的对弈中，笑声不时从树下传出。

笑声似乎还在昨天，只是我们再回来时，已经时隔二十年。二十年是一个怎样的概念？侄子走时还拖着鼻涕，如今，他的女儿已经一岁；父亲走时尚是强健的，如今，他已经在另一个地方安息；我走时，尚且青春年少，如今，我的孩子比我高了。二十年，足够完成生老病死的交替和生命蓬勃成长的过程。

找到这棵树，当年的院子似乎被复原了起来，我们尽力寻找着记忆里遗留下来的痕迹。我站在只剩十几块土坯的土墙边喊二哥："快来快来，这是你的家产，赶紧来认领。"二哥大笑，过来抚摸着土坯，满眼的感叹。

当年分家，是全家人给二哥盖的两间房子。土坯是大哥和二哥自己打的，木头是一根一根从山里拿肩膀扛回来的，和泥的土是套起驴车从瓦窑坡拉来的，修房子的艰难和不易仿佛是在昨天。后来二哥为生计所迫离开了黑眼湾，再回来，他辛苦修建的房子只剩这十几块土坯了。他的家，安在了离黑眼湾很遥远的地方。二哥转身跟我说："给我拍张照片吧。"镜头里，在黄蒿的掩映下几乎看不到土坯，但我想，这是二哥一生的念想，只要二哥看见这张照片，就会想起自己曾经的青春岁月。

侄子指着院墙边的几棵树说："这是我当年挪过来的樱桃树和酸梨树，你看都长得和碗口一样粗了。"大哥发现了横在黄蒿里的倒下的电杆，扒拉开蒿草让我们看。电杆丝毫没有受损，曾经木质的电表箱子也没有朽去。

当年为了让四面环山的黑眼湾通电，我的父兄和乡亲们拿出了愚公移山的架势，十几米长的电杆，用车拉、肩扛，一根一根运进了黑眼湾，让这个黑了几辈子的小村庄的夜晚明亮了起来。

大哥坐在电杆上，久久地坐着，岁月如同一条无底的长河，不经意间，就把人半辈子的光阴吞噬了去。

站在石崖沟的沟畔上向下望去，小瀑布早已没了踪影，连曾经的泉眼也被砂石坍塌湮没了。歪脖的杏树还挂在石崖上，把身子探出去看着石崖沟。树上有一只破旧的鹊巢，没有人住的地方，连喜鹊都不留恋。

侄子站在鼻梁洼上，远远望向韭菜梁的方向，身影有点儿孤单。韭菜梁不止有韭菜，还有李子、毛核桃、面梨豆豆、野柿子和许多叫不上名字的野果。在物资匮乏的年代，那里寄放着我们共同的童年。

水泉沟已经进不去了，黑刺、灌木、蒿草争先恐后地强占了水泉沟的道路。我们站在路口，伸长脖子，极力想看清楚蒿草和灌木丛后面能不能过去，看了半天，一致选择了放弃。

我们曾经的打麦场是黑眼湾唯一平坦的地方。两根电杆搀着变压器成了场边醒目的建筑，除了它们，黑眼湾的一切都被夷为平地。面对现代化的机械，所有的建筑都是渺小和不堪一击的。

当年一到春天就被杏花、梨花淹没的黑眼湾，在这个冬天里没有了任何记忆里的印记。我们站在黑眼湾的天空下看着这些，突然有种感觉，我们成了多余的。

没有人愿意坐车出黑眼湾，我们沿着山路慢慢前行，黑眼湾默默地送我们离开。上了大嘴山山顶，回头看，在崖背山上、韭菜梁上都有铲车活生生地在山体上撕裂出来的大路。现在开着车，可以到达黑眼湾任何一个角落。

远远看，阳山洼的桃树依旧稀疏地散落着。这个季节，我们无缘看到十里桃花的香艳。我突然想起曾经，那个桃花林里吹口哨的少年……

再回头，再看一眼，这是我们记忆里，永远的黑眼湾。

（原载于《黄河文学》2018年第2、3期合刊）

雨在天堂

一

老沙蹲在田埂上不肯回家。中午的太阳在天空像个大火球，烤着他，也烤着他的玉米。他的脑门上全是细密的汗珠，多了就汇成一滴顺着鼻尖、下巴滴到脚下的土地里。老沙脸上被汗拉出一道道印记，像一条条弯曲的小河。

玉米底部的几片叶子已经枯黄，顶部的叶子不由自主地拧了起来。干旱让它们拼尽最后一丝力气仍然不能避免枯萎。灌溉的水遥遥无期，这个地方一个多月没有下雨了。

老沙脚下被汗滴湿了小小的一片，看着玉米又一次无精打采，老沙的眼睛湿了。他是个勤快的农民，他一直相信只要勤快，土地就不会亏待人。

自从搬迁到这个地方，老沙在这片土地上付出的劳动一直是别人的两倍。第一年地不平整，别人都凑合着种，老沙不，他叫了辆铲车把地整了一遍，他再平铲车铲出的壕沟，忙了半个月，结果种出的玉米还不如别人家的。

第二年，别人还是按原来的方式种玉米，老沙却种起了覆膜玉米。七月高温，覆膜的地非但没保墒，地表温度还比没覆膜的地温度高，把玉米差点烧死。老沙急了，不眠不休地在地里撕薄膜，一时成了别人的笑话。等秋收，玉米又一次不如别人家的好。

近两年流行拿平地仪平地，老沙又平了一遍地，把所有的农家肥集中到地里，又换着花样地给地里上化肥。别人的地锄一遍，他骂着让老婆、儿子锄两遍。别人都用化肥车推化肥，他把化肥一把一把丢在玉米跟前，再拿铁锨铲土埋掉。他就不相信，他如此实诚地对待土地，土地还能亏了他？但是现在呢，脚下的土地干得快裂开口子了，急得他想用流出的汗、滴下的泪拯救一棵玉米。抬头看着天空，太阳面无表情，云彩也躲得没有一片。

儿子出门打工去了，是和老沙吵了一架走的。儿子说："再这样种地，迟早就饿死在这片土地上了。"他暴怒，说："不种地你吃屎啊？"儿子说："人家好多人不种地照样吃香的喝辣的，没见饿死一个，你就知道守着你的地，你守着，反正我不管了。"老沙一巴掌扇在儿子脸上，说："你给我滚，不要再回来。"

老婆早晨和一帮女人去温棚里摘辣椒了，一小时六块钱。天没亮就走了，棚里温度那么高，一早晨挣个二三十块钱有什么意思？可没这二三十也不行啊，老婆十天半个月也能给他几百块，可以买水票、买化肥。老婆今年都没有给她自己买一件衬衫，想到这儿，老沙有点儿怨恨脚下这片土地了，它怎么就像喂不熟的白眼狼呢？

老沙被太阳晒得头晕，看着远处，大地似乎要着火了一样，翻腾着阵阵热浪，身边的水杯已经没水了。他听见有人喊他，一回头，老婆找来了。老婆头巾上还残留着几片辣椒叶子，衣服后背一片汗渍，眼睛有些失神。

老婆抱怨他，这么热的天气不在家待着跑出来干吗？老沙哼了一声不愿意回答。老婆看着低头耷脑的玉米，重重地叹了口气，也不知道说什么好。两个人就这样站在田埂上，陪着玉米一起晒着。

老沙的电话响了起来，掏出来一看，是儿子打来的。老沙把电话递给老婆，老婆白了他一眼接通了，儿子问了一圈家里的事情，然后又问玉米咋样。电话开着免提，老沙是能听到儿子的询问的，他一下子觉得委屈，好像受人欺负的小孩看见大人了。

儿子继续安顿，玉米已经那样了，让他们不要再难过了。他在外边已经找到活了，让老沙不要担心，干到年底，一定比玉米的收成好。老沙又一次抬头看着太阳，太阳仍旧面无表情继续发热，想着儿子在外面每天顶着太阳要干十个小时的活，老沙开始后悔打了儿子那一巴掌。

二

村道的树荫下，围坐着几个女人，旁边几个孩子跑着玩闹、嬉戏。说是树荫，其实也没多少阴凉。柳树上的叶子正一片片往下掉，在地上稀疏地落了一层。兰嫂子抓起一把，细长的柳叶一片金黄。才七月初，再这样下去，连个乘凉的地方都没了。

几个女人开始议论，说今年怎么就这么旱呢？她们已经两个月没有活干了。钱越来越难挣，可日子还得继续，柴米油盐酱醋茶少一样都不行，人情世故缺一点都会被人笑话。孩子要上学，老人要吃药，地里要灌溉、要种子化肥，牛羊要吃饲料，这些哪一样都少不了钱。前几年还好一点儿，苗木基地、蔬菜大棚、葡萄园多多少少都在雇人。只要勤快，哪个女人一年不挣个几千块钱，虽然不能发家致富，可维持这些基本的开销还是可以的。可这两年，市场上葡萄饱和、苗木降价、蔬菜大棚一改再改，能用机器的尽量不用人，必须雇人的尽量少雇人。她们就这样被市场和机器淘汰了下来。

自来水也停了一个月了，家家的水窖存水都不多。她们都有点儿焦虑，这样下去，日子怎么过？乡村自给自足的模式已经不复存在，曾经她们吃的面、油、蔬菜都是自己家地里产的，但是现在这些东西都要拿钱买。她们现在和城里人的消费水平差不多，却没有他们那么便利的就业条件。

村道上的蜀葵没心没肺地开着艳丽的花朵，它们没有被干旱影响。舍儿奶奶把洗脸刷牙的水、洗锅的水都积攒下来浇了这些花，让它们给这炙热的村庄增添一点亮丽。

什么似乎都萧条了，前几年随便养几只母羊，一年生两茬羊羔都够生活了，村道上天天是收羊的贩子。现在一只大羊也不过几百块钱，反倒没人要了。越来越多的人处理掉羊，不愿意再饲养，草料那么贵，不赚钱，养它干吗？

女人们在闲聊中说着各种忧虑，其中一个女人的手机响了。她男人打来电话，说天气太热，钢筋把他手上的皮都烫掉了几层，他想回家。女人的声音一下子高了起来："地里的活我都干完了，你回来干吗？别人都能干，你为什么不行？你不干活欠那么多账拿什么还？"电话那边长长地沉默了一会儿，男人挂掉了电话。女人哭了起来，边哭边说自己命苦，不是她狠心不让男人回来，而是家里实在没办法了。

他们春天贷了两万块钱贷款，卖了两头牛，准备在院子里盖一座新房子。本来这些钱单纯搞个主体也就够了，可在上房梁那天出事了。一个帮忙的邻居一脚踩空，从五米多高的房顶摔了下来，身体多处骨折。为给邻居看病，她家花了一万多元。本来预算好的钱现在有了空缺，只能和亲戚借，算是勉强把房子盖起来了，门窗到现在都没安上。这样一下子就欠了将近四万块的债务。前几天一个亲戚要账要得急，他们把一头大肚子母牛卖了，给人家还了。女人说起来心疼得不行，养了好几年的牛，眼看着一头变两头呢，就那么贱卖了。现在就指望男人在外边打工挣钱过日子，他再回来，这日子咋过？

女人的哭诉让大家都觉得心情沉重却又无能为力，每一家都有这样那样的不得已。柳树叶子还在往下掉，一片一片。起风了，天上没有云彩。

三

凌晨四点，村道上开始喧闹起来，这是属于这个季节特有的繁华。

枸杞熟了，孩子放假了，于是女人们开始拖家带口领着孩子摘枸杞。虽然一天只能挣个几十块钱，可总比一天花几十块钱强。太早了，孩子不愿意起来，当娘的就施展各种方法。脾气好的，拿钱诱惑；脾气不好的，直接拿鞋底子招呼。枸杞不在本村，骑车要四十分钟，有三轮电动车的自己早早就走了，没车的集中在一起等着车来拉走。大人小孩让村道在黎明时分喧闹起来，一会儿又归于平静。走了的已经开始一天的劳作，没走的还在梦乡沉睡。

和劳作沾上关系的活儿没一样是轻松的，摘枸杞也不例外，蹲着不行，站着也不行，一会儿腰就受不了了。就那么大点儿颗粒，要一粒粒地摘下来，久了谁都心疯。

这两天早晨村道上突然安静下来。摘枸杞的人少去了一半。一问，原来前天路上出车祸了，一个女人半夜三更慌慌张张骑车去摘枸杞，被一辆大车追尾，车子被掀翻在路边，人跌落在路上。大车逃逸，等人发现，女人已经没了气。路过的人都见了事故现场，一时间都不想再去摘枸杞。紧接着又有消息传来，另一个女人拉着三个孩子去摘枸杞，天黑没看清楚路，居然把车骑进了大渠，车子摔得变了形，娘仨都受伤了，好在渠里没有水。还说一个女人带着孩子摘枸杞，天气太热，孩子中暑，在医院里住了一周才回来。大家心里开始胆怯，生怕自己成为下一个出事故的人。这样的事情每年都在发生，听到的不过是少部分。外面打工的男人们，打电话安顿的第一件事情就是不让老婆孩子摘枸杞去，挣钱事小，安全事大。

可他们的女人才没那么听话，家里那么大的开销，靠男人一个人挣钱不把男人累死才怪，摘枸杞虽然挣得少，可买菜买西瓜总够了吧。消停了两天，恐惧的心理没那么严重了，女人们又开始跃跃欲试，三五成群结伴去摘枸杞。

前天有人给我讲了个笑话，说她们早晨去的时候，路边一个女人把电动车骑进了林带，电动车挂在树上，女人躺在草堆里，不知道什么情况。他们让司机停车下去看看，被司机一顿骂，说："看什么看，现在的人你敢看吗？不说她自己骑下去了，我们去一看，还说我们把她碰下去了，赶紧走，该干啥干啥。"等他们下午回来时，电动车不见了，女人也不见了。

那人是当笑话说的，我惊愕了半天没缓过神。如果有一天我们也不知死活地躺在路边没人管，那是不是我们对别人生死冷漠的报应？

四

高老汉始终没想明白，七八岁的娃娃、年轻年老的女人都能骑着电动车跑，为什么家人、邻居都不让他买电动车？

高老汉两只手抱着膝盖坐在村道的树荫里，把头抵在膝盖上，歪着脑袋看着面前来了去了的电动车，心想着自己哪天也能骑着电动车在村道上飞驰，去邻村的市场买东西，去地里割草，去镇上领低保和残疾补助。可这一切的前提都必须是他得有辆电动车。

四年了，看着别人家都买了电动车，唯独他家没有，高老汉就气得骂老婆、儿子。十亩地一年大部分是他在种，一群羊是他一个人喂，牛的草一直是他在铡。想想夏天，割那么多草，都得他一个人拿人力车拉回来，上坡时脖子都快扯断了也没人帮他一把，凭什么玉米卖了钱给儿子拿着？凭什么儿子骑着三轮摩托车而不给他买辆三轮电动车？老婆子太偏心了，心里只有儿子，从来不替自己男人考虑。

孙子站在大门口叫高老头回去吃饭，叫了好半天他都不回头。孙子跑到跟前趴他耳朵上喊，高老汉才明白过来，站起来跟孙子一起回家。孙子十岁了，站在爷爷跟前和爷爷身高差不多。被人叫了一辈子高老汉，个子却没长高。

回到饭桌上，高老汉还是不高兴。嘴里扒拉着一口饭，脑子里始终盘算怎么才能给自己买辆电动车。脑子转了几圈后，他把饭碗一扔，和老婆、儿子说："我明天办贷款，贷两万元，我给我买个电动车，剩下的买头牛养着。"

儿子一听，抠着自己的头，咂着嘴，不知道说什么好，端着饭碗出去坐台阶上吃。老婆子一下子发火了，说："贷什么款？银行是你家开的啊？天天嚷着买电动车，你也不在镜子跟前照照你自己，一麻袋高，两麻袋粗，耳朵又背，六十几的人了，你以为你十八？去年非要骑人家车子，刚骑上没一会儿你就把人家小汽车给碰了，给人一下子赔了一千五。这钱到现在都没还给人家。你贷款，你买个电动车，你能得很！你买回来骑着把你摔死了也就算了，摔不死谁伺候你？再说，贷款谁还？啊，你看这日子还能过不？……"

老婆子一通话骂得高老汉哑口无言，想起去年的那次骑车事件，确实是自己的错。可谁第一次骑车还没个磕磕碰碰？你骂吧，反正电动车我一定要买，下个月开始，我的低保钱我一分都不花，攒个几年我不信买不来一辆电动车。

可没几天，高老汉就坚持不住了，他胃有毛病，隔三岔五得吃药，孙子趴在他肩头一撒娇，不给一块两块不行。时间久了，他还想吃个烧鸡。这样那样的不得已，高老汉又开始取低保钱。一个季度二百块的低保怎么也攒不下来。

电动车是高老汉心里挥之不去的梦想，高老汉有一次梦里笑醒了，他梦见自己终于买到电动车了，终于在老婆、儿子跟前扬眉吐气了，终于可以骑着电动车逛了。一激动，梦醒了，脸上全是汗，一个多月没下雨，这天太热了。

五

五嫂子说，等高考成绩的那天晚上，儿子强一夜没睡。半夜两点，强的同学发来了成绩，597 分。高出一本分数线，强松了一口气。接着面临填志愿，有人给他建议北京师范大学和陕西师范大学，这两所大学招收免费师范生，上出来工作有保障。强心里是不怎么想当老师的，可是看着自己家没有盖起来的房子、破败的院子，强沉默了。

父亲去了内蒙古打工，听说坐了十几个小时的火车才到，不知道在火车上是坐着还是站着。这么热的天，人完全裸露在野外晒着，一天十个小时的工作时间。母亲凌晨四点起来去远处的村子摘枸杞，劳苦已经把她变成了干瘪瘦弱的女人。而自己的两个弟弟，一个明年要参加高考，一个初中，哪样都要花钱，这个家已经内忧外患，所以，他不能说自己不想当老师。

想起远方的父亲，强的心里满是难过，父亲大字不识一个，不善言辞，常年在外打工，自己舍不得吃，舍不得穿，却时常打电话安顿让他吃好点。他一回家，父亲就让母亲变着花样地做饭。他的大学怎么都要上四年，还有两个弟弟呢，父亲的累没完没了。他上高中时就连续两个假期跟着叔叔在工地上打小工，他干活不惜力气，不偷懒，走到哪儿都让人喜欢。只有他自己知道，他不能偷懒，他不想让父亲太累。同学说有助学贷款，他上了大学还可以勤工俭学。可贷款迟早是要还的，勤工俭学如果能挣够自己的生活费就好了。他不想再把这些负担增加给父母。他还要努力，早点工作，替父母分担两个弟弟的学费。

大门口有人在议论，说找几个人去老家工地上干活。强听见了，出去搭声，说算他一个。一个邻居说，哟，都考上大学了还去干活啊！强笑笑，肯定得去啊，不然没路费。五嫂子连夜为强整理着铺盖，唯恐落下什么，她很心疼这个勤快、懂事的儿子。

可自己不是什么富贵人家，她的儿子，必须得自食其力。早上，强一个人背着铺盖走了，没有人送他，五嫂子早就到枸杞地里挣钱去了。

（原载于《民族文学》2017 年第 1 期）

在路上

老朱黑着脸，皱着眉头。扳子、撬棍咣当扔在地上，撬棍来回在砖地上滚动着。正午的太阳照在扳子上，发出刺眼的光芒。

老朱黑着脸是有原因的，饿了一早晨本来要赶回家吃饭，却被我骑着摩托车拦截了下来。老朱有一间电焊铺子，兼职补胎。

补胎对老朱来说是小活，补一个疤五块，五分钟他就可以拆开补了装好，外带打气。老朱常年修补，他的手粗糙得如杏树的皮。老朱脾气好，可我今天却让老朱很生气，我骑的是 150 发动机的大摩托车。本来后支架朝起一撑三两下就能补好，可偏偏这个摩托车的后支架因为弹簧丢失被我卸掉扔在家里，而我又忘了这回事。

老朱发现了这个问题后脸更黑了，说：“你这二百多斤重的车子，没有支架，车胎怎么卸下来，嗯？你说你一个女人家家的，骑这么大一个摩托车干吗，夸你有本事呢？我不给你补吧，你骑来了；我给你补吧，我挣你五块钱我容易吗？”此刻的我只能听着老朱的牢骚，不停地赔着好话，满头大汗帮老朱抬着用木头墩子支起来的摩托车，一刻也不敢松气，生怕摩托车跌倒砸了卸车胎的老朱。

外车胎一点点地被扒开，扯出了藏在里面的内胎。老朱帮我轻轻把摩托车落到地上，我的胳膊酸痛不已。我甩着胳膊看老朱细心地寻找车胎破了的地方。补好车胎，要装回去，摩托车又要抬起来。老朱这回不训我了，帮着我把摩托车重新抬在木头墩子上，娴熟地开始安装。外车胎在他手里像一件艺术品一样准确而轻巧地裹住了内胎。当车胎在打气筒的运作下一点点膨胀起来的时候，我松了一口气。付钱时我递给老朱十块钱，老朱找我五块。我说："算了，今天耽搁了你吃饭，还这么麻烦，就不找了。"老朱扯出五块扔给我说："赶紧拿着，我这人脾气不好，不过不会多收你钱的，你爸以前也常来我这里焊农用车，也没在这三五块钱上。"

时间已经到了十二点四十，我顾不上再和老朱客气，奔向旁边的凉皮铺子，让老板娘赶紧调两碗凉皮带走，一点钟上工，午休的两个搭档还在地里等着吃呢。催着老板娘调好，跑到摩托车旁一脚踏起摩托车，挂挡，加油，在铺子周围人诧异的目光中呼啸而去。

摩托车带起来的风总算让我清凉了一下，远处的苗木基地就是我们打工的地方，一群女人或坐或躺，在树荫下凑成一排。在地边停好车，我提着凉皮奔向梅嫂子和兰嫂子，递给她们让赶紧吃。我抓过自己的干粮袋子，掏出一个饼子嚼了起来。她俩问我要筷子，我大笑，说："一着急，忘了。"梅嫂子笑着白了我一眼，转身折了两根细点的树枝，剥掉树皮，折成筷子的样子，递给兰嫂子两根，自己用两根。她俩提着凉皮袋子礼让了一圈其他搭档，就抓紧吃了起来。问我吃了没，我说别提了，便和她俩学说老朱的牢骚。两个人大笑，附和着说，你一个女人家家的，骑那么大个摩托车干吗？

其实我是可以不骑这个摩托车的，家里还有个小摩托车，可那个车一捎人车胎就坏。一起干活的有我娘家嫂子、婆家嫂子、邻居嫂子，她们都不会骑摩托车，总不能我骑着摩托车让她们走路吧？看着都觉得生分，骑这个车可以轮换着捎她们。可这个摩托车今天也不争气。

女人们开始上工了，我也急忙收拾好干粮袋子跟上，其他人在树地里施肥，我和兰嫂子、梅嫂子拿剪子修树枝。我机械地跟着她俩的步子缓慢地向树林深处走去。她俩说说笑笑的，我没心思参与。咔嚓咔嚓剪树枝的声音像一首催眠曲，让我昏昏欲睡。剪到一块地的田埂上，她俩说休息一下，我连忙坐下，靠着田埂上的一棵树闭上了眼睛，然后就什么都不知道了。

昨晚轮到我家的玉米地淌水，我和兰嫂子在地里守了一夜。除了瞌睡，野外的夜晚其实挺好的，水淌进田地的欢快，玉米得到滋润的喜悦，各种虫子的吟唱，远处城市的灯火辉煌，夜风温柔地从身边吹过，还有青蛙不甘寂寞地鸣叫，这些情景在人半睡半醒的状态中交织成了一种和谐。要不是蚊子像战斗机一样盘旋轰鸣在耳边，我会觉得自己也是这田野的一部分。

天快亮了，地还有一亩多没淌，我打电话叫下一个邻居来接水。兰嫂子迷迷糊糊地问我："还有一个多小时才能淌完，你把人家叫来干吗？"我说："剩下的让他来帮着淌去，咱俩赶紧回家吃一口，还能赶上去树地里干活挣钱，听说活刚开，我们要去迟了人家把人找够，咱就没地方挣钱去了，一天七十呢。"

一说挣钱，兰嫂子不打瞌睡了，说："这样行不？"我说："行呢，他们七点上工，咱肯定赶得上。"兰嫂子大笑，说："咱俩这样让别人把咱都笑话了，淌了一夜田又赶着挣钱去，不要命了简直。"我说："没办法啊，我也瞌睡得要死呢，可人家就要那么多人，今天不去报到挂个名，明天就没活干了。"

我捎着兰嫂子迎着清晨的太阳在路上跑。摩托车的轰鸣声，惊起一群早起的麻雀。到树地里刚赶上人家上工，一看好几个熟人，询问了一下说还要人呢，我和兰嫂子赶紧加入进去。可午休时出来一看，摩托车胎瘪了下去，估计是被路边刺槐枝子上的干刺扎着了。恰好一个骑自行车的带着打气筒，我借过来打好骑上就跑，赶上工是一定要回来的。

眼睛一闭就是无尽的瞌睡，耳边兰嫂子和梅嫂子的聊天越来越远，直到感觉有人摇晃我，才挣扎着睁开眼睛。梅嫂子蹲在我身边喊我醒来干活，我抹了一把额头上的汗爬起来，可眼睛还是睁不开。我有点儿后悔今天来干活。我抱着面前的一棵树继续打盹，梅嫂子拿脚蹬了两下树干："可不敢再睡了，你今天第一天上工，让老板过来逮着，你以后还想在这儿干活不？"

兰嫂子直接笑着骂我："看你那样，又爱钱又乏得和死狗一样。让你今天别来干活，你非要来。我中午还睡了一会儿，你跑去补胎，这会儿眼睛睁不开怪谁？"

我勉强睁开眼睛，先瞪了兰嫂子一眼，说："说得好听，你不爱钱啊？你不爱钱回家睡觉去。我不去补胎行吗，不补咱俩下午咋回去？"

兰嫂子说："我管你咋回去，反正我搭个车就回去了，你坐那儿慢慢哭去。"

"梅嫂子，你给评评理，还有这样的人吗？"

梅嫂子大笑，说："你们两个，打架的事情就不要用吵架来解决了；树林外面宽敞，出去打一架再来干活，我给你们喊加油。"

闹了几句反倒没那么瞌睡了，三个人又慢慢悠悠地开始剪起来。

我就这样一边打盹一边干活，瞌睡得不行就抱着树眯一下，她们两个分担了我一部分的活计，没让我落得太远。

柳树林深处，树枝遮蔽了大部分阳光，枯枝落叶在脚下铺了厚厚的一层。灌溉过的残余水分继续浸润着这些落叶，走过去有踩在地毯上的柔软幻觉。一对喜鹊在粗壮的树枝上筑巢，来回忙碌着挑拣适合的枯枝衔走。我看着飞来飞去的喜鹊，心里浮躁起来，问梅嫂子几点了，回答说下午四点半。我有些沮丧地抱着一棵树不想再动弹了。

梅嫂子和兰嫂子的笑骂在耳边继续着，我抱着树不撒手。睡一觉成了唯一的念想。此刻，过日子、挣钱都成了遥远的事情。

（原载于《当代人》2017 年第 1 期）

秋天里

我穿着拖鞋走过田埂。埂上的八棱刺一丛一丛的，无数长短不一的尖利的小刺隐藏在新结的果实上，像一个个准备战斗的刺猬。我小心翼翼地避开这些枝条蔓延了一米多长的霸道植物，唯恐扎了自己的脚。

蓬蒿这家伙把自己的枝干、叶子尽可能都舒展开来，和棉花糖一样蓬松，横在田埂上。我跨大步子跳了过去，蓬蒿被脚挂歪了，蔫头耷脑地倾斜，形象顿时颓败。原来它并没有蓬松起来的肢体那么强大。黄蒿、灰条、水蓬蒿，还有许多不知名的草推推搡搡地挤在一起，争着地盘。

我有点儿后悔自己穿了拖鞋。那种叫狗牙草的果实不停地粘在我的袜子和裤腿上，像给裤子上点缀了一颗颗绿色的小星星。等我到达玉米地里的时候，我的裤腿已经密密麻麻全是这种果实。田野里到处都是它们的影子，随时被人或者动物带向更远的地方。

天空飞过两只喜鹊，扭着腰身换着花样嬉戏穿梭，炫耀着彼此的恩爱。突然想起以前看见七只鹰组队在天空翱翔的壮观景象，现在能看见鹰的机会越来越少了，头顶上时不时盘旋着这样那样的飞机，不知道它们在干啥。鹰迁徙去了更辽阔空旷的地方展翅高飞。没有鹰的天空是寂寞的，这里的人或者鹰，都在努力寻求一种适合自己生存的方式，只要开心，哪里都是家。

大片大片的玉米遮挡了视线，玉米已经不能煮着吃了，持续的干旱让它们灰头土脸，营养不良，起了虫害，一身伤疤。只有玉米秆还在挺着腰身，坚持着最后的希望。

我在田埂上坐了一会儿。埂上长腿的蚂蚱和短腿的蛐蛐你来我往，换个儿蹦跶，还有肥肥的夹夹虫，忙碌的瓢虫，偶尔经过的慢吞吞的屎壳郎，以及这样那样蠕动的软体虫子。野鸡结束了东躲西藏的动荡生活，待在草丛深处得意地嘶鸣。这个季节，草籽是它们的美餐。不时飞过一群又一群野鸽子，不知道谁家的田地又要被洗劫。农人始终没想明白，曾经温顺、黏人的鸽子，如今怎么就成了强盗般的存在，所到之处，枸杞、油葵籽一片狼藉。玉米已经无力回天，我只能在心里祈祷，明年有个好收成。

抓干净裤腿上惹人厌的果实，踏过野草的身躯回家。路过坟院不由得停下脚步张望，父亲已经融入这片土地了。短短几年，这个地方已经有了十几个坟包，公公、父亲、四哥、姑姑、儿时的玩伴，都长眠在了这片土地上。坟包上长满了这样那样的野草，若不是高高的墓碑，我们也会分不清楚谁是谁。很想念这些亲人。他们再也不用为俗世的生活忙碌奔波，而我们这些活着的人，终究也会和他们一样融入脚下的土地。

拐进村道，看见三个两个的鹅娃儿扭着雪白的身子，探着脑袋，宽宽的鹅掌落地时发出“啪啪”的声响，追逐着路边的杂草，你争我抢地啄食。后面跟着一个个放鹅娃儿的小孩子，我说我家的鹅娃儿大，他说他家的鹅娃儿乖。孩子的争论，鹅娃儿的乱叫，让村道无比热闹。

树荫下，一群女人坐成一圈，中间围着邻居家的八个月大的双胞胎儿子，满眼怜爱地逗弄着，时不时大笑。孩子母亲掩不住眼角的欢喜，欣慰地看着。想想真是不容易，连续生了两个女儿，第三胎查出来说是双胞胎，医院却不说是男孩女孩。一朝分娩，居然是一对男孩，一家人喜极而泣。

两个小脑袋从女人们围成的空隙中挤进来，争抢着要看这对双胞胎，看着双胞胎可爱的小手小脸，他们忍不住伸手去摸，还没摸到孩子，就被一声惊叫打断："妈哟，你看看你那手，你看看你那脸和衣服，你妈不在家，你奶奶也不知道给你洗一把。"

两个小男孩瞬间像霜打的茄子一样蔫了下来，悻悻地收回了手，从空隙中挪出身子，双双坐到另一棵树下，用手抠着地上的土。汗水在他俩的脸上、胳膊上拉出一道道印记，衣服已经看不出本来的颜色了，上面还留着这样那样的水渍汤渍。

一个女人看不下去了，招呼这俩孩子跟她去她家。不一会儿，两个男孩头洗得湿漉漉地出来了，还换上了女人儿子干净的旧衣服，模样一下子清爽起来。女人没有出来，估计是给这两个孩子洗衣服呢。两个孩子相互打量着对方，你戳戳我的衣服，我扯扯你的裤子，脸上挂着开心的笑。

女人们旁边，高家的那个老汉把自己的身体紧紧贴在墙上，双手环抱着膝盖，脑袋歪着枕在胳膊上，睁一只眼，闭一只眼，嘴角向一边人为地扭曲着，用睁着的眼睛怨恨地盯着自己家的大门。女人中有人问他，怎么好几天没见他家老太太。这一问好像刺破了装满水的塑料袋，老汉的委屈仇恨一下子洒落开来。老太太今年一直腰疼，前前后后住了好几次院。老汉烦躁，心里说，要么你精神着，要么你一下子无常（死亡）了，这样三天两头住院谁受得了……

女人们难以置信地看着这个老汉，他们可是一起过了三四十年了啊，可这个老汉根本没注意女人们的神情，还在肆无忌惮地揭发老婆子的恶行，直到没有人理睬他，才悻悻地打住，继续歪着脑袋不甘地盯着自家大门。

高家老汉的邻居，一个七十多岁的老太太带着她多年的咳嗽，摇摇晃晃走出大门，一只手在后面扶着腰，一只手在前面扶着肚子。刚摸到老汉旁边的台阶上坐下，就是一串没有结尾的咳嗽，“咳咳……”嗓子里的气息由剧烈到沉闷再到悄无声息，脖子由于咳嗽使劲向前倾，脸憋得通红，眼睛里布满血丝。就在大家以为这一声咳嗽还转不过来了的时候，老太太嗓子眼里冒出一声悠长的“呕……呕……”声，气息重新剧烈起来。老太太使劲咳出一口浓痰，伸了伸憋气的脖子，理顺气息，又好了起来。

女人们的心随着老太太的一口痰落地也轻松了下来，这咳嗽的阵势也太吓人了。老汉等老太太气色平息后又开始说他的不幸和委屈，老太太一边咳嗽一边分析劝慰着，而女人们已经悄悄挪了地方，不想掺和。

远处传来阵阵劲爆的流行歌曲声，越来越近，是货郎骑着改装的三轮摩托车在走街串巷，到女人们这边停下了。女人们不再逗弄孩子，围住货郎的三轮车翻拣了起来，看有没有自己需要的东西。时代在发展，货郎也在与时俱进，车上大到衣服，小到勺子、皮筋，应有尽有，简直就是个流动商铺。女人们一会儿拿起衣服比划，一会儿询问有没有自己要的东西，不时讨价还价着。两个双胞胎孩子并排躺在婴儿车里吮着手指，蹬着小腿，好奇地听着货郎的大呼小叫、女人们的哄然大笑。

不一会儿，女人们手里多多少少都拿了一两件需要的东西。货郎重新放开喇叭潇洒而去，女人们重新聚集，继续谈论起家长里短。

那个女人拖着疲惫的脚步，头歪向一边，脸色阴沉得快结冰了。女人们和她打招呼，她也是淡淡地应一句转身就走。不知道是谁起了头，说起这个女人家里的事情，气氛一下子神秘起来。“你们知道吗，他们家老太太下葬时可能不高兴，最近他们家连续出事。山东的女婿来参加葬礼，家里养的藏獒扯开链子把女婿咬了个半死，现在还在医院住着。刚埋完老人，孙子开车出去一下子就把人家一个老头撞得一命呜呼。这不，五日还没念呢，她家的儿媳妇早产，孩子居然胎死腹中好几天了。唉，你说，怎么会这样子呢？”

一个女人接过话说：“这还不是怪他们自己。谁让他们去年为心疼钱不肯救治第一个孩子呢？想想看，孩子快六个月了早产，从医院带回家还在动，可他们家怕花钱愣是不让医院救治。这是害命呢！”大家边讨论边唏嘘，两年夭折两个孩子，让人怎么能受得了。

“快别说了，这话要让人家听见可了不得。只是苦了那家的儿媳妇，刚十九岁，就已经亡故了两个孩子，可让这娃以后在婆家咋抬头？”一个年长点的女人制止了这场闲话接力赛，气氛重新归于平静。

一通争吵打乱了平静，一个矮矮胖胖的老汉手执木棒在村道上追打他瘦弱的老伴。老太太在前边跑，老汉骂骂咧咧在后面追。老太太跑几步，停下折回骂一会儿，然后继续跑。老汉不紧不慢追着，两个人总保持着棍子打不到身上的距离。追打到女人们跟前，老汉的声音高了几度，大声斥责着老伴；老太太也不示弱，脚后跟一抬，脖子一伸，一骂一串。老汉气急败坏地挥舞着棍子。几个女人一看急忙横在老两口中间。老汉的声音更大了，隔着人群发誓：今天不打死老太太誓不罢休。老太太更不省事，跳着回骂，唾沫星子四溅。双胞胎的母亲一看这阵势，赶紧推着自家宝贝回避。

女人们强忍着笑看这老两口吵架。想当初，这老汉和老太太新婚时，老汉逢人就夸，他一生娶了四个老婆，唯有这最后一个顺心，那针线，那茶饭，那知冷知热，是前三个老婆所不能比的。而老太太也是拉着同龄老太太的手感叹，唉，一生嫁了五个男人，直到嫁了这个老汉，才算是享了福，可以托付终身了。老两口一直是郎情妾意，双宿双飞，连小年轻都自叹不如。可这才过了两年，到底是什么让这老两口也恶语相向起来？

女人们都看乏了，散了。老两口骂了个糊里糊涂，在别人都散了的时候也双双回家去了。先前喧闹的村道沉寂了下来，只剩下那个咳嗽的老太太一个人带着她的咳嗽看着村道尽头，眼里一片迷茫……

（原载于《山东文学》2017 年第 1 期）

熬煮的光阴

一

玉米棒子像老太太的小脚一样，被玉米皮裹了一层又一层，只露出干涩的玉米缨皱巴巴地耷拉在玉米皮上。女人们右手胳膊上挂着一个自制的锥子，用八号铁丝拧制而成，一端弯成一个环形，用绳子穿起来，一端在石头上磨得尖利无比。

掰玉米全靠它。抓住锥子从玉米皮上划过，紧紧包裹着玉米的玉米皮立刻裂开口子，露出玉米的身体。双手扯住裂口处的玉米皮用力一撕，玉米就完全裸露在了人面前，再用力一折，玉米棒就完整地和支撑了它几个月的玉米秆分离。女人们顺手将它扔进面前的编织袋子里，提着袋子挪向下一个玉米。

两个孩子拖着编织袋跟在女人们的身后，一人掰着一行玉米，这是雇主家的女儿和儿子。女儿十二岁，儿子九岁，他们踮着脚尖费劲地撕扯着玉米皮，一层又一层地把玉米剥出来、折断，重复着和大人们一样的动作。

十月的太阳没有了夏天的暴虐骄横，可晒在大地上还是散发着炙热的气息。几场干霜让秋天的痕迹更明显，一片又一片的玉米在太阳底下枯黄萎靡，叶子无力地随风瑟瑟发抖。

这片广袤无垠的土地上，到处都是玉米地。人像蝼蚁一样散落其间，一个一个掰着玉米，一片一片地进行一季的收割。天空不时飞过一群又一群大雁。它们用悠长的啼鸣提醒人们：它们来过，季节即将转换，赶紧干完活计准备过冬吧！

女人们搭着头巾，捂着口罩，戴着橡胶手套，把自己全副武装起来，但还是无法隔绝玉米上尘土的侵袭，眼窝、鼻梁上落了黑黑的一层灰尘，衣服上沾着玉米缨的碎末，手套蒙上了一层不属于自己的颜色，整个人看起来好像煤矿工人下井出来的样子。

雇主家的女儿被女人们远远甩在后面，有些气馁。昨天掰了二十袋子，她的手又疼又肿，可今天还要跟着掰，她觉得自己的手都不是自己的了。她停下来，大声呼喊“爸爸，爸爸”。玉米叶子被人走过去带出“哗哗”的声响，迅速淹没了她的呼喊。喊了半天她爸爸才回应。她拖着哭腔说自己手疼，掰不动玉米了。

前面回应她的不是安慰，女人们此起彼伏的笑骂和呵斥让她无比伤心。她爸爸也大声说让她赶紧掰，别偷懒。她终于哭了起来，越来越大声，边哭边控诉自己的爸爸：“你去看看别人家地里，谁让六年级的学生掰玉米？你把我妈放在银川享福，你让我来给你掰玉米，我的手疼得不行了你还让我掰，呜呜……”

她爸爸无奈地起身劝抚，可她哭得更厉害：“我妈咋不回来？我妈要回来肯定不让我掰玉米，呜呜……”

她爸爸叹了口气，咂巴着嘴，抠着头看着面前哭得一塌糊涂的女儿，束手无策。一年前他出车祸摔断了胳膊，医生嘱咐三年内不能干重活。家里上有父母，下有孩子，给他看病又借了债，一家人的生活咋办？无奈之下他才让媳妇去银川打工的，可媳妇一走，家里也开始乱了套。

雇主家的儿子闷声不响地跟着大人们继续掰玉米，脸被晒得红扑扑的，脑门上挂着细密的汗珠。他偶尔抬头看看前面的女人们，又继续闷头掰玉米，他姐姐的哭诉似乎对他没有什么影响。

女人们都夸这孩子实在，不停地拿言语逗他，可这孩子一句话也不说。他提着一个装米的袋子，掰十几个玉米就满了，他像他爸爸一样把袋子朝肩膀上一抡，横着扛起来，走向三轮摩托车，踮起脚尖使劲一甩，把袋子扔进车厢，又爬上去，提起袋子把玉米倒掉，拽着空袋子翻出车厢，继续去掰玉米。

孩子的爷爷没有戴手套，玉米叶子在他手背上留下一个个细微的伤口，他一边掰玉米一边嘟嘟囔囔地说着什么。说着什么呢？只有他自己知道。女人们是不愿意听他说话的，把他分在另外一块地里，让他一个人在窸窸窣窣的玉米叶声响中诉说。他的声音被撕裂玉米皮的声音淹没，如同他瘦小的身躯从来不被人注意。

转眼到了午休时间，大家都停下手里的活计，围着馒头、方便面、饮料开始吃喝起来。这家的男人殷勤地招呼着。女人们不客气，撕开方便面的塑料袋把调料放进去，开水朝塑料袋里一倒，捏住捂一会儿，方便面也就泡软了，抄起筷子提着塑料袋就能吃。就着馒头、咸菜，倒也比光吃馒头暖胃得多。

男孩子也被女人们招呼过来一起吃方便面，他还是不肯回应女人们故意的提问，提着泡好的方便面躲在他爸爸身后，一口馒头，一口方便面。吃完方便面，孩子盯着面前的一箱茉莉蜜茶，眼里满是渴望和欢喜，舔着嘴皮盯着女人们，看能不能得到这瓶香甜的茶水。女人们故意不发话，也不看孩子脸上的表情。孩子有点着急，围着茶水徘徊，犹豫并焦急着。

孩子眼看着女人们一人拿一瓶，有的还拿了两瓶，没自己的份儿了，眼里顿时失望，突然转身奔出玉米地，蹲在田埂上大哭起来。女人们顿时觉得尴尬，不好意思地面面相觑。她们只是想和孩子开个玩笑，没想到孩子会哭。雇主的女儿这会儿情绪也稳定了下来，拿了一瓶茉莉蜜茶去田埂上哄弟弟。孩子执拗地不肯接受，也不过来和女人们在一起。姐姐轻轻搂着他，不知道在他耳边低语着什么。女人们吃好又开始掰玉米，谁也顾不上管姐姐哄好弟弟没。掰了一行玉米出来一看，这孩子抱着一瓶茶自顾自地喝着、乐着，早忘了刚才的号啕大哭了。

二

一个人，一大杯水，三个馒头，一辆三轮摩托车。早晨七点钟，骑车行走在去地里的路上。晚秋的天气已经冷了，虽然穿着薄棉袄，可摩托车带起的风还是刮得人透心凉，几分钟的路程，感觉漫长得难以到达。几只早起觅食的喜鹊在路边蹦跶着，被摩托车惊起，站在树枝上冲我“喳喳喳”大叫，扭着脖子甩着尾巴上蹿下跳，好像没占到便宜的泼妇在骂街。顾不上看它们精彩的表演，等骑到地里，风刮得我眼泪都下来了。

停好车子，手冷得有些麻木。我活动着手脚，看向远处的田野。这片土地广袤平坦，到处种着玉米。玉米掰回家后，玉米秆在半个月内也被砍得精光，只剩下一溜溜玉米茬诉说一个季节的过往。

现在的人很能攀比，你干得快，我比你还要快。现代化的机械加快了这种进程，也让农民省了不少力气。犁了几千年地的牛、驴、骡、马彻底被解放，成了一种可供交易和增值的商品圈养了起来。

我不由得想起以前在黑眼湾用毛驴犁地的情景，手扶木犁，甩着响鞭吆喝着那头灵性十足的白驴。我的鞭子怎么甩它就怎么走，瓷实的土地便在毛驴轻快的脚步中开出黑色的土花，它是那么卖力而勤劳。

收回这些乱七八糟的想法，该干活了。捆玉米秆需要在底下先横放一根玉米秆，然后转身抱一大抱，齐腰放在这根横着的玉米秆上，蹲下用两只手交叉分别握住横放的玉米秆的首尾部分，使劲朝两边拉，还要用膝盖帮忙朝紧按，等拉不动的时候就用打绳结的方法把玉米秆拧到一起，这样一捆玉米秆就算捆好了。

一大块地里的玉米秆就被我反复重复这样的动作捆完，一捆捆整齐地摆放着。已经十一点了，明子打电话说他从镇上回来了。我吩咐他去看侄子给别人拉完了没有，完了赶快来拉这些。

他说，你不回来吃饭啊？我心里着急，还有一亩多玉米秆没捆，不抓紧今天是干不完的，他明天上工我又成“孤家寡人”了，再说有馒头、榨菜、开水，饿了吃一口就行。想到这儿，我跟明子说，不回去吃了。

休息了一会儿侄子开车拉着明子来地里了。侄子从西宁打工回来时白白胖胖，阳光帅气，只一个多月，这个地方的劳作就让他变得又黑又瘦。他一边和我拖玉米秆，一边说自己这几天腰疼、颈椎疼得难受。说得我心疼，我只能嘱咐他自己注意身体。

三个人装车速度就是快，我把一捆捆玉米秆抱到车前，由侄子递给装车的明子，他负责码放在车上。拉了两车一切顺利，车装好拉回去的空当我抓紧捆剩下的。第三车刚开始装，大哥打电话说我三哥拉玉米秆翻车了，让侄子开车去拉一下。拉玉米秆就这样，稍微装偏就有侧翻的危险，年年都有这样的事情发生。

我催促明子也跟去看看，也好帮忙。去了有半个小时两个人回来了，说是没什么大碍，车拉起来又装玉米秆呢。这个空当，剩下的玉米秆也被我捆完了。

第三车装了一半，明子的朋友打电话说让他帮忙去看一车木胶板。我又是打手势又是使眼色，示意他不要同意，可这家伙一口答应了。把手里的活计一扔，在我愤怒的抱怨声中骑着三轮摩托扬长而去，扔下一句：会打发他五哥来帮忙。

水分还没蒸发的湿玉米秆实在折磨人，捆了好几天，我已经累到极点。今天又一捆捆朝车前抱，腿像绑着铅块一样沉重。太阳这会儿也暴虐地晒着，玉米秆上飞扬起来的细绒毛和灰尘让人额头上似乎有千万条虫子在爬，奇痒无比。侄子也左一把右一把地用袖子擦拭着额头，试图让这种烦恼减轻一些。

明子这家伙总是这样不靠谱！我一边费劲地举着玉米秆递向车上的侄子，一边心里抱怨着。还好装了十几捆后，五哥真的开着拖拉机来了。

我是不用再朝车上递玉米秆了，可总得把满地散落的玉米秆捆拖到车跟前，好让五哥递给侄子。我的两条腿抡得和风车一样在地里来回穿梭。此时的我已经没什么力气了，肚子也饿得前胸贴后背，才想起来中午就吃了两个馒头！

还有一车没拉回家，我又一次抡起我的腿继续朝一块儿拖玉米秆，心里还忧虑着如果五哥这次不来这车玉米秆怎么装？一块地拖了一半，侄子一手拧着方向盘，一手拿着半个馒头啃着，和五哥一起来了。看见五哥我松了一口气，有个男人朝车上递玉米秆总是件让人轻松的事情。

不知不觉最后一车玉米秆又装起来了。夕阳用尽力气强撑着一张笑脸，红彤彤地秀着可爱的模样。我长出一口气，扯下口罩，口鼻那部分已经成了黑色，看起来有些恶心。我把口罩揉成一团塞进上衣口袋，摘下遮土的大檐帽提在手里，眼前似乎像拿掉了一座山一样轻松起来。身上的迷彩服沾满灰尘，裤子膝盖裂开口子宣告着它们的委屈。

侄子和五哥用紧绳器绑车上的玉米秆。车上没地方坐，我招呼一声先走。田埂上杂草丛生，鞋子里不知道进去了什么杂物，那会儿忙没觉得，这时候却硌得脚疼。

夕阳羞涩地躲进天边的云彩里，只剩下一抹嫣红，特别迷人。到了公路边，脚是真受不了了，只好不顾形象地坐在路边脱掉鞋子，在水泥路上用力地磕了几下，玉米叶、草籽、土混杂着出来了。我才注意到我的布鞋伤痕累累，一层布已经掀起来了，大拇指的地方快露出脚趾头了。脱下另一只鞋继续磕着，一个骑电动车的男人经过这里，不看路却盯着我看。我耷拉着眼皮不愿意面对他的目光，心里嘀咕：不好好骑你的车，看什么看，没见过“美女”还是没见过难民？

穿好磕干净的鞋，起身，回家。一脚踏进家门，羊叫、犬吠、儿女吵闹……我凑合着吃了一碗婆婆替我蒸好的米饭，静静地坐着，什么也不去想，也懒得想，一缕炊烟中，倒也一片祥和。

三

十一月的红寺堡，晚上的气温已经到了零下。凌晨五点多是一天中最冷的时候，我和我的搭档们要在这个时候起床，给牛羊拌好草料后，再给自己做点简单的早饭。吃完饭在六点四十的时候不约而同走出家门。围巾、口罩、棉衣、手套、棉裤、棉鞋，用这些衣物把自己武装得和狗熊一样。但是出门站在村道上，还是忍不住打了一个哆嗦。

这几天，中圈塘万亩葡萄基地到了盘树压土的时候，需要大量雇工。我们刚好忙完家里的农活，可以去挣几天钱。走了一段路没那么冷了。“三个女人一台戏”，六个女人凑在一起就是麻雀窝里捅了一扁担，热闹非凡。边走边聊天，这家的牛羊，那家的孩子，东家的媳妇，西家的婆婆，听说的绯闻，谣传的趣事……总之什么话题都有。

离天亮还有一会儿，远处的罗山朦胧地矗立着，像一只蹲着的巨型蛤蟆，俯瞰着脚下这片广袤的土地，也见证着西部大开发在这里取得的辉煌战果。田野里一些没拉回家立起来的玉米秆像草原上的蒙古包一样。路边的杨树随着晨风沙沙作响，似乎在抱怨我们这么早扰了它们的美梦。月亮还没有落下去，像一个橘黄色的大气球悬挂着。蒙蒙亮的天空让我生出一种错觉，问了一句：那是太阳还是月亮？搭档们大笑。空旷的野外，她们的笑声传出很远……

活是前一天联系好的。我们到雇主的地头，天刚亮，雇主还没到。走得急，大家都出汗了，正好松口气。没等几分钟雇主开车来了，给这家干了几年活，彼此都熟悉。

中圈塘的酿酒葡萄栽种了八年，前三年是等树长成型，不许挂果，第四年才开始有收益。政府大力投资建设，给村民相应的补贴，才形成今天这种规模。这里昼夜温差大，种出的葡萄含糖量极高，品质也好。至于农民的收益，也是根据个人劳动的付出来区分，有好有坏。

八年过去了，当年手指一样粗的葡萄树已经长得有小孩胳膊那么粗了。一眼望去，一沟一沟的葡萄树挨个儿靠在钢丝上，如褐色的蛇一般扭曲着身子。葡萄树冬天怕冷，需要深埋在土里，我们要做的就是把葡萄树压倒盘好后，等着耕犁卷土覆盖。这个过程说起来特别简单，可实际操作起来就不是那么回事了。修剪过的葡萄树有两米高，树的间距五十厘米左右，需要两个人一前一后合作，后面的人从根部踩压一棵树向前，俯倒到前面的一棵葡萄树根部，再把第二棵踩压俯倒至下一棵，始终是第二棵树的根部压着第一棵的树头。前面的这个人一边用手理顺压倒的树头，一边用脚蹬住葡萄树防止它反弹起来，还要把没压好的侧枝像拧麻花一样编织好。如此循环，一直向前推进，二百多米长的地两个人一天只能编两行。这个活儿需要两个搭档高度配合，稍有闪失，葡萄树反弹起来的力量会让人受伤。一起的兰嫂子一不小心，眼眶被弹起的树枝打得乌青，好几天了都没好。听说前年另一个村子的女人因为失手，导致一只眼睛失明。所以干活时，手底下一点儿都不能马虎。

我和元嫂子一组，米嫂子和她姐姐一组，兰嫂子和红嫂子一组。这里的女人结婚以后就没有了自己的名字，只说是某某的老婆或者谁谁谁的妈。

元嫂子今天是第一次压葡萄树，开始是我让她踩压我编树，一边干我一边给她说要领，没一会儿她就踩压得很拿手，还故意挤兑我：“谁说我不会，看看，才一会儿咱就成专业的了。”大家大笑。

米嫂子和她姐姐那组是米家嫂子在编树，兰嫂子这组兰嫂子编。编的这个人基本上是在树根部连爬带滚地前行，后面踩压的人相对轻松点。两个小时过去了，干了有一百多米，编的人已经是满头大汗。元嫂子并不知道其中的辛苦，还笑着说这活原来这么轻松啊。

米嫂子今天是哑巴吃黄连，她姐姐也会编树，但不知道什么原因，两个小时里她没有替换自己一下。米嫂子来例假，这样蹲着干活真够她受的。看着她不时站起来捶打自己的腰，我们几个都觉得吃力。兰嫂子和红嫂子都干过，两个人替换着干得又快又好。

快十点了，天气还没有暖和的意思。远处的地里三三两两散落着干活的女人，一个个把自己裹得只剩下眼睛。各色的花头巾在天地间醒目地招摇，给这单调的田野增添了一点明亮的色彩。这时，雇主拿来吃的，还是馒头、榨菜、可乐。看着这些冰凉的吃食，冷像传染病一样在全身蔓延。我挤在元嫂子和兰嫂子中间坐下，好让她俩给我挡挡风，可还是忍不住哆嗦。拿掉手套，我接过元嫂子递来的馒头和榨菜吃了起来。雇主天天拿的可乐喝得人牙酸，和馒头、榨菜融合在胃里异常的不融洽。一人吃了两个馒头、一袋榨菜就吃不下去了，又噎又冷，拧开可乐抿了一口，稍微朝胃里冲了一下就不想再喝。想休息一会儿又冷得实在坐不住，只好相互招呼着继续干活。

树太粗了，每压倒一棵拧得人手疼胳膊疼，我的速度明显慢了下来。元嫂子提议说让她试试，我喋喋不休地叮咛嘱咐后才让她编树。米嫂子的姐姐仍旧没有替换妹妹的意思，气定神闲地在葡萄树上太空漫步般地踩压。树上偶尔还挂着没剪干净的葡萄，虽然已经被霜蹂躏得干瘪丑陋、蔫头耷脑的，但是味道特别甜。米嫂子的姐姐不时拽一串吧唧吧唧地吃着、嚼着，等嚼干里面的糖分，再狠狠地吐出嚼成沫的葡萄籽。葡萄籽嚼碎后往往一次吐不干净，就听见她不停地“呸呸呸”吐着。没吐干净呢又碰上一串，又继续吃，吃完继续吐，全然不顾脚底下的妹妹什么感受。我们碰见了也拽下来吃，不过一会儿就吃得舌头发麻，可还是经不住甜味的诱惑不停地想吃。

雇主家的女人比较胖，而男人瘦得和猴一样，干活也没女人有力气，时不时被女人斥责，他也不吭声，只咧嘴笑，气得女人不停拿白眼翻他。前天听他们的邻居八卦：两个人结婚多年，日子过得红红火火，可唯一美中不足的是没有生育。

忙碌中的时间过得飞快，十二点时，三组人都编完了一沟葡萄，开始编第二沟。元嫂子已经被我指导得差不多了，开始不停地和我替换。一棵棵葡萄树被压倒编好，如一条落地的黑龙，带着不甘和委屈。枝丫如鳞片一般完美地交织在一起，整齐有序地俯在地面准备迎接土壤的洗礼，好过一个暖冬，期待来年更好地成长。米嫂子的姐姐仍旧没有替换她，我们几个都替她着急，相互用眼神交流着对她姐姐的不满。

下午两点钟，又到了吃馒头的时候，太阳总算羞答答地从云层后面探出头来，给了我们一点儿奢侈的温暖。大家围坐着吃了馒头休息了一会儿，忍着冰凉灌了几口可乐，准备继续干活。米嫂子站起来龇牙咧嘴地捶打着自己的腰，有些发愁地看着剩下的一百多米。

许是都累了，下午的气氛有些沉默。我和兰嫂子那组四个人都互换着干感觉还可以，唯独米嫂子的姐姐始终没有替换妹妹一把。

差不多又编了一块地，总算挨到了五点半，太阳无精打采地挂在西边的天上，一副昏昏欲睡的模样，天气更冷了。几个女人此刻的形象也显得滑稽。头巾斜了，口罩脏了，裤子膝盖上顶着两个大大的泥包，鞋子被挂得起了皮，手套磨得露出了手指，就剩俩眼睛在扑腾着眨巴。雇主家的男人掏出一叠钱给我们付工钱。刚把钱攥在手里，六个女人已经用飞奔的速度离开，像一群出笼的雀儿一样欢欣。

四

早晨起来一看，天气的脸扯得老长，太阳不知道上哪儿偷懒去了，风幸灾乐祸地“嗖嗖”刮着。羊圈里发出“哐哐”的声响，我不用看就知道是那只羯羊在用脑袋打门。它没有对手，孤独得久了就用这种方式证明雄性好斗的天性。我还没走到羊圈门口，几只母羊就像商量好了一样开始大合唱。刨了一筐铡碎的玉米秆，推开门，这些家伙已经你推我搡地挤在羊栏边，脖子伸得老长等草吃。那只羯羊挤不到羊栏边，恶狠狠地一头撞向一只母羊的肚子。母羊吃痛后退，它得意地占了母羊的位置。我生气地扇了羯羊一个嘴巴，这个坏东西，那只母羊有身孕好不好？草倒进羊槽里，几只羊开始埋头进食，总算安静了下来。

两头牛淡定地歪着脑袋看着这一幕，既不叫唤也不争抢，等我给它们添草。添完草，看着它们大口地把草卷进嘴里咀嚼，我也觉得开心。摸了摸左边这头牛的额头，它抬起头用蓝莹莹的眼睛温顺地看着我，想用舌头舔我的手。我忍不住使劲揉了揉它的头，真乖。

忙完牛羊已经八点多了，我急忙洗脸刷牙。装了两个馒头和一瓶开水，找好手套、围巾、口罩、大衣，用这些东西把自己裹好，该走了，出门去喊梅嫂子，又给元嫂子打电话让她动身。等元嫂子骑车过来，我和梅嫂子已经站在路边等她。梅嫂子坐在元嫂子旁边，我则笨重地爬上车厢坐下。电动三轮车“哼哼”着不情愿地启动，不过也渐渐快了起来，行驶在新铺的水泥村道上，平稳而欢畅。

元嫂子和梅嫂子说着家常，风大，听不清楚她们说什么。我抄着手盘膝坐着，用军大衣把腿脚包住，看着身后远去的道路和村庄。

昨天晚上刘总打电话，让我叫两个女人给他铲韭菜。“刘总”是一种戏称，他是种棚的菜农，经营着十一个大棚。我们认识已经八年了，抛开主雇关系，多少也算朋友，他有活儿需要雇工一般就给我打电话。我答应了，依旧叫的是元嫂子和梅嫂子。我们在一起商量着早晨怎么过去，梅嫂子说天太冷，走过去；元嫂子不同意，说那么远的路，两条矬腿“嗒啦嗒啦”什么时候能走过去；我说要不我骑三轮摩托车拉你们去。元嫂子一听烦了，骑什么三轮摩托车，费油，她明天骑电动三轮车拉我们去，不管怎么说，电都比油合算。我有些担心，问，嫂子，咱们三个加起来四百斤呢，你那小车车能拉动吗？元嫂子嘴一撇说，拉不动三个人还了得？

从村里到菜棚，电动三轮车走了有十分钟。几百个大棚整齐有序地排列着，像等着被检阅的军队一样。现在还不是大棚进苗的时候，除了韭菜棚，其他的空棚都没有搭塑料。这些大棚是红寺堡区重点扶持项目，引进甘肃靖远的菜农来种植。在西北，靖远人种大棚是出了名的，宁夏各地的大棚都有他们的身影。这种技术我们本地人见也没见过。

电动车还没到刘总的韭菜棚边，远远就看见他背着一个编织袋，头上斜挑着褐红色的棉帽子，棉衣没拉拉链，像张开翅膀的蝙蝠一样扇着。刘总走路挺有意思，似乎把所有力气都灌输到脚后跟上，然后猛然发力行走，让人看起来他走路和竞走差不多。

我们到韭菜棚边他也到了，看见我用军大衣把自己裹得严实，刘总就开始笑骂我：“冻死人的那年生的你吧？”我翻着白眼回敬他：“你管得着吗？你想穿还没有呢。操的闲心不是？”

他习惯了我一直以来的态度不好，假装气得瞪了我两眼，编织袋往地上一扔，置气地说：“干活。”惹得两个搭档嫂子大笑。

韭菜棚早晚放草帘子一个多月了，他把他的大棚裹得很严实。我捡起他扔下的编织袋，里面有铲子和包扎用的塑料绳。

他用卷帘机卷起草帘子，我们三个等着。草帘子在齿轮的带动下缓缓向上卷着，卷了有一米就关掉电闸不再继续。大棚靠墙的塑料上开了一个一米见方的小门，用于干活的人进出。上面为了防风防冷，又像挂门帘一样绑了一片塑料。

我拖着编织袋到棚口，扯开这片塑料，弯腰钻了进去，一股温热潮湿，以及羊粪和韭菜混合的气息扑入鼻中。棚上的帘子没有完全启起来，光线不是很好。脚下的韭菜一行行整齐地站着队，密密麻麻无处下脚。在这寒冷的冬天，绿油油的茎叶鲜嫩得让人有一种想吃的欲望。

我铲开一行韭菜走到棚后面给她们腾地方。门口的韭菜不铲，进来的几个人站都没地方站。梅嫂子把包递给我，让我挂在棚后面的柱子上。元嫂子和刘总这时也进来了，从编织袋里拿出铲子递给我们。四个人开始蹲下铲韭菜。

鲜嫩的韭菜在锋利的铲子下就好比绵羊遇上狼，韭菜根“刺刺”地被铲断，我们把它们一把一把地放成堆。这个是有讲究的，根部必须向后，这样后面捆韭菜的人拿起来顺手。

我们一般都说割韭菜，因为是真的拿刀子在割；可靖远人说铲韭菜，因为是真拿铲子在铲。我们初次看见他们拿铲子铲韭菜，也惊诧了好久，这韭菜怎么可以用铲子铲？惊诧得久了，一切都已习以为常，现在若不用铲子只怕我们都不会割韭菜了。

门口的韭菜铲得差不多时又来了三个干活的。一看都认识，其中一个叫小烟，前两年给刘总长期干活的一个女人。相互打过招呼就干活，铲的铲，捆的捆。

一边干活一边闲聊，我问小烟：“今年怎么不见你打工？”这个女人开始晒她的幸福：“今年不想干活，一直在家待着，早晚有男人喂牛烧炕，一天三顿饭有女儿做，我基本上就是吃了睡、睡了吃。”

她说到这儿，刘总开始接话：“你说你这样和猪有什么区别？我一天忙得只吃一顿饭，你吃了睡、睡了吃的，真是！”小烟大怒：“你那个狗嘴里吐不出象牙来，放的屁一点都不臭……”直骂得嘴角飞沫。

他俩一直这样，我们也习以为常。刘总被小烟骂并不生气，反而更加眉飞色舞：“本来就是，反正我们喂猪就是三顿。”我是听不下去了，插了一句：“刘总，你可真可怜，人家猪都吃三顿，你咋才吃一顿？”我的话让几个女人大笑，刘总讪笑着，不再和小烟调侃。

韭菜快铲结束时，贩子来了，这个人我们在棚区见过很多次，姓朱。他一见刘总就肆无忌惮地大声用方言说他网聊的“趣事”，拿出手机让刘总看着什么，暧昧猥琐的表情溢于言表，全然不顾棚里还待着六个女人。

五个小时后，韭菜被我们铲完捆好了。为了防冻，我们又把韭菜整齐地装进了纸箱，还用塑料袋包裹好。装车的时候，姓朱的贩子一直嘱咐：“小心点，别压伤了韭菜，上车三块钱呢，压烂不好发……”

忙完这一切，刘总付给我们一人三十块钱的工钱。下午一点半，太阳依旧偷懒不肯出来，天更冷了。

五

一群女人散落在早春的田野里，扎着头巾，戴着口罩，只剩下两只眼睛在扑腾，盯着面前拇指粗的杨树苗，有些无奈地蹲下去。树苗是去年插秧长起来的，今年为了让树苗根扎得再深一些，就得剪掉去年的树苗，让它们重新发芽。

女人们左手扶着树苗，右手拿着剪子，手一松，剪子张开锋利的“嘴”嵌住树苗，离地五厘米，拇指和其他手指默契配合，一使劲，“咔嚓”一声，树苗应声倒在地里。再一松手，剪子的弹簧快意地呻吟了一下又张开“嘴”，女人们挪向下一棵树苗。

四百米的地一眼望去，树苗林立，密不透风，每一棵都要重复相同的动作剪下来。休养了一个冬天，女人们的腰身略显臃肿，蹲了没几步就气喘吁吁，只好用膝盖来回替换，半跪着前行。一棵又一棵的树苗倒在身后。那个叫喜宝的男人跟在女人身后捡拾着，捡够一抱，就地一放。

太阳慢吞吞地从罗山上爬了起来，无精打采地巡视着大地，没一会儿工夫就厌倦地躲进云层里不出来了。风是个阿谀奉承的家伙，变着法子上蹿下跳，招摇舞蹈，刚抓起一把枯树叶撒落，又扯起一只塑料袋飞舞，顺带着扬一把土，没一会儿就把树地里弄得乱七八糟。女人们的头巾乱了，心也乱了。

剪了有一小块儿地，我的手心开始作痛，虎口像要撕裂一般，抬眼望去，一根根标杆似的树苗冷峻地站在面前，等着剪子结束它们生长了一年的枝干。天上的云越来越厚，像一群保驾护航的卫兵把太阳裹挟了去，不让它看树苗落地的悲凉。

有人摸出手机看时间，其他人赶紧问几点了，看手机的人眼睛一翻，说才八点。女人们顿时泄气，质问看时间的人："你那时间对不对？干了这么多活了才八点？"

又有两个人摸出手机，一对照，时间是没错的，可时间咋过得这么慢呢？看身后剪断的树苗数量怎么也得十点才对。唉，这鬼天气，连太阳都不见了。

女人们的速度慢了下来，三三两两地有人结伴去上厕所。野外空旷，女人们找个上厕所的地方真不容易，一来一去得十几分钟。十几个人换个儿地上了一遍厕所，时间却没有因此变得快一点。手来回不停地使劲握剪子，手背略微肿了，肩、肘、手腕都因为用力过度而抗议起来。

女人们的队伍开始凌乱起来，手上有劲、剪子快的开始领先，中间那部分女人始终不紧不慢。落在后面的三两个最是狼狈，头巾松了，口罩挂在一边耳朵上来回甩着，半跪在地里，膝盖上顶着大大的泥包，呼哧呼哧喘着粗气，两只手握着剪子，转着圈地绞着树苗，别人剪了三四根了，她们一根也没剪下来。其他人已经远远地走在前面了，几个人一抬头，不乐意了，喊着让前边的女人等等她们。前面的女人心一软，折回帮她们剪几棵树苗，拉近一下距离。可没一会儿，她们又落到后面去了。连续几次，再喊，相熟的搭档便失去耐心，回头笑骂："你们几个邋遢鬼，穷鬼，活该赶不到前面，你们说说，一把剪子二十来块，你们买一把新剪子会死啊？"一通骂惹得大家哈哈大笑，骂归骂，可也不能见死不救。走在前面的折回来帮这几个女人，几下就剪倒了一片，这样刚好和中间剪的人会合。女人们重新排成一行开始下一轮的活计。但没一会儿，又成了前后参差不齐的队形，手已经承受不起来回的张合，速度一再减慢，这回落在后面的再喊也没人救场了，几个人恨不得立马去买一把新剪子来。

喜宝是这群女人中唯一一个男人，始终跟在女人身后捡拾树苗，偶尔被脚下的树茬一绊，他一米五的身体会前倾一下但不会摔倒。喜宝快四十了吧，矮矮胖胖，一张冬瓜脸无事挂着笑容。总看见他提着一只茶杯，绿莹莹的茶水上漂着三颗大枣，蹲在他家大门口的台阶上，打量着过往的人，口齿不清地和行人打着招呼。那些人总会揶揄地夸赞喜宝是有福的男人。每到这个时候，喜宝都会咧嘴大笑，一颗多余的门牙显眼地顶出嘴唇，炫耀着主人的得意。

直到儿子出来，趴在喜宝身上闹腾着要一块钱时，他才开始狼狈起来，左右摸不出来个钱。儿子才不管他三七二十一还是二十四，躺在地上开始撒泼打滚。喜宝开始还有耐心，哄着抱着。可这孩子是越哄越得势，越闹越厉害。喜宝终于怒了，从路边的柳树上扯下一根柳枝，照着儿子的屁股就抡了下去。孩子一阵撕心裂肺的哭引来了邻居的围观。喜宝还脸红脖子粗地质问儿子再要不要钱。喜宝的家门爷爷看不下去了，掏出一块钱哄着孩子，转脸对着喜宝就是一顿骂："你个坏！你一个大男人，不想着出去挣钱，把女人放在外面饭馆里能挣几个钱？

你天天一个茶杯子一提蹲在大门口夸你呢？你看看别人家的房子，你再看看你们家，你连给娃的一块钱都掏不出来，你还好意思打娃？”那天的喜宝颜面扫地，悻悻地站在村道上回也不是，不回也不是。后来一个邻居就喊他和女人们一起去干活，虽然一天七十块钱，可哄孩子总是足够的。

时间熬到了九点半，该吃馒头了，女人们总算松了一口气，提起干粮袋子三五个一坐吃了起来。天冷，水早凉了，胡乱吃几口馒头凑合一下吧，可这馒头得细嚼慢咽。在没有色彩的早春，女人们的头巾成了炫目的风景。粉色、红色、浅绿色，相互映衬在一片枯黄的旷野里。远处的罗山雾蒙蒙的，看似近在眼前，其实遥不可及。吃在嘴里的馒头如同刚才难以打发过去的时间，只在嘴里打转，却咽不下去。喝口水冲一下，冰凉刺骨。

天空飞着几只喜鹊，变换各种身形表演着自己高超的飞行技能，飞累了，一个转身，潇洒地飘落在杨树苗最高的树枝上。细小的树枝经不起喜鹊的踩压颤颤巍巍地晃着，好像要把喜鹊甩落在地，可这小东西甩着尾巴竭力保持着身体的平衡，愣是在那根树枝上站稳了脚跟，得意地“喳喳喳”大叫。女人们正烦着呢，谁有心情听它卖弄？一个女人弯腰捡起一块土坷垃，掷向枝头狂喊的喜鹊。土坷垃没打到喜鹊，受了惊的喜鹊扭着腰身飞走了，临走在女人们干活的上空盘旋了几圈，似乎用这种方式表达着它的不满。

二十分钟后，不用老板催促，天气就无情地驱逐着这些女人上工。女人们甩着手有些大义凛然地走向树苗，有几个女人的手确实疼得不行了，她们开始打喜宝的主意，看能不能把剪子换到喜宝手里，再咋说喜宝是男人。她们一边念叨一边装可怜，一边看喜宝会不会主动来换一下。但是她们估计错了形势，喜宝还是那副憨憨的表情，龇着牙笑得天真无邪，就是不接女人们递过去的话，只专心地捡拾着面前的树苗。

四百米的地头在女人们的吵闹笑骂中很快出去了，时间依旧缓慢得像一头拉不动车的老牛。十一点了，仍旧没有暖和的意思。手上的疼痛似乎支撑不到中午休息了，气氛越来越沉默，只剩下咔嚓咔嚓的剪树声和树苗落地的沉闷。一声惊呼打破了这种沉默，大家一抬头，不远处田埂上的一幕触目惊心。一只大狼狗领着五六只土狗在分食一只死羊。大狼狗显然已经吃饱，半眯着眼睛卧在田埂上，冷冷地看着这群人。而那几只土狗仍旧在撕扯着死羊，完全没把女人们放在眼里。而女人们也没勇气像驱赶喜鹊一样去驱赶流浪狗，只能任凭它们在面前上演血腥的场面。我们手底下的活计依旧在继续。狗无视着人，人忽略着狗。

远远驶来一辆电动三轮车，几个女人对双膝跪地匍匐向前的一个女人惊呼，你看你看，车上那个孩子怎么像你儿子。女人抬头细看，可不正是自己在省城重点高中上学的儿子，他怎么回来了？是不是出啥事了？看着儿子一步步走向自己，无数的疑问涌上心头。三十七岁的她瘦弱干瘪，皱着眉头甩着手腕，新买的头巾鲜艳悦目，却遮不住脸上积淀下来的沧桑。丈夫一开春就打工去了，家里就她一个人。养着四头牛，二十几只羊。她牛圈里出来羊圈里进去，得早早地喂好牛羊才能去打工。三个儿子都在上学，一个月的生活费要两千多元，家里还有这样那样的花销，光靠丈夫一个人挣钱根本不够，自己虽然挣得不多，可好歹也能补贴一下家用。

儿子腼腆地笑着，两个月不见，又长高了。仔细询问，原来今天是星期六，儿子随亲戚的车回家来看看。回来看见母亲不在，一打听知道在这里干活就过来看看，一会儿就走呢。女人的心放下了，儿子抢过女人手里的剪子，半蹲着开始剪树苗，到底是男孩子，手上有劲，几下就帮女人剪倒了一大片。女人一边甩着手腕一边和儿子聊天，问东问西，儿子一边剪树一边小声回答着。

剪了一会儿，儿子要走了，女人开始询问一起干活的女人谁装钱了。一群女人七零八碎地凑齐了五百块钱，女人拿过去递给儿子。儿子推辞着不要，说自己这个月钱够花，下个月再说。

女人执意扯着儿子的手腕强行塞给儿子，儿子一看不行，数出来二百块钱自己拿着，剩下的又塞给母亲。娘俩就这样来回地推让手里的钱。儿子一看拗不过母亲，便把三百块钱使劲儿塞到母亲兜里转身就跑，边跑边回头嘱咐母亲别操心他。女人一看追不上儿子，只能大声喊着让儿子在学校吃好喝好，千万别亏待自己。

走远的儿子挥了挥手，示意母亲忙去。女人看着儿子远去的背影，叹了口气，拿起剪子重新加入剪树的队伍，匍匐在地用双手使劲儿剪树。

看了无数次的手机，时间总算熬到了中午，剪倒的树苗和站着的树苗齐齐整整地拉开了分界线。女人们拖着有些跛了的腿，甩着手腕，像一群打了败仗的伤兵，懒散地走向地头休息。

（原载于《散文选刊》2017 年第 4 期）

江湖在每个人的心里

三虎蹲在树荫下，一只手拿着手机，一只手托着下巴，双眼含笑，神情愉悦。他的手机微信里，一群女人的聊天语音一句高过一句，像一个嘈杂的自由市场。

玩笑、怒骂，甚至暧昧、煽情的话语层出不穷，三虎听到惹他发笑的话语就忍不住嘴角上扬。他的左边是一堆粗砂石，对面是一堆细沙子。搅拌机像个蛮不讲理的莽汉横在路上，里面放着搅好的沙灰。水泥离搅拌机有一截路，三虎会拿钢筋钩子钩在水泥袋子的边缘，扯起一袋就走。水泥袋子不情愿地被拖着，洒下一道道水泥印子，把路面糊成了水泥的。

高宝腆着自己的肚子，背着手不紧不慢地从院子里走出来，冲着三虎一挥手，来一车车灰。三虎从手机的遥远世界里回过神来，不满地瞪了高宝一眼。高宝看到三虎开始拉灰，重新背着手进了院子。

这是一家私人院落，要盖八间房子，主人家提供建材，轻工承包出去。高宝的邻居小金是个小包工头，他承接了这个小工程，高宝和三虎是小工，一个开搅拌机，一个在里面伺候瓦工。

和他们一起干小工的还有马志和两个女人，除过开搅拌机的三虎，他们四个人供着四个瓦工，又是抱砖，又是供沙灰。八间房子，九个人开始修建。

一堵墙的两边站着两个瓦工，靠着一根线一层一层增加墙的高度。一根线决定着一个墙面的工整，一根线更测试着瓦工的水平。所以我们这里把瓦工一直叫“提线子的”。音乐家可以用各种乐器弹奏成一曲动人的曲子，而“提线子的”瓦工只能用手里的瓦刀把砖敲出叮叮当当的声音。墙的拐角为了套上茬口，每一层都要把砖剁成三七分开的半截。“七分头”上墙，“三分头”舍弃。所以瓦工又被喊成了“剁砖的”。

有福姓马，三十出头，精明干练，他的搭档是马师，一个瘦弱且稍微谢顶的中年人。马师是尊称，意思是瓦匠师傅，冠上姓。但大部分时间没人喊他“马师”，而是叫他“汗爷”。马师辈分比较高，三虎得叫他一声爷，马师一干活，头上好像有一眼“渗渗泉”，脸上擦不完的汗，所以大家戏称他是三虎的“汗爷”，喊得久了，都叫马师“汗爷”。

马志是伺候有福的小工，一边干活一边不停捣鼓手机。有福看着忙乱的马志，偷笑，一副过来人的样子，笑着说，现在的人啊，离开手机就活不了了。马志抬头说，得了吧，你也不是省油的灯。有福挤了挤眼睛咧嘴一笑，继续忙自己的事情。

两个女人配合着朝脚手架上放砖，只有把脚手架堆满，她们才能松口气，但在“剁砖的”瓦匠叮叮当当地敲打中，她们一直没真正松口气。高宝刺溜刺溜一直在供沙灰，搭满几个沙灰斗子，他就双手抱着铁锹把支着下巴看着。有福回头说：“高宝，沙灰太硬了，加点水重新和一下。”

高宝抬头不屑地看着有福，说：“就你事情多，“汗爷”都不言喘。就这样的沙灰，你看能用吗？嫌不好自己下来和。”有福气得翻着白眼说：“我下来和灰，老板雇你来是谝闲传的啊！”

高宝一看有福话不对，转身提水去了。有福和另外几个人骂，你别看这个高宝，人不咋样，干活偷奸耍滑，可一张嘴和谁都能抬杠。马师一笑，说，他现在可好多了，你们不知道，早几年在杨老板的工地上，高宝整得几个瓦工跳脚。让把灰和一下，人家一铁锨石子就和进去了，这下好，砖敲不到一个水平线上，你就慢慢挑石子去吧。干不出来活，老板骂的，人家高宝就像没这回事一样，背着手还有闲转的时间。

高宝提水回来了，听见马师说他过去的“辉煌”，忍不住还是得意了一下，心想，想欺负他，没门。

休息的间隙，马志的手机不停在响。有福看着马志，笑着说：“以前吧，我一直给人跑货车，只要停车，就不停地和人聊天。可现在，我看见别人这样捣鼓手机，从心里觉得累，可能是年龄的缘故。”

有福深深地吸了一口咽，继续说：“过去年轻，不懂事，现在想想，咱媳妇自从跟了咱，没过上一天好日子，咱得好好待人家。我现在就想好好挣钱，让媳妇、娃过得好一点，至于网络、聊天，已经不想玩了。”

两个女人躲得远远的，男人们的话题不适合她们参与，“汗爷”低声问有福：“金花的男人回来了没有？”有福撇嘴：“那家伙现在在外面领着两个女人，回来干吗？要不你看这个女人一天到晚四处找着打工，家里有两个孩子呢。”“汗爷”点点头：“也是啊，一个女人，真不容易。”

老板小金插话了：“金花倒是把自己保养得不错，脸白白嫩嫩。”有福说：“这女人可舍得给自己花钱了，一套护肤品四五百元。”小金说：“这就对了，把自己保养好再嫁也能嫁个好的。”有福说：“干脆你收编了算了，她一个女人家，真心不容易。”小金大笑，说：“赶紧算了，一个我都养活不起，还再收编一个。”“汗爷”感叹：“就说啊，咱一个老婆都养不起，金花的男人居然外面养着两个，也是有本事的人。”有福大笑：“人家是靠那两个女人养着，你以为他养两个女人，你也不看看他那个德性。”大家又是一阵大笑。

虽然离得远，但玩笑还是被金花听到了，这几年，她已经习惯了这样那样的闲话。她和那个男人，爱过，吵过，打过，闹过，最终不再回来。可孩子是她的，不管他在外面有几个女人，她的家不能散，她不能让自己的儿子无家可归。所以，再苦再累，她都守着两个孩子，只要听见哪里有活干她就奔向哪里。日子不也照样过了？

金花突然和一起的女人说：“咱们这些女人活得连牛羊都不如，牛羊还能安逸地在家被人伺候着吃草，我们就像停不下来的机器，一直奔波。女人为什么要嫁人，要生孩子？如果不是世俗的闲话，我们完全可以一个人生活得很好，干吗要嫁个男人？”她的搭档长长地叹了口气，两个人一起看着天上的云彩发呆。

高宝也时不时拿出手机看看。马志说：“你网友找你呢啊？”高宝得意地笑，扬了扬手里的手机：“你以为就你们会上网？我也会，这个月光电话费七十多。”马志大笑：“哎哟，厉害了啊，我看看你微信名叫什么？‘我爱花，花爱我。’”几个人同时笑得不行了，说：“这个高宝真有意思，一个四十岁的老男人了，还挺有追求，他爱花、花爱他的，浪漫得不行。”

马志说：“不愧是媳妇在外面当领班的人，真舍得打电话，我们一个月才三十块钱话费，你花七十块，是不是净在网上拈花惹草了？再说你媳妇一个月三千块钱呢，你还干活干吗？”高宝说：“钱哪有多余的？”马志说：“你媳妇都当领班了，给我媳妇找个活干呗？”高宝底气十足地说：“只要你媳妇想去，我立马给你联系。”

“汗爷”一边敲砖一边问有福，高宝媳妇真是领班啊？有福说，听说是，反正那女人出去都三年了，当领班也不是没可能。什么活都怕长期干。“汗爷”点头说，也是，只是没看出来啊，高宝的媳妇还挺有本事。有福说，人不可貌相。

男主人来了，后面跟着女主人。男主人高大魁梧，女主人瘦弱纤细。两个人围着砌的墙看了一圈，男人没看出什么毛病，女人则不同，各种询问。小金陪着做解答，女人有疑问的地方，小金耐心解释着。

已经到了秋季，院子四周的杨树叶子开始枯黄起来，主人家原来有一园子果树，可要盖房子，大部分果树被砍倒了，散乱地堆放在各处，只留下几棵枣树。枣树太大，底下的枣子被人摘完，树顶够不着的还很多，摘不上，打不着。树下散落着被风刮下来的枣子，好的已经被人拣拾，剩下的被踩得不像样子。

高宝趁供好灰的间隙，拾了几根短木棒，奋力朝着枣树顶端扔去。枣树的树叶还很浓密，木棒扔上去划出一个好看的弧度又被反弹了回来，顺带落下几颗枣子。高宝用这个方法，不一会儿把两个衣服兜都装满了。

高宝嘴里一边吃一边走向两个女人，把自己兜里的枣子大把掏给金花，又象征性地给那个女人两把。有福冲着马志眨眼睛，马志刚把眼睛从手机上挪开，一脸茫然地盯着有福，不知道这人突然给他挤眉弄眼地干啥。有福一看马志的呆样，忍不住又撇嘴："这都什么人啊！"

小金和那个女人站那儿说了快一个小时的话了。有福一边敲砖一边和"汗爷"说，五十一的老婆肯定又找不到五十一了，这不又来和小金说。五十一是小金的朋友，常年在外面包活。早些年人给孩子取名字时，会用爷爷或者父亲的年龄给孩子取名。于是就有太多人叫：三十、四十、五十、六十、七十、八十；或者这些数字中间的数字，五三、六三、七三；还有什么六十五、五十一……总之太多孩子的名字都是数字。

小金赔笑听着五十一老婆对五十一的控诉，不时回头看看墙上他的瓦刀。不忙时，小金也会帮着砌墙。这女人和他说了快一个小时还没有要停下来的意思，听得他心里像长了草一样，心说遇见你这样的，别说五十一，给任何一个男人都在家待不住。

女人的控诉反反复复，她打电话五十一不接，已经一个月没回来了，这么大个家扔给她一个人，又是种地又是喂牛又是管娃，她容易吗？可就她这样，五十一还天天嫌弃她这也不好那也不好……

女人总算走了，小金长出了一口气，拿起瓦刀准备干活。有福笑着问："又给你说心里话呢？"小金大笑，说："这个女人，也就五十一能忍她，要给我的脾气，早不和她过了；你说说，人五十一缺她喂牛还是缺她种地，人哪一年不挣个二三十万元，就让她在家带孩子。是她自己找不自在，非闹腾着要种地，要喂牛。五十一就给买了一头牛，那你好好喂着不就完了，喂上牛之后又说把她累死了，五十一什么都不管。你让人家咋管，人家出去请人吃顿饭就是半头牛钱。再说了，给她把肉买回来放冰箱，放臭了都舍不得吃，化妆品买来嫌贵不肯用，领出去旅游嫌花钱，带朋友回来她不招呼。你们说说，五十一那么大气、好面子的人，愣是被这个女人倒了门风。如果这个女人还有什么优点的话，那就是爱钱，五十一在外面那么挣钱了，她还跑去一个小时挣六块钱。所以啊，我是替五十一痛苦啊！"

大家被小金夸张的语气惹得一起大笑，对于这两口子之间的事情，闲话从来就没停止过。女人一旦成了怨妇，拉住一棵蒿草都能诉苦，更别说那些等着听家长里短的妇人们。可听完大家一致觉得，这个女人不可思议，典型的自讨苦吃。再久，妇人们看见这个女人都会敬而远之。而小金，成了她新的倾诉者。

日子一天天过去，树叶一直在落，枣子每天都在减少，最初的一堆石头、砖头、沙子、水泥、钢筋，组合成了几间房子。男主人每天都来看他房子的进度，女主人总有这样那样的疑问，小金赔笑解释着。

开始粉刷了，要减小工，小金毫不犹豫地把两个女人打发了。有福说，金花挺遗憾的，不能再挣钱了。其实两个女人干活踏实，一天还比男人少二十块钱。可小金也无奈，马志和小金是亲戚，高宝和小金是邻居。他明知道高宝干活不行，但就是不能打发。挣钱只是一时，可邻居要做一辈子。

墙面不停地被洒水，水管压力很大，墙吸收不及时，水则顺着墙流向地上。地上一片水洼，更增添房子里的阴冷。长久蹲着，弯着腰，让几个瓦工都有点驼背和罗圈腿。

今天的活是粉刷墙面，把沙灰抹墙上，再处理成垂直光滑的水平面，典型的技术活。有福拿起“汗爷”的铁抹子试了一下，马上惊呼，你拿着这种工具都敢来混小金的钱，你看看这都成什么样子了？有福手里的铁抹子是薄钢板做的，轻薄结实。可几年时间过去，“汗爷”把铁抹子用得和纸一样薄，比新的整个小了一大圈，木手柄被右手大拇指和食指勒出了一个合适的内凹的弧度，一握铁抹子，两个手指就会自觉陷进凹进去的位置。

“汗爷”一笑，说：“嫌弃啊，这抹子我用了五年了，还不是照样挣钱。”有福一边啧啧啧地吧唧嘴，一边感叹：“也就是小金好说话，你去别人工地上，拿这么个抹子，看人家不把你踢出去。”

“汗爷”还没说话，高宝插话了：“你看你讨厌不，人家拿什么和你有关系吗？幸亏你不是老板，你要是老板，就和周扒皮一个样。”有福一下子不高兴了，放下铁抹子冲着高宝就是一顿骂：“哪儿都有你，你不说话没人把你当哑巴！我和‘汗爷’说话有你什么事？太把自己当回事了！”高宝也不乐意了，说：“我就看不惯你怎么了？以为自己聪明，别人都是傻子啊？”有福不依了，指着高宝的鼻子质问：“来，你今天把话说清楚，你看不惯我要干吗？”

眼看两个人火药味越来越浓，“汗爷”开始劝架：“你们两个真是，一句玩笑话而已，至于吹胡子瞪眼吗？有福你也是，和高宝计较什么呢，让别人知道还说你欺负他呢，赶紧干活。”

马志也过来推着有福开始干活，高宝悻悻地出去喊三虎拉灰。有福还气不过，骂骂咧咧和“汗爷”说：“你别看这个家伙人不怎么样，可肚子里一肚子坏水。”“汗爷”一笑，说：“就那么个人，你和他争吵，别人会说你不懂事，算了吧。”

有福还在生气，高宝已经没事了，他背着手，腆着肚子慢慢走向三虎要灰，这是他最喜欢做的一件事情。

树荫下，三虎还是在听手机里女人们的聊天。外面的世界既遥远又真实存在，每个人的心中，应该都有一个江湖。

（原载于《回族文学》2018年第3期）

嗨，挣钱走

一

云彩给月亮戴上了一顶时尚的大帽子，让月亮只露出半张羞涩的脸。周围缠绕着的丝丝缕缕的云，把月亮装扮成了一个神秘的贵妇，抓挠着世人不安分的心。

黎明将至，路灯在村庄里指引着方向。等了半个小时，车没有要来的意思。女人们有点后悔，早知道就不四点起床等车了，早知道再睡一会儿，早知道就不用这么着急，早知道就再拿个西瓜……但是哪有那么多的“早知道”？

十字路口，路灯下，一群女人打着呵欠，谈论着和赚钱有关的事情，羡慕着常年在家待着的女人，向往着远方未知的世界，期盼着今天的天气不要太热。

十几个人，身边除了锄头、铁锹，还有镰刀，再就是编织袋里装着的西瓜，一摞饼子，一大瓶水，一小瓶水。昨天缺的东西，今天挨个儿都带齐了。听说地方很远，听说草快和人一样高，听说活很难干。但有一点是充满诱惑的，那就是一天一百块钱的工钱。干活是十个小时，路上两个半小时，中午休息一个半小时，一共十四个小时。

挣钱去，在路上。

二

公交车昏暗的车厢里，所有的座位都是满的，还有一个座上挤着两个人的，农具在脚下堆成堆。大家扒着车门一看就心凉了，一个多小时呢，铁定要站着去了。

一上车，脚臭、汗味，以及没有开窗通风捂出来的味道混杂在一起扑面而来。我跨过成堆的铁锹、镢头，在靠后的过道中间找了个站的地方。座位上的人大部分在酣睡，并没有因为停车、上人受影响。

最后一个人挤上来，车子开始启动。司机也是女人。路是新修的，女司机把车开得和火车一样平稳。我抓着吊环，既没觉得颠簸，也没因为加速减速前俯后仰。看惯了男人开着公交车横冲直撞，大家对这个开公交车的女人表达了赞叹之情。

我打量着车里的这些女人，表情是一样的，满脸写着疲惫和苍老。我凭着自己老实巴交的脸，迅速博得旁边座位上一个女人的同情。她朝座位里挪了一下，示意我坐。我微笑着说谢谢，摇头拒绝。我不想挤别人，还是站着比较自在。女人冲我笑着，她在表达对我生分的理解。

我和她攀谈起来。红寺堡很大，她在另外一个乡，三点半已经在车上了。我比她幸运，三点半还在和周公约会。我们的谈话令后座上一个正在睡觉的女孩皱起了眉头，我吐了一下舌头，不再说话。

女人悄悄和我说，这过道里宽展呢，要不你把鞋脱了坐在地上。我还是笑着摇头，坐在一群不认识的女人的脚下，我觉得我受不了。她说的鞋脱了坐地上，是让我把鞋脱了垫着坐。

路似乎没有尽头，车单调无聊地跑着。路边是陌生的景，一遍遍地被车甩远。远处的小山看着尴尬，说是丘陵有点庞大，说是山吧又不巍峨，还光秃秃的，啥也没有。女人数次和我小声说，鞋脱了坐在地上吧，我都笑着摇头。她是善意的，我是固执的。

中途把车上的几个人倒到另一个拉人干活的车上，车里的空间开始宽敞起来。女人又一次示意我：去，现在坐到铁锨把上去。我还没挪过去，铁锨把上已经有了两个女人的屁股了。女人有点儿恨铁不成钢地白了我一眼，指着剩余的一点儿空间又让我坐。我看着这个善良的女人，觉得再不坐下去，她会一路替我操心。

我坐的位置是铁锨头，不过是反着放的。一低头，看见女人们脚上清一色的布鞋，有的新，有的旧，但都是一个地方出产的，二十块钱一双。这几年，女人们都从做鞋这项工作中解放出来了，再也不做鞋了。想当年，我也在这项工作中艰难跋涉过，手指被针磨出了很多茧子；想当年，我也是有针线的人。

坐得久了，感觉腿压麻了，伸手去揉，却摸到了腿边的西瓜。不觉忐忑了起来，我一直以为腿边也是铁锨头，敢情半天腿底下压着人家的西瓜，不知道西瓜好着没？赶紧朝起拽了拽。再看看座位上的女人，依旧熟睡，悄悄朝人家脚边搡了搡，但没办法心安理得。

车还是在走，我在公交车的过道里，透过站立的腿的缝隙，看见太阳从罗山上升起来，光芒万丈……

睡醒的大地一片生机勃勃，路途似乎还很遥远。

三

女人们像羊一样散落在枸杞地里，有拿锄头的，有拿铁锨的——无论使用哪种工具，目的都是一样的，那就是把眼前比枸杞树还高的草砍掉。

秋天的几场雨让水蓬蒿迅速膨胀，在枸杞树的空隙里尽情地舒展筋骨。一眼望去，像排列好的绿皮火车行走在各自的轨道上，互不干扰。

锄头、铁锨碰撞在土地里。土地里石子和土掺杂，耳朵里听到的，是锄头砍在石子上发出的声响——低沉，细碎，反反复复。

天气很热，石子把锄头、铁锨的锋芒逐步消减，平整的刃口变成了锯齿的形状。

平时最能说的女人也陷入了沉默，漫山遍野只剩下铁锨、锄头和石子厮磨的单调声响。地里的石子让女人们有种有力气没地方使的无奈——不使劲，草砍不下来；一使劲，碰在石子上，火星四溅。各人的力气不同，进度也逐渐拉开，一眼望去，干活的女人像股市的 K 线图一样参差不齐。

一阵细碎的歌谣飘了起来，又落在这片土地的边边角角，打破了这种沉闷。循着声音望去，唱歌的是一个老婆子，她挥舞着锄头的同时，断断续续哼唱着。在记得歌词的地方就唱出来，不记得歌词时就哼着调子，气力跟不上声音，却不显得突兀。

她唱会儿，停下抹一把头上的汗，又接着唱。跟她一起的胖一点的搭档笑骂：“老不死的，你这是死灰里面冒烟呢，就剩一口水了，你给我扯着嗓子号，号干了我不给你水喝。”女人不唱了，回头说：“照你这么说，馒头还在我包里呢，我也不给你吃，饿不死你。”

两个人的笑骂迅速扩散，旁边一个小媳妇说：“阿姨，我给你放个音乐，你给我们跳一段吧。”老婆子豪爽地一挥手：“放，好像谁不会一样。”

在秋天午后的山梁上，一个有点瘦弱的、五十多岁的老婆子，裹着围巾，舞着锄头，伴着一首流行的音乐开始起舞。所谓起舞，不过是胡乱扭着身子转圈，动作夸张。音乐结束的时候，锄头利落地砍向一棵草。音乐停，草歪向一边，身首分离，一切刚刚好。老婆子拄着锄头，像个得胜的将军，问旁边那个小媳妇：“咋样？真以为我不敢跳啊。”

小媳妇诧异地看着老婆子，几十个女人也诧异地看着老婆子。老婆子咧嘴一笑，说：“干活，干活，小心下巴掉地上。”

四

老板问，有人干包工吗？一米两毛八。没有人回应，心里没底的事情，谁都不愿意出头，更别说和钱有关的事情。万一包赔了呢，既出力，又挣不到钱，还会被一群人笑话。

在地里督促女人们干活的老板希望把自己解放了。干包工的好处就是早晨一登记，下午一验收，合格的工钱一给走人，不合格的再让返工干去。既不用一天到晚跟着，也不用用尽心思又是说好话，又是施加压力让人干活。干包工的人也自由，力气多了多干点，力气少了少干点，没力气了躺着去，想吃就吃，想喝就喝，没人说，没人管，活干到哪儿就到哪儿，人都是自由的。

老板在几十个女人中巡回问了好几遍，还是没有人回应。老板看着和羊群一样参差不齐的女人，抹了一把头上的汗，忍不住拿掉头上的帽子使劲扇着。

想了一会儿，他去做走在最前面的两个女人的工作。他承诺，让这两个女人先干着，到下午如果干得多，就按包工开；如果干不够一百块，还是按一百开。两个女人不说话，迟疑着用眼神交流了一会儿，谨慎地问：“说话算数不？”老板说：“我这么大的干活面积，还能哄你吗？”两个女人说行。

两个女人成了头羊，只一会儿，就把一大群女人甩出几十米，再一抬头，只能看见头巾的颜色在远处晃动。

“她们俩还不是耍二！”

“女人能有什么长力，你们看着，一会儿绝对趴那儿起不来。”

“就是，你们看着，今天挣个高工资，明天就和死狗一个德性。”

“她们要干干去，我们就这本事，只要一天能把这一百块钱混到手，就知足。可不敢那么二，毕竟是女人，能有多少力气啊！”

“钱把人害了，谁都想多挣几个……”

“现在这么拼命，等老了就知道了，下过大苦的女人就像糠了的萝卜，中看不中用……”

两个女人远去的背影招致了自己同伴的各种经验之谈。这些经验追着两个女人的背影，消失在枸杞树的枝枝丫丫，消失在成堆的荒草里，消失在脚下的土地里。于是，一群女人在干活的同时严密监视着两个女人的进度，预测着明天甚至几十年以后的事情。

拉开的距离太远，两个女人听不到身后的议论，或者听到了，也不会当回事。自己的日子自己过，能多挣钱，谁都会拼命。

一群女人等着验证对两个女人的预测，但结果是，两个女人四点钟就歇在了公交车上，干了比其他女人多出一半的活，各挣了一百七。

第二天，所有人开始干包工，昨天那两个女人淹没在你追我赶的人群中，没有人再有闲时间说话，也没有人再预测明天和未来会怎么样。

五

还有不到二十米，女人的眼睛早已奔着终点而去。脚底下的土地比冬天的热炕还烫。鞋底子吸收着这些热量，从脚底爬进喉咙，蔓延到嘴皮上。

最后一口水早在地中间就喝完了，她开始后悔早晨没有带水，后悔中午只买了一瓶矿泉水。一块钱一瓶，一块钱铲草要铲四米才可以，地里的草比人还高，草根比手指头还粗。她五十多了，挣这一块钱不容易，但她还得来。

实在是渴得不行了，她向旁边一起的小媳妇求救：“你还有水没？让我喝点。”小媳妇想也没想反问她：“水是还有一口，但是你喝了我怎么办？”女人的期盼如同砍断草根的草，在太阳下瞬间蔫了下去，她开始无比想念她家的茶壶，只要想喝，茶壶里总有晾好的开水。

在这里，水是没指望的。这里是个枸杞基地，依一座丘陵呈南北走向无限延伸，据说有近两万亩。丘陵上长了一点浅薄的植被，像秃子头上的癞痢星星点点。周围没有农田，没有村庄，没有绿化带。这一大片无边无际的枸杞树的存在，就好像一个丑汉子突然娶了一个俊媳妇。

陆续有人铲完出去坐在路边休息，喝水，吃馒头。女人再一次抬头看着不远处的终点，她觉得，那是自己和家里的水的距离。

女人舔了一下干裂的嘴唇，觉得嘴里连唾沫都没了。她叹口气，双手抱着锄把支着下巴，再也不想动了。

远处的山横在天地间，山底下是一片平原，房子分散在大片葱茏的绿色中，一派安详富庶的景象。她听见一个女人说，一看那些房子，就知道人家这片土地上的人过得好。另一个女人说，你这啥时候学会看风水了？一阵大笑淹没了剩下的话语，女人突然想，不知道山那边是什么？

她无法想象山那边是什么，在老家时，山那边还是山。有人喊，你有空瓶子吗？她回过神，说有呢。一个年轻的小媳妇端着一大瓶水向她走来。

小媳妇包着头巾，戴着口罩，只露出一双含笑的眼睛。一瓶水下肚，她的世界瞬间清凉了下来。一抬头，小媳妇已经走了。

再找时，眼前已经是一群裹着头巾戴着口罩的女人了。

六

傍晚时分，女人们像不肯归巢的麻雀，把老板围在中间。七十多个人，近万块的工钱，没有现金。一部分人不接受微信转账，总觉得没有现金拿手里安稳。还有一部分人，自己拿脚丈量的米数和仪器测出来的数字不符，要求重新拉，反反复复算。老板解释了一遍又一遍，说得嗓子冒烟，仍然没办法让这些人信服。

想起父亲曾经讲的一个笑话：

早些年老家人有去陕西赶麦场的习惯。其中一个老头领一群小伙去，老头从来不割麦子，上地就找个阴凉躺着，对年轻人说，你们割，我的在地里放着呢。

一到下午算账的时候，老头就开始用步子丈量亩数，反反复复算账，算到最后，总会从老板说的数字上多出二亩地。分钱时，这二亩地的钱就归老头，年轻人都嘀咕，这老头的钱果然是在地里放着。

算账从下午五点进行到晚上七点半仍然没有结束，大家的忍耐都到了极限。时间在一点点过去，转眼天快黑了，云像赶集一样在头顶这片天空会合，又像这群算账的女人一样聚了散、散了聚。眼看着一场雨就要落下，账仍然是一塌糊涂。

落雨时分，车子终于启动，车上的一部分女人仍然在喋喋不休地算账，一部分女人则抱怨这么晚了还回不去。这些抱怨让公交车司机的情绪也变坏了，车子开始狂奔起来。

山路颠簸，司机带着情绪开车，过坑都忘了减速。后座的老汉一下子从座位上颠出来，一脚踩在另一个女人的脚上，幸亏一把抓住了吊环，不然肯定摔在过道里。两个人同时失声喊，能不能慢点？突然的插曲让车厢里瞬间安静了下来。大家回头看着老汉没什么大碍，又重新坐回座位，新一轮的话题开始，车厢里又热闹起来。

在路上，远处的闪电如同烟花，把天和地连成一体。家还在很远的地方，来往的货车让公交车不能全速前进。雨透过车窗把微弱的灯光撕扯成网状。车窗外的黑暗让我们不知道到了哪里，凭时间判断，我们才走了一半路程。

昏昏欲睡中，电话来来去去地拨打、接听。家，在远处等我们。

（原载于《回族文学》2017 年第 6 期）

五嫂子和她的孩子们

五嫂子回家一开大门，小羊羔就黏上她的裤腿，使劲儿蹭着。五嫂子的头巾松松垮垮地搭在头上，口罩挂在一边耳朵上甩来甩去，蓝色的布鞋上蒙着厚厚一层土，汗渍匀称地画了一片有边边角角的图案，在衬衣后背上盛开成一朵灰色的向日葵。五嫂子看见小羊羔，弯腰摩挲小羊羔的头。小羊羔皮毛的柔软让五嫂子的手感受着舒适，手给小羊羔头顶撑起一片天。小羊羔闭着眼睛享受着这种宠溺，满足感从眼角溢出。

小狗黑白伸长脖子歪着脑袋张望着五嫂子和小羊羔，链子被它扯得紧紧的。黑白试了好几次，都没有挣开，只好委屈地趴下，用两只前爪托着脑袋，满眼的幽怨。

五嫂子对小羊羔说："小咩，你肚子饿了吧？我不在家，你淘气了没有？我可怜的小咩，连口奶都吃不上。你妈也是，把你生下就不管了。你幸亏有我呢，不然看你咋办？"小羊羔一边蹭着，一边使劲甩着尾巴，回应着五嫂子的自言自语。

今年的很多时候，五嫂子出来进去都是一个人。如果你听见五嫂子的院子里有人说话，那一定是五嫂子和小羊羔在说。

五嫂子的后院是热闹的，有牛圈、有羊圈、有鸡舍、有狗窝。五嫂子一进后院，后院像油锅里滴进去一滴水，噼里啪啦开始炸响：牛含蓄地低哼着，羊争先恐后各不相让，鹅绅士般有节奏地鸣奏，鸡乱成一团相互攻击。一切争吵，只为争得五嫂子最先光顾自己圈舍的权利。

五嫂子最宠的还是小羊羔。她给小羊羔灌了一壶纯牛奶，小羊羔欢快地噙着奶嘴再也不放，一口气吃得底朝天还舍不得松开。五嫂子怜惜地看着舔着嘴边残留奶汁的小羊羔，狠狠心又拿了一包牛奶灌进奶壶。看着有奶便是娘的小羊羔，五嫂子叹口气："一箱纯牛奶二十几元，三天就一箱子。小咩，你这样贪吃，我怎么养活你呀？你快长，什么时候能吃草就好了。"小羊羔使劲嘬着奶嘴，不知道听进去五嫂子的话没。

给牛羊添了草，给鸡和鹅添了食，后院的这些嘴被堵了起来，暂时恢复了平静，小羊羔也慵懒地窝在墙角闭着眼睛晒太阳。干了一早晨活，五嫂子也饿了，洗了一把手脸，开始做饭。五嫂子一个人，实在不想做饭，可最近天天吃方便面，她也吃够了。

五嫂子好几天没睡好觉，那头母牛快生产了，她夜里时不时要起来去牛圈观察着。乡村的夜除了天上的星星就剩下一直刮着的风，呜呜咽咽，树叶也跟着壮声势，整个夜晚都是不安分的。

这样的夜晚，五嫂子不情愿起来一个人跑出去。可这头牛是第一次生产，五嫂子时常想着，人和动物的生产是一个道理，都得有人照应着才好。

五嫂子一开灯，鹅开始叫唤，打破了夜晚的沉寂，五嫂子就觉得没那么害怕。牛圈门口，小狗黑白也醒了，滴溜溜地跑到她脚底下给她做伴。五嫂子打着电灯照向牛圈，牛闭着眼睛一脸安详。五嫂子返回屋里。她睡了，鹅安静了下来，小狗黑白也重新回到狗窝。

开始锄玉米了，五嫂子和两个搭档一起合作着，锄完这家的，再锄那家的。家里的男人都打工去了，剩下女人在家，一边种地，一边喂牛羊。合作的两个女人都很勤快，五嫂子喜欢和她们一起干活。

锄地休息的空隙，五嫂子念叨着今天周六，要给二儿子打个电话，儿子马上高考了，不知道最近状态咋样。电话接通，儿子说这次模拟考全班第二，让她放心。五嫂子又是各种安顿，吃好，学累了出去玩会儿再学，不要压力太大……

一起的两个搭档笑她，你再别唠叨了，人家知道该怎么学习。说起儿子，五嫂子黑瘦的脸上止不住笑意，大儿子从小懂事、好学，在学习上她从来没操心过，去年大儿子以高出一本线九十多分的优异成绩考上了大学。五嫂子心里是骄傲的，想想自己，大字不识一个，从来也没帮上娃什么，还时不时地扯上娃帮家里干活，可娃在学习上一直都是名列前茅。娃是在银川上的高中。去年高考，她也没管过，哪像人家的父母，租的宾馆，跑到银川去住下陪考。娃也不让她去，说没事，让她好好照顾家里的牛羊。

今年二儿子也高考，比起去年大儿子高考，五嫂子突然有了压力。二儿子中考考得学校就不如大儿子，平时也没有大儿子用功刻苦，万一考不上咋办？但这些话她只能压在心里，不能和二儿子念叨，娃现在负担重，不能影响娃。

几个人正说着话，大儿子打电话来了。问她在干吗？吃饭了吗？家里的牛羊鸡狗鹅都好不？让她少干点活，不要那么累，有什么重活先放着，他马上放假了，他回来了干。

这些细碎的话语从电话里飘出来，仿佛大儿子就站在身边，让五嫂子觉得心里踏实。大儿子老实厚道，肯吃苦，也能吃亏。一次和二儿子一起去割草，回来时说好大儿子拉车，二儿子推车。可拉到一半，大儿子回头一看，二儿子根本没推车，而是坐着车，和草一起让大儿子拉着。就这样，大儿子也没生气，继续把草和弟弟一起拉回来了。

平时只要大儿子在家，五嫂子就不用喂牛，不用铲牛粪，等她知道，大儿子都已经干完了。每次大儿子走学校之前，总会给她劈很多木柴。

想起以前大儿子小的时候，五嫂子不会劈柴，男人又不在，没有木柴就吃不了饭，五嫂子就自己学着劈柴。大儿子站在跟前看着，五嫂子也没想着让娃走开，抡起的斧头角还没劈到柴上就把大儿子的额头划出一个口子。娃满脸的血，哇哇大哭。五嫂子吓坏了，斧头一扔，娘俩哭成一团。

后来每次看着大儿子额头上的疤痕，五嫂子就自责，幸亏是斧头扬上去划了一下，要是劈下来的劲，后果真的不敢想。时间过得真快，转眼间，儿子已经可以给她劈柴做饭了。

锄了一会儿地，电话又响了，这次是男人打来的。询问五嫂子，母牛快生了没，地锄得咋样了，家里一切都好着没，外面读书的两个儿子打电话了没有，小儿子今天在家不，给小儿子吃好一点……这些话每天都在重复地问，重复地说，重复地回答。在男人眼里，五嫂子离开他就啥也不会，所以他每天都在重复地安顿，重复地说，唯恐五嫂子一个人过不好。

在五嫂子不耐烦的反驳中，男人大笑着挂了电话。五嫂子和两个搭档说："这个'老土匪'一天到晚就知道唠叨，好像我什么都不知道一样，真是的。"两个搭档觉得，这是五嫂子对他男人的夸奖。三个人开了一通玩笑，干活轻快了起来。

小儿子在镇上上学，一周回来一次。他一回来，五嫂子的饭桌就开始丰盛起来。从前日子过得忙乱，顾不上管孩子，小儿子四岁时不小心把土霉素当糖吃了，幸亏发现得早，送到医院洗胃抢救了过来。可自那以后，小儿子就瘦得和竹竿一样，吃什么都不胖。所以男人每次打电话，都是安顿五嫂子，娃在家时给吃好点，想吃什么就给娃做什么。

五嫂子每次做饭，都要征询小儿子的意见，变着花样给做着吃，每次做饭还要多做一点。小狗黑白尽职尽责看家护院，给五嫂子壮胆，所以不能让它饿着。

一顿饭做好，她和小儿子吃完，喂了黑白。剩下的面汤又灌进奶壶，小羊羔在厨房门口候着，它大了，单纯喝牛奶让五嫂子觉得压力大，就每天再给它灌点面汤。这小东西越来越黏五嫂子，也在相应的时间里等着来吃。小儿子说了好几回，让把小羊羔卖掉，五嫂子就是舍不得。

母牛的孕期已经超过九个月了，仍然没有要生产的意思。牛和人的孕期是一样的，老话常说“九个月零十天，不是今天就明天”。越临近这个日子，五嫂子越不敢马虎大意。今年年景不好，小牛的成活率不是太高。一个邻居家生产的小牛刚三天就死了，也不知道什么原因。又买了一头小奶牛崽，费了好大周折，才让小奶牛崽吃上母牛的奶。另一个邻居家也是，小牛刚生下不久就夭折了，也想着买一头小奶牛崽让母牛奶着，可买来没几天，小奶牛崽也夭折了。前两天路边又扔着一头小牛的尸体，一看就是生下不久就死了的。一头牛是一家人的半个家产，稍一疏忽，一年的辛苦喂养就白瞎了。

高考结束，二儿子回来了。问及考得如何，二儿子说，可不可以换个话题？五嫂子更忐忑了，想着儿子可能没考好才不愿意说。

牛迟迟没有要生产的意思，和二儿子的高考成绩一样，陷入一种焦虑的等待中。五嫂子每天忙忙碌碌，心却不知道飘在哪里。

男人休假，大包小包拎着东西回来了，他着急即将生产的牛，也着急二儿子的高考成绩。虽然电话里每天都在询问五嫂子家里最新的动态，但仍然没有自己在家里看着踏实。

男人一回来，五嫂子再也不盯着牛看了，所有能想到的事情男人都会去做。每次只要男人在家，五嫂子就可以睡得安稳。

有男人和孩子的家里，处处洋溢着家的温馨。五嫂子喜欢一家人说说笑笑在一起，喜欢围着男人、孩子，看他们吃喝，可男人每次只能在家待两三天。

根据以往养牛的经验，男人说，母牛生产的日子也就在这一两天。

五嫂子百分百相信男人说的话，所以特别盼望男人在家的时候牛能平安生产。

男人在家的第二天早晨，牛不吃草了，弓着腰在牛槽前来回走动。男人喂牛时一看牛的情况，解开了牛的缰绳，让牛在牛圈里自由地活动。进屋悄悄对睡着的五嫂子说，牛要生了。五嫂子一骨碌爬起来，着急地问，咋样了？男人说，你先睡着，才开始，生还在两个小时以后。

五嫂子怎么能睡得住，这牛是头胎，以前的牛都是自然配种，等人知道，牛已经生产完了，圈里多了一个小牛犊。现在都是人工配种，人不接生，牛没办法靠自己的力量生下来。不过看着男人进出忙碌的身影，她又觉得没那么慌乱。

中午时分，母牛完成了生产，一切都好。五嫂子帮着男人打扫干净牛圈，给刚出生的小牛身底下铺上干草，两个人并肩看着母牛不停地舔着小牛。小牛一脸享受地闭着眼睛，阳光照在牛身上，一片金黄。

男人要走了，每次回来，他都一刻不闲地帮女人把家里需要他干的活干完才走。五嫂子知道，男人心疼她，她也心疼男人，只是不知道什么时候男人才能不用一直出去打工，他太累了。

送走了男人，五嫂子又去牛圈看牛。小牛摇摇晃晃地能站起来了，正在母牛跟前摸索着找奶吃。看着小牛一次次地和母牛的乳头错过，笨笨的样子，五嫂子有点着急。不过这小东西最终还是自己吃上了奶。五嫂子笑了，对身边跟着的小羊羔说，你看你看，它吃上奶了。此时的五嫂子，眼里满是柔情，好像吃奶的小牛也是自己的孩子一样。

下午，五嫂子又去看牛，一进牛圈被吓一跳。母牛的头上到处糊着血。再看小牛犊，脐带处不停地滴血。五嫂子急了，一边喊二儿子，一边翻进牛圈去看小牛犊到底怎么了，一看才知道，小牛犊的脐带被母牛齐根扯断导致不停出血。五嫂子让二儿子看着小牛犊，自己跑出去喊邻居家的男人。大家来一看，商量着用云南白药贴在脐带上，又用布条进行了简易的包扎。血止住了，大家都散了。小牛犊有点儿虚弱地歪着脑袋不愿意起来。五嫂子充满了自责，自己应该守着看着的，一点儿疏忽就成了这个样子，万一小牛有个三长两短，她可怎么办？

整个下午，五嫂子守在牛圈看着小牛犊。直到傍晚时分，小牛自己站起来又吃了一次奶，五嫂子才松了一口气。男人到了工厂，打电话问牛犊怎么样，吃上奶了没有。五嫂子忍着想哭的感觉说好着呢。男人又是各种安顿，五嫂子第一次觉得，这些安顿是这样贴心。

没几天，小牛开始在圈里撒欢，五嫂子多日皱着的眉头舒展开了。这一夜，二儿子大半夜没睡，等着高考成绩出来。五嫂子不放心，起来看。二儿子把头从被窝探出来和她说：“妈，我考了五百三十多。”五嫂子急忙问，考上了没？二儿子说，考上了。

听到这句肯定的回答，五嫂子心里的一块石头落地了。

（原载于《黄河文学》2017 年第 12 期）